Während des 15. Jahrhunderts lässt sich die Blütezeit sowohl der Hanse als auch anderer Städtebünde verzeichnen. Doch immer wieder kommt es zu Auseinandersetzungen zwischen weltlichen und geistlichen Stadtherren und dem bürgerlichen Stand. Der Magdeburger Erzbischof Ernst von Wettin, der bereits mit elf Jahren in Amt und Würden kam, erwies sich als ausgesprochen herrschsüchtig, und es bereitete ihm geradezu ein Vergnügen, die Bürgerrechte zu beschneiden. So entmündigte er 1478 die Hallenser Bürger und zwang die Stadt zum Austritt aus der Hanse.

Der Hallenser Kaufmann Gervinus, der im Auftrag des Erzbischofs kostbare und schwer erhältliche Ware aus dem Orient beschafft, so eine Koppel arabischer Pferde, die nun auf dem Seewege nach Hamburg unterwegs sind, kann diese nur mit einem hanseatischen Handelspartner, seinem Freund, dem Magdeburger Schöffen Alemann, nach Magdeburg verschiffen. Alemanns Sohn, der gerade in Hamburg ist, soll sich der Ladung und ihrer Weiterbeförderung annehmen.

Doch dann schwimmt im Hamburger Hafenbecken die Leiche des Kapitäns, der dem Anschein nach die Pocken hatte. Das bedeutet Quarantäne für Schiff, Mannschaft und Ware. Währenddessen richtet Erzbischof Ernst von Wettin in Magdeburg ein Bankett aus, um sich der Loyalität der Würdenträger zu versichern. Dabei wird ein Mordanschlag auf ihn verübt. Alemann wird als Täter verdächtigt, in Haft genommen und der kirchlichen Gerichtsbarkeit überstellt. Helfen und retten kann nur Gervinus, der den despotischen jungen Bischof für sich einzunehmen weiß, wenn die versprochenen Pferde rechtzeitig eintreffen …

Waldtraut Lewin und ihre Tochter Miriam Margraf sind ein erfolgreiches Autorinnen-Gespann. Gemeinsam haben sie bis heute mehr als 12 Bücher veröffentlicht. Beide Autorinnen leben in Berlin. Zuletzt erschien im Verlag Die Hanse ihr Krimi »Weiberwirtschaft«.

WALDTRAUT LEWIN / MIRIAM MARGRAF

Männersache

Ein Hansekrimi

Die Hanse

Bibliografische Information Der Deutschen Bibliothek

Die Deutsche Bibliothek verzeichnet diese Publikation in der Deutschen Nationalbibliografie; detaillierte bibliografische Daten sind im Internet über http://dnb.ddb.de abrufbar.

Umschlaggestaltung: Susanne Reizlein, Hamburg
Motiv: Detail aus Frans Pourbus II. »Portrait of a Man, aged 32«, 1591

Herstellung: Das Herstellungsbüro, Hamburg
Druck und Bindung: Clausen & Bosse, Leck
Printed in Germany

ISBN 3-434-52816-4

Informationen zu unserem Verlagsprogramm finden Sie im Internet unter www.die-hanse.de

DIE PERSONEN

DIE HOHE GEISTLICHKEIT

Erzbischof Ernst von Wettin gefällt es, wenn seine Schäfchen ihn fürchten, statt ihn zu lieben. Im Übrigen plagt ihn Sammelleidenschaft

Prälat Gotthold von Angern kommt gegen diesen Herrn schwer an

Don Francesco aus Genua träumt von hohen klerikalen Würden

Frau Durante aus Lari ist geschickt im Umgang mit Wundern

DER HOHE ADEL

Der Herzog von Pessara hat leider keine Zeit, sich ausreichend zu präsentieren

DIE SEEFAHRER

Philipp Gervinus, Fernhandelskaufmann, ist zu Lande wie zu Wasser gleichermaßen erfolgreich

Ernst Edmundsen, sein Kapitän, ist ein Quäntchen zu redlich

Jörn Vocke, Steuermann, ist ein Quäntchen zu unredlich

Ein namenloser Schiffsjunge aus Genua darf nicht mitfahren

Jussuf ibn Bilhab, Sohn eines Wüstenscheichs, geht als Pferdebursche an Bord und erweist sich als sehr hilfreich

Ibn-Kaidaal, Araberhengst, hält Schiffsreisen für eine Zumutung und bringt das zum Ausdruck

DIE HAMBURGER

Senator Oswald Jessen findet, dass seine Tochter in Hamburg viel besser aufgehoben ist als in Magdeburg

Kirstensen, sein Faktotum, muss es sich gefallen lassen, ständig anders angesprochen zu werden

Angus McPherson, Arzt, ist eigentlich Ausländer, aber ein Segen für Hamburgs Stadtvolk

Margrete, Kammermädchen, hatte einfach zu viel Heimweh

DIE MAGDEBURGER

Schöffe Marcus Alemann hat ein unglaubliches Talent darin, zum Sündenbock gemacht zu werden

Gesine, seine Eheliebste, kommt sehr ins Grübeln

Richard, beider Sohn, zieht das Abenteuer an wie der Käse die Fliegen

Regina, dessen Frau, agiert wie immer souverän – schließlich ist sie gebürtige Hamburgerin

Elsabe, Frau Gesines rechte Hand, macht ganz schön was mit

Mieke, Spülmagd, kann den Mund nicht halten

Lukas, Hausknecht, eigentlich zu den Hamburgern gehörend, kann Licht ins Dunkel bringen

Nachtwächter Zweikopp kann das nicht

Bürgermeister Horn und *Richter Thalbach* müssen einem Bischof die Steigbügel halten

Die schwarze Kathrine will partout nicht ehrbar werden

Ferner Boten, Wächter, Schiffsleute, Hafenarbeiter, Schauerknechte, Marktweiber, Mönche und Gesindel

VORSPIEL IN ITALIEN – LARI

Die Kirchentür ist offen, wie sollte es anders sein. Tag und Nacht wollen ja Menschen beten und beichten, ihr Gewissen erleichtern, vor allem der wundertätigen »Madonna vom durchbohrten Herzen« ihre Andacht zu Füßen legen.

Seit dies Bildnis die winzige Kapelle des ebenfalls winzigen Kaffs Lari in der Nähe von Florenz ziert, hat sich das verschlafene Dorf zu einem veritablen Wallfahrtsort gemausert. Die »Madonna vom durchbohrten Herzen« hat es zustande gebracht.

Die Geschichte war schon kurios: Fra Durante, dem Leutpriester dieses vormals armseligen Sprengels, war die Mutter Gottes im Traum erschienen und hatte ihn unter Tränen angefleht, ihr Konterfei aus den Tiefen der Erde zu befreien – und das in drei Nächten hintereinander! Der verwirrte Priester wusste zunächst mit diesem Traum gar nichts anzufangen. Was für »Tiefen der Erde« denn? Aber dann war er bei einem winterlichen Gang durchs Gebirge – es galt einem Sterbenden die letzte Ölung zu geben – vom Weg abgekommen, und plötzlich hatte sich die Erde unter ihm aufgetan. Er war in eine tiefe Höhle gestürzt, ohne Chance, sich daraus wieder zu befreien. Als er mit dem letzten geweihten Öl sein Lämpchen entzündet hatte, bereit, sich in das Unvermeidliche zu schicken und sich in die Hände des Herrn zu begeben – den sicheren Tod vor Augen –, beleuchtete die Funzel plötzlich etwas in Gold und Blau und Rot. Die ganze Höhle schien zu erstrahlen. Tatsächlich, da war es, das Bildnis in den Tiefen der Erde! Die heilige Mutter Maria, die Pietà, die Brust durchbohrt von drei Schwertern des Leids, hatte den tränenvollen Blick gen Himmel gekehrt und rang die Hände.

Als aber Fra Durante anbetend vor dem Konterfei in die Knie sank und sein »Gegrüßet seist du, Maria, voll der Gnaden« zu stammeln begann, siehe, da kam Leben in das Gemälde. Huldvoll lächelte die Madonna ihm zu, reckte die Hand, um ihn zu segnen, und begann zu sprechen. Während ihrer Rede gab sie ihm den Dispens, sich von den mitgeführten Hostien und dem Messwein zu ernähren, und versprach ihm, dass diese heilige Speise – ähnlich der Speisung der Fünftausend durch ihren hochgebenedeiten Sohn – so lange vorhalten würde, bis jemand sie beide, den Priester und die Jungfrau Maria, finden und ans Tageslicht befördern würde.

Und also geschah es! Sieben Tage hielt sich Durante unter Tage auf, gespeist und getränkt von sage und schreibe drei Oblaten und einem Viertelchen Roten und immer wieder in erbaulichem Gespräch mit der Heiligen Jungfrau, bis ihn dann Holzfäller fanden und mitsamt dem Gemälde aus der Grube zogen.

Nun gibt es überall böse Zungen. Einige behaupteten dreist, der gute Bruder hätte das Bild einfach auf dem Dachboden seiner Pfarre gefunden, wohin es sein kunstsinniger Vorgänger ausgelagert hatte, weil der Malstil hoffnungslos veraltet war (wie's schien, war das Wissen von der Kunst der Perspektive damals noch nicht in die Ateliers gedrungen). Stattdessen hatte er eine aus dem Garten gebuddelte Antike kurzerhand geweiht, bekleidet und als Statue der Heiligen Barbara, der Schutzherrin der Bergleute, auf dem Altar aufgestellt.

Um die ziemlich triste Lage des Sprengels ein wenig aufzubessern, hatte sein Nachfolger sich entschlossen, ein kleines Wunder passieren zu lassen. Er sei, so behaupteten jene Lästermäuler, nachdem er den Holzfällern Bescheid gesagt hätte, das Bild unterm Arm, zu der ihm sehr wohl bekannten Höhle marschiert und habe sich und die Mutter Gottes gegen das entsprechende Entgeld »retten lassen« …

Dem sei nun, wie es sei. Fest steht, dass von Stund an die »Madonna vom durchbohrten Herzen« verantwortlich zeichnet für eine ganze Reihe von verbürgten Wundern. Sie startet ihre Karriere bezeichnenderweise im Jahre 1485 am 15. August, dem Tag Mariä Himmelfahrt, und seitdem ist sie aktiv, aktiver als ein Vulkan. Sie heilt Bresthafte und Lahme, gibt Blinden das Augenlicht wieder, lässt Todkranke von der Bahre auferstehen, wenn man denn eine Nacht unter dem segensreichen Bild im Gebet verbringt.

Der Zustrom ist gewaltig. In Lari haben drei neue Herbergswirte eröffnet, und selbst die Bauern vermieten noch ihre Hühnerställe an Heilungssuchende. Dass der Opferstock der Kapelle jeden Tag bis oben hin gefüllt ist, versteht sich von selbst.

An diesem Abend nun hat sich eine Person von Stand eingefunden: Der Herzog von Pessara persönlich, zu dessen Ohren die Mär der Wunderheilungen gedrungen ist, hat sich entschlossen, eine Nacht im Gebet zu Lari zu verbringen. Die herzogliche Hoheit leidet an jener Krankheit, die man in Deutschland die französische, in Frankreich die welsche und in Italien die deutsche nennt – kurz, er hat sich bei einer Dame angesteckt, und da er demnächst zum zweiten Mal in den heiligen Stand der Ehe eintreten und mit seiner jungen Gemahlin kleine Herzöge zeugen möchte (die erste Verbindung war leider kinderlos), ist seine Heilung sehr wünschenswert. Die Hoheit hegt die Zuversicht, dass die Madonna ja wohl ein Einsehen haben müsste – schließlich geht es um den Fortbestand derer von Pessara, und Fürsten sind von Gott eingesetzt.

So kniet an diesem späten Abend seine Hoheit auf Seidenkissen mit goldenen Troddeln in der Kapelle und betet. Vielmehr, er versucht zu beten.

Man muss schon sagen, dass die Härte der steinernen Fußbodenplatten sich selbst durch das Kissen bemerkbar macht. Seiner Hoheit tun die Knie weh. Außerdem ist es stickig von dem ganzen Weihrauch, der diese miefige kleine Kapelle durchnebelt. Seine Geschwüre drücken ihn, und langsam bekommt er einen Krampf in den zur Gebetshaltung erhobenen Armen. Kurz, das alles ist kein Zuckerschlecken.

Gerade fragt er sich, ob man der »Madonna vom durchbohrten Herzen« nicht einfach einen neuen vergoldeten Rahmen spendieren könnte und ob das nicht aufs Gleiche hinauskäme – da hört er im Hintergrund ein merkwürdiges Geräusch. Ein Geräusch, das er sehr gut kennt, das aber in einer Kirche überhaupt nichts verloren hat. Da hinein geht man nämlich waffenlos, und dies Geräusch ist eindeutig der Klang von Stahl. Irgendjemand hat eine Waffe gezogen. Und er, verdammt noch eins, hat, dem Brauch gehorchend, nicht einmal einen Dolch bei sich.

Er spitzt die Ohren. Schritte. Nicht nur von einer, sondern von zwei Seiten. Maledetto! Man soll in Kirchen nicht fluchen, aber viel anderes bleibt ihm ja kaum übrig.

Und dann hört er eine Stimme. Jemand sagt: »Mist! Betet denn hier immer irgendwer rum?«

Und eine andere: »Alterchen, ruhig Blut! Mach einfach die Augen zu. Von *dir* wollen wir nichts.«

Wenn er – als waffenloser Mann – ja vielleicht Vernunft hätte walten und wirklich die Augen geschlossen hätte – die Anrede »Alterchen« bringt sein Blut in Wallung. Schließlich ist er erst fünfzig und hat noch viel vor. Das wäre doch des Teufels, wenn er mit zwei Schnapphähnen nicht auch im Nahkampf fertig werden könnte.

Er springt auf, wirbelt herum mit federnden Knien, die Arme in Kampfhaltung vorgestreckt.

Aber seine Hoheit hat sich überschätzt. Während er die eine dunkle Gestalt zwar richtig zu fassen bekommt und mit einem gekonnten Griff aufs Kreuz legt, fährt ihm bereits der Dolch des anderen von hinten quer über den Hals.

»Santa Madonna!«, kann er noch röcheln, derweil sich ein Strom dunklen Blutes über sein schönes Wams aus Venedig ergießt. Und während seine Augen brechen, sieht er, dass sich das wundertätige Bild der Jungfrau über ihn neigt – und ja, sie lächelt! Sie ist ihm also gnädig! Sodass man annehmen kann, Heilung und Kindersegen wären in greifbarer Nähe gewesen – wenn denn nicht der Letzte seines Stammes auf den Stufen des Altars zu Lari sein Leben ausgehaucht hätte. So stirbt das Geschlecht derer von Pessara leider aus, während das wundertätige Bild Mariä davonschwebt aus der Kapelle von Lari. Schließlich möchten auch noch andere seine Segnungen genießen.

Wofür manche Leute bereit sind, Geld auszugeben – und vor allem, wie viel! –, Philipp Gervinus, seines Zeichens vermögender Fernhandelskaufmann aus dem sächsischen Halle, betrachtet missmutig das Ding, das an der Wand lehnt wie ein überflüssiges Möbel. Am Ende wird es ihm noch mehr Ärger einbringen als möglicherweise Gewinn. Aber Letzteren will er sich trotzdem nicht entgehen lassen. An der Schwere der Aufgabe wächst der Mensch.

Immerhin ist sein Auftraggeber bereit, ihm gegen pünktliche Lieferung dieses Dinges zu Mariä Himmelfahrt in Zukunft und bis ans Lebensende volle Handelsfreiheit zu gewähren, ihm das Privileg uneingeschränkten Kaufens und Verkaufens zuzugestehen, dessen er alle anderen Kaufleute der guten Stadt Halle unlängst beraubt hat!

Was dies Ding da mit gutem Geschmack zu tun hat, das weiß der liebe Himmel, aber es wird die geistliche Reputation seines in dieser Hinsicht als windiger Grünschnabel geltenden Auftraggebers fraglos erhöhen. Zumindest wenn man den Gerüchten, die um dieses Ding kursieren, Glauben zu schenken bereit ist. Komischer Kauz, dieser Erzbischof von Halle. Zwanzig Jahre und so unerwachsen wie ein Zwölfjähriger: Pferdenarr, Kunstliebhaber und Despot. Verhasst wie die Pest bei seinen Untertanen ... Ach, was soll's, denkt Gervinus. Was tut man nicht alles, um ein geistliches Oberhaupt gnädig zu stimmen, das die Macht über Wohl und Wehe eines ganzen Landstrichs besitzt. Er hat uns allen schon genug angetan.

Wenn er das Ding nur erst unbemerkt außer Landes gebracht hätte. Das Gezeter ist ja groß genug.

Gervinus erhebt sich seufzend vom Stuhl und tritt ans Fenster des Wirtshauszimmers. Der Gasthof, in dem er Quartier genommen hat, ist einer von vielen im Hafen von Genua, einer der besseren, wo Kaufleute, Schiffseigner und Seeleute höheren Ranges absteigen. Von hier aus hat man einen Blick über die Hafenanlage. Masten über Masten ragen in den Abendhimmel, der sich schon rötlich zu färben beginnt. Kein Windhauch bewegt die großen fächerförmigen Blätter der Palmen am Pier. Unerträglich brütet die mediterrane Maihitze über dem brackigen Wasser. Wie schön es jetzt im heimischen Germanien wäre …

Normalerweise liebt Gervinus den Geruch von Fisch und See, nicht aber wenn der Fisch faul und die See unbewegt und voller Unrat ist. Gervinus' Blick gleitet von einem gewölbten Schiffsrumpf zum andern. Schöne Schiffe. Aber alle nichts gegen das seine. Da hinten liegt sie, seine stolze Kraweel, die »Santa Anna«: ganze 25 Klafter lang und 7 Klafter breit, fähig, 400 Lasten zu transportieren. Das entspricht 6400 Sack Getreide. Was für ein Schiff!

Aber seit drei Tagen herrscht Flaute. Sie können die Pferde nicht verladen, um endlich abzulegen Richtung Westen und dann nach Norden gen Hamburg. Und Eile täte wirklich Not, denn bis Mariä Himmelfahrt bleibt nicht mehr viel Zeit.

Es klopft. Gervinus fährt herum, schnappt sich den Mantel, der achtlos über der Stuhllehne hängt, und wirft ihn über das Ding. Aber bevor er dazu kommt, »Herein!« zu rufen, wird die Tür aufgerissen, und da steht Ernst Edmundsen, sein Kapitän. Die breitschultrige Gestalt füllt fast den Türrahmen aus. Mit jener für ihn typischen Mischung aus Neugier und Misstrauen blickt er Gervinus ins Gesicht.

Der Kaufmann hatte schon immer den Eindruck, dass dieser Kerl, dieser mit allen Wassern gewaschene, altgediente Seebär, ihn verachtet. Für Edmundsen ist er nur ein Geldscheffler. Dabei ist er diesem einfältigen Fahrensmann geistig haushoch überlegen. Aber so ist das nun mal. Damit muss man leben. Gervinus kann auf einen Mann mit Edmundsens Können und Erfahrung einfach nicht verzichten. Dergleichen findet man nicht wie Sand am Meer. Seit fünf Jahren steuert Edmundsen die kostbare Kraweel und ihre vielfältigen und meist sehr delikaten Ladungen sicher durch alle Stürme und Piratenflotten.

Der Kaufmann kann nicht umhin, aus den Augenwinkeln einen Blick auf seinen Mantel zu werfen. Ist auch alles gut verdeckt? Edmundsens Augen folgen seinem Blick. Und ausgerechnet da rutscht der Mantelzipfel herunter und enthüllt irgendwas in Rot und Blau und Gold …

Edmundsen klappt die Kinnlade hinunter. Er ist ja nicht besonders schnell, wenn es um Sachen geht, die nicht mit Gezeiten und Strömungen, mit Fieren, Brassen und Halsen zu tun haben. Er schnappt wie ein Fisch auf dem Trockenen, zieht rasch die Tür hinter sich zu, tritt näher, kneift die Augen zusammen, betrachtet das, was er da sieht, tritt wieder zurück. »Aber das ist doch …«

Gervinus unterbricht ihn mit einer unwirschen Handbewegung. »Ihr versteht wohl was davon?«

»Man muss nicht viel davon verstehen, um zu wissen … Alle Frommen hier oben im Norden Welschlands zerreißen sich das Maul über …«

Wiederum fährt Gervinus' Arm empor, schneidet dem anderen mit gebieterischer Geste das Wort ab.

»Nun, dann wisst Ihr also auch, worüber Ihr den Mund halten solltet.« Er geht hinüber und bedeckt das Ding – diesmal sehr sorgfältig – wieder mit dem Mantel.

Edmundsen beobachtet ihn mit zusammengepressten Lippen. Hinter seiner breiten Stirn arbeitet es. Gervinus weiß schon, dass es ein grober Fauxpas war, in diesem Ton mit seinem Kapitän zu sprechen. Er hätte einlenken, schnell eine Geschichte erfinden sollen. Aber jetzt ist es zu spät. Edmundsen, der Rechtschaffene! Edmundsen, der Loyale! Wenn der Mann doch nur ein bisschen geschmeidiger wäre!

Doch diese Hoffnung zerschlägt sich sofort.

»Denkt nicht, dass ich bei irgendeiner krummen Sache mitmache, ehrenwerter Herr Gervinus!« Dabei wirkt Edmundsens ohnehin schon kantiges Gesicht wie mit dem Meißel behauen.

Röte ist ihm den Hals hochgestiegen. »Ich verstehe mich aufs Navigieren und Manövrieren – das stimmt. Aber nur auf dem Wasser, nicht bei Handel und Wandel. Für dergleichen sucht Euch besser einen anderen! Das ist nicht mein Metier!«

Jetzt bloß keinen Fehler machen, denkt Gervinus. Kein anderer bringt meine Kraweel voll teurer Pferde sicher von Genua in den Hamburger Hafen. Zu seinem eigenen Ärger kann er nicht verhindern, dass seine Wange nervös zu zucken beginnt. Er versucht ein Lachen.

»Damit habt Ihr nichts zu tun, Kapitän Edmundsen«, sagt er locker, »es geht Euch nichts an. Hat nichts mit Eurer Fracht zu tun. Auch ich bin nur durch eine, ähm, unglückliche Verstrickung der Umstände dazu gekommen und verwahre das Ding lediglich bei mir, bis es abgeholt wird. Manchmal muss man Geschäftsfreunden einen kleinen Gefallen tun. Eine Hand wäscht die andere.« Er sagt mit einem Augenzwinkern: »Ich meine, dergleichen gibt man schließlich nicht eben mal beim Wirt zur Aufbewahrung ab.«

Edmundsen hebt die Hand. »Ich will nicht wissen, wer noch damit zu tun hat. Wenn Ihr es wünscht, habe ich hier nichts gesehen. Was gehen mich die Sachen der Welschen an. Wenn Ihr mir Euer Wort gebt und dafür einsteht, dass die ›Santa Anna‹ kein unrechtes Gut transportiert.«

Gervinus kocht innerlich vor Ärger. Wie kommt dieser stumpfsinnige, arrogante Seemann dazu, ihn hier vorzuführen! Aber immerhin – bei Edmundsen kann man sich auf das verlassen, was er sagt. Die Zusage eines Schiffskapitäns gilt bei seiner Ehre – und bei der zweiten Hälfte der Heuer, die er erst in Hamburg ausbezahlt bekommt.

Er, Gervinus, muss sich gut mit ihm stellen, dazu ist die Sache zu wichtig. »Ich hätte nicht im Traum daran gedacht, Euch so etwas zuzumuten«, versetzt Gervinus, »ist doch Eure Ehrbarkeit und Gesetzestreue einer der Gründe dafür, dass Ihr mein Flaggschiff befehligt.«

Edmundsen grunzt versöhnt, und Gervinus lässt sich erleichtert auf den Stuhl sinken. Er deutet auf einen zweiten Stuhl gegenüber am Tisch. Wuchtig nimmt Edmundsen Platz.

»Wein?« Gervinus hebt fragend den Krug und füllt nach einem zustimmenden Nicken seines Gegenübers zwei Becher. »Ihr kommt nicht ohne Grund, nehme ich an?« – Jetzt also zum Geschäftlichen. Das andere ist vergessen.

GENUA, HAFEN

Eine frische Brise lässt die runden Rümpfe der Handelsschiffe gegen die Stege poltern. Die Haltetaue knarzen. Endlich ist Wind aufgekommen, der Herr hat die Gebete seines treuen Dieners Philipp Gervinus erhört. Schließlich ist er ja vorübergehend im Besitz angeblich starker Nothelfer. Er grinst sich eins. Höhere Hafengebühren hier in Genua hätten ihn auch das letzte – nun ja, das vorletzte Hemd gekostet.

Ein gut gelaunter Gervinus und der Schiffskapitän Edmundsen stehen am Fuß des breiten Verladestegs und nehmen Einträge in den Ladelisten vor, während Wein-, Öl- und Olivenfässer an Bord gebracht werden. Jedes Stückgut wird akribisch registriert. Auf Edmundsens Pedanterie war bislang immer Verlass – in den letzten Jahren ist Gervinus nicht ein Fass oder Getreidesack abhanden gekommen.

Edmundsens Feder zeichnet schwungvoll einen Punkt unter die abgeschlossene Liste. »Das war das Stückgut. Wo sind die Pferde?«

Gervinus hebt das Kinn. Wo die Pferde sind, das ist unschwer auszumachen: dort, wo sich auf dem Hafenareal Unruhe ausbreitet. Die Tiere, von arabischen Pferdeburschen zum Schiff gebracht, wiehern unruhig. Neugierige versammeln sich. Solche Pferde sieht man nicht alle Tage: zierlich, klein, aber von wunderbarer Eleganz und kaum bezähmbarem Temperament. Die beiden Hengste steigen an der Hand ihrer Betreuer, und auch die Stuten, acht an der Zahl, rollen die großen Augen und tänzeln nervös.

Edmundsen verzieht das Gesicht. »Eine schöne Fracht! Und Ihr seid sicher, dass die Euch nicht Euer wertvolles Schiff auseinander nehmen?«

Gervinus zuckt die Achseln. »Ihr habt für jedes einzelne Pferd einen Burschen dabei. Im vorigen Jahr seid Ihr mit den Pferden doch auch unversehrt in Hamburg angekommen.«

»Damals waren keine Hengste darunter«, knurrt der Kapitän.

Gervinus winkt jovial ab. »Die Burschen werden schon wissen, was sie zu tun haben, um sie ruhig zu halten. Es heißt, dass sie ihnen Opium ins Futter geben! Ich meinerseits werde, so schnell es geht, über die Alpen reisen und alles für das Eintreffen der ›Santa Anna‹ in Hamburg vorbereiten, sodass wir die Tiere ohne Zeitverlust auf eine Barke umschlagen können, die sie elbaufwärts nach Magdeburg bringt.«

»Und wie wollt Ihr das bewerkstelligen? Die Hamburger handeln nach ihrem Gutdünken, sie verfügen über das Stapelrecht für Getreide, sie können in ihrem Hafen verfahren, wie sie wollen ...«

»Die Pferde sind kein Getreide. Außerdem – ich habe meine Verbindungen. Jetzt, nachdem Halle gezwungen worden ist, aus der Hanse auszutreten, ist nichts wichtiger als das. Immerhin gibt es noch den sächsischen Städtebund. Und wir haben nach wie vor einflussreiche Geschäftsfreunde.«

»Ihr redet wohl von den Magdeburgern?«

Gervinus grunzt, was in etwa heißt: Was geht's dich an, solange du mit den hanseatischen Zollaufsehern keinen Ärger hast. Er schlägt dem anderen kumpelhaft auf die breite Schulter. Wenn er gute Laune hat, ist er der beste Baas der Welt.

Die Pferde werden über die Planken geführt, wobei die arabischen Pferdeburschen, anders als man das von einheimischen kennt, die Tiere nicht laut brüllend antreiben, sondern eher leise und intensiv auf sie einreden, um sie dazu zu bewegen, den schwankenden Untergrund zu betreten.

Edmundsen gibt Anweisung, wo und wie die Tiere im Frachtraum unterzubringen sind. Die Hengste getrennt von den Stuten und so, dass sich Füttern, Tränken und Misten ohne Aufwand erledigen lassen. Er will schon Befehl zum Schließen der Ladeluke und zum Einholen der Stege geben, doch Gervinus hält ihn zurück.

»Das da muss auch noch mit.«

Vier Männer schleppen eine offenbar recht schwere hölzerne Truhe heran.

Edmundsen wirft Gervinus einen misstrauischen Blick zu. »Ich nehme nichts mit, dessen Inhalt ich nicht kenne.«

Gervinus lacht auf. »Das dachte ich mir schon.« Er befiehlt den Männern, die Truhe abzusetzen. »Überzeugt Euch nur von ihrem Inhalt.« Mit einer knappen Bewegung bedeutet er, dass man den Deckel öffnen möge.

Edmundsen sieht den Inhalt der Truhe und runzelt die Augenbrauen. »Was soll denn das?« Er schiebt einen Arm in das Getreide und wühlt darin herum. Gerste, nichts weiter.

»Pferdefutter«, erklärt Gervinus.

»Wir haben ausreichend Heu und Getreide für die Überfahrt geladen. Ist das ein schlechter Scherz? Wozu die Kiste?«

»Es ist ein besonderes Futter für besondere Pferde.« Er hält verschwörerisch die Hand an den Mund. »Ich hab Euch doch gesagt – sie machen ein Spezialfutter zurecht. Opium ...«

Edmundsen hebt eine Hand voll an die Nase und schnüffelt daran. »Ich rieche nichts!«, sagt er misstrauisch. Dann verzieht er abschätzig den Mund und deutet mit dem Kinn auf das geradezu abstoßend kitschige Gemälde, welches das Deckelinnere verschandelt. Es zeigt die Madonna mit dem Christkind im Arm im Kreise der *vier* Heiligen Drei Könige, die sich in diesem Falle nicht zu Fuß auf die Pilgerreise zur Krippe gemacht haben, sondern auf den Rücken übertrieben schlankfesseliger Pferde mit Hechtköpfen und wehenden Mähnen. Eine Art Verschmelzung der westlichen Religionen mit dem Kult des Orients um seine Pferde. »Das soll den Tieren eingeben, wie sie auszusehen haben, wenn sie das fressen, oder wie?«

Gervinus lacht. »Ein guter Scherz, Kapitän. Nun, haltet davon, was Ihr wollt, nur nehmt die Kiste an Bord und lasst jedem der Pferde täglich ein Maß voll davon füttern, damit sie gedeihen.«

»So einen Mumpitz hab ich mein Lebtag nicht gehört!« Edmundsen läuft mal wieder rot an. »Ich bin zwar nicht so schlau wie Ihr, aber ich lass mich nicht für dumm verkaufen, Herr! Ich glaub Euch kein Wort, ehrenwerter Herr Gervinus! Eine Kiste mit Spezialfutter! – Ganz gewöhnliche Gerste ist das, wenn Ihr mich fragt! Also, spuckt's schon aus, warum soll die Kiste mit?«

Gervinus kneift die Augen zusammen und tritt bedrohlich nahe an den Kapitän heran. »Es ist eine Kiste mit Futter, Spezialfutter, und ob nun Opium darin ist oder ein anderes fantastisches Kraut, das wissen wir beide nicht, Edmundsen, ist das klar? Und Ihr werdet sie mitnehmen, weil ich, der Eigner dieses Schiffes und – was Ihr nicht vergessen solltet – Euer Brotgeber, es so wünsche. Und Ihr werdet ganz genau so handeln, wie ich es angeordnet habe, und die Pferde daraus füttern lassen. Ich will heile und gesunde Ware abliefern bei meinem Auftraggeber. Habt Ihr mich verstanden, habe ich deutlich gesprochen?«

»Das habt Ihr«, erwidert Edmundsen kühl und wendet sich an die Träger. »Bringt die Kiste an Bord!« Und wieder an Gervinus gerichtet, fährt er fort: »Aber verlasst Euch drauf, noch bevor wir in Hamburg einlaufen werden, habe ich Eure Kiste bis auf die letzte Nut untersucht!«

Die beiden Männer starren einander an. Für die nächste Überfahrt werde ich nach einem anderen Kapitän Ausschau halten müssen, denkt Gervinus. Der hier ist zu alt und zu starrköpfig. Laut sagt er: »Vergeudet nicht Eure Zeit. Ihr werdet alle Hände voll zu tun haben, um mein Schiff sicher in den Hamburger Hafen zu bringen.« Damit wendet er sich ab und will schon davonstiefeln, als ihn der Ruf des Steuermanns Vocke zurückhält.

»Käpten, Sir, ehrenwerter Herr Gervinus, wir haben ein Problem!«

Sofort, noch während er stehen bleibt, steigt ihm das Blut zu Kopfe. Nicht schon wieder ein Problem, jetzt, wo er die Ladung endlich an Bord und die Flaute ein Ende hat. – Dieser Vocke ist ein miesepetriger Mann, will sich vielleicht nur wichtig machen. Es hilft nicht, Gervinus muss sich umdrehen und dem Problem ins Auge sehen.

Das Problem ist braunäugig, schmächtig und zirka vierzehn Jahre alt. Derzeit befindet es sich im Schraubstockgriff Vockes, eines Hünen von Mann, rothaarig, vollbärtig, mit bärbeißiger Miene.

Gervinus verzieht missmutig das Gesicht. »Was soll denn das? Hat der Schiffsjunge geklaut, dann versohlt ihm den Hintern. Das ist doch wirklich nichts, womit man mich behelligen muss!«

Vocke zerrt den Knaben, der mit hängendem Kopf neben ihm her trottet, über die Planken vom Schiff. »Den können wir nicht nehmen.«

»Sono sano, ganz gesund, kann mitfahren, voglio lavorare, machen Arbeit gutt!«, kauderwelscht der Junge.

»Ja, ja, machen Arbeit gut!«, knurrt Vocke. »Zehn Tage krank in der Koje!«

Jetzt stehen die beiden vor Gervinus und dem Kapitän, und der Grund für Vockes Sorge ist dem Knaben quasi ins Gesicht geschrieben: die Feuchtblattern.

»Und Fieber hat er auch«, sagt Vocke überflüssigerweise.

Edmundsen ist ganz bleich geworden.

»Na, na, na«, Gervinus legt ihm beschwichtigend die Hand auf die Schulter, »so schlimm ist es nun auch nicht. Eine Kinderkrankheit, ich bitte Euch. Ärgerlich ist freilich, dass wir uns jetzt nach einem neuen Schiffsjungen umsehen müssen.«

Der Windpockenkranke wird also heim zu seiner Mutter geschickt (die sich gewiss schon gefreut hat, einen Esser los zu sein) und Edmundsen damit beauftragt, Ersatz zu finden.

»Denkt mal nicht, dass das so leicht sein wird«, knurrt der übellaunig, »jetzt, nachdem die Flaute ein Ende hat, will jeder so rasch wie möglich auslaufen. Die Burschen, die was taugen, sind alle schon weg.«

»Ich verlass mich auf Euch, gebt mir Bescheid, wenn Ihr auslaufen könnt«, brummt Gervinus verstimmt. Wieder ein Tag verloren, und Mariä Himmelfahrt rückt immer näher!

Nun ist Gervinus nicht der Mann, sich geschlagen zu geben – und sei es der Kinderkrankheit eines Schiffsjungen wegen. Und so beschließt er, die Zeit zu nutzen und den verlorenen Tag in einen gewonnenen umzuwandeln, indem er eine persönliche Absicherung trifft. Das Gemaule des Kapitäns und sein misstrauischer Blick in die Kiste haben ihn nachdenklich gemacht. Vielleicht wäre es doch besser, eine weitere Sicherheitsvorkehrung zu treffen ...

Er blickt Edmundsen nach, wie der sich mit hängenden Schultern davonmacht, Ersatz zu finden, dann wendet er sich Vocke zu. »Wie ich sehe, erweist Ihr Euch als sehr verantwortungsvoll, junger Mann.«

Vocke kneift die Augen zusammen in Erwartung dessen, was jetzt kommen möge. Bisher hat der Baas ihn kaum zur Kenntnis genommen.

»Ich hätte da ein Anliegen an Euch«, beginnt Gervinus ...

Und weiter können wir dem Dialog nicht lauschen, da die beiden sich in eine der lärmenden Hafenkneipen zurückziehen.

Beichtgeheimnis hin, Beichtgeheimnis her. Don Francesco, seines Zeichens Priester und mithin Beichtvater der Chiesa delle Vigne zu Genua, läuft ratlos durch die Wandelgänge seines Gotteshauses und irritiert damit die frommen Büßer im Gestühl. So kennt man ihn nicht, den ehrwürdigen und wortgewaltigen Vorsteher dieser überaus wohlhabenden Gemeinde, der die reichsten Familien der Stadt angehören. Dass er nach Bischofswürden strebt, wird gemunkelt, wenn nicht gar nach dem roten Mantel des Kardinals.

Aber welche Unruhe hat den Mann Gottes erfasst. Eine Heimsuchung? Eine göttliche Erleuchtung? Man ist geneigt, Letzteres zu seinen Gunsten anzunehmen.

Offen gestanden weiß er selbst nicht genau zu sagen, was denn nun an ihn herangetreten ist: Versuchung oder Gottesgabe. Jedenfalls war es Teil der göttlichen Fügung, dass ausgerechnet er – als Einziger seines Standes in Genua des Deutschen mächtig – dem teutonischen Seemann die Absolution erteilen musste! Geradezu unglaublich, was dieser über die Maßen rechtschaffene sächsische Kapitän ihm da unter dem Schweigemantel der Beichte anvertraut hat – beseelt von dem Glauben oder Aberglauben, dass seine Kraweel mit Mann und Maus unterginge, sofern ihr Kapitän sich nicht reinen Herzens einschiffte. Wie heißt doch gleich der Kerl, dem er das Geheimnis zu wahren versprochen hat? – Gervinus! Ja. Ein Kaufmann.

Don Francesco pflügt mit langen Schritten durch den Mittelgang, schwenkt in weitem Bogen um das Gestühl vor dem Altar und macht sich daran, das Seitenschiff zu durchmessen. Laufen ist nämlich eine hervorragende Methode, die Gedanken zu ordnen und – in diesem Falle – Zweifel zu ersticken. Schließlich würde er das Beichtgeheimnis nicht direkt ausplaudern, wenn er sich mit einer Bitte, einer Frage, einem Angebot – nun ja – an diesen Kaufmann wendete.

Kaufmann kommt von Kaufen. Der Kaufmann geht seinem Beruf nach, wenn er kauft und verkauft. So, wie er, Don Francesco, seinem Beruf nachgeht, wenn er ehrbaren – und auch weniger ehrbaren – Männern die Beichte abnimmt. Es ist also eine rein geschäftliche Angelegenheit, da er mit dem Kaufmann doch gewissermaßen klerikale Dinge zu regeln hat – deren Ausgang er, Don Francesco, mit Mitteln der Kirche, in deren Dienst er ausschließlich handelt, lediglich die erwünschte Richtung zu geben gedenkt.

Er muss diesem Gervinus ja nicht erzählen, *wem* er sein kostbares Wissen verdankt. Wenn sie handelseinig würden – und Don Francesco zweifelt keinesfalls daran, da der finanzielle Rahmen, in dem er handeln kann, dank der bereits erwähnten Liquidität der Gemeinde recht flexibel ist –, wenn sie also handelseinig würden … Bald ist wieder Mariä Himmelfahrt, und Don Francesco sieht sich bereits bei einer Privataudienz des Prälaten der Kurie, überschüttet mit dem Dank des kirchlichen Würdenträgers, die Ernennung zum Bischof greifbar nah, dann der Aufstieg in die heiligen Hallen des Vatikans nicht mehr fern, die Seligsprechung quasi schon in der Tasche!

Es muss also sein!

Dem feuchtblattrigen Schiffsjungen hat es Don Francesco zu verdanken, dass er Gervinus überhaupt noch in dem Gasthaus am Hafen antrifft. Nach einem nicht allzu lange währenden Gespräch hat der Geistliche den Kaufmann davon überzeugt, dass er ein – vermeintlich – gutes Geschäft in ein noch besseres verwandeln könne, wenn er eine bereits eingeschiffte Ware wieder ausschiffe.

Nun ist Eile geboten! So sehr Gervinus den Schiffsjungen und seine Kinderkrankheit gestern noch verflucht hatte, dankt er jetzt Gott dafür, ihm den Knaben geschickt zu haben ...

Als sie die Wirtsstube durchqueren, hält der Gastwirt sie auf. »Herr Gervinus, während Ihr mit Hochwürden spracht« – er verbeugt sich vor dem Geistlichen, der milde lächelt (vor seinem geistigen Auge sieht er sich bereits gnädig die Hand mit dem Bischofsring ausstrecken) –, »war ein Laufjunge hier. Ich habe ihn nicht zu Euch vorgelassen, weil ich nicht wagte, Euer geistliches Gespräch zu stören. Schließlich kann auch ich die Nachricht überbringen, die Euch sicher freuen wird: Eure ›Santa Anna‹ steht unter Segeln und ist klar Schiff, den Hafen zu verlassen.«

»Um Gottes willen, Mann!«, fährt Gervinus den erschrockenen Wirt an. »So hätte Er den Bengel doch nur durchgelassen. Wir müssen zum Schiff, auf allerschnellstem Wege!«

Der Gastwirt ist kreidebleich geworden. »Wenn ich denn einen Fehler begangen habe, so lasst mich wenigstens aushelfen, indem ich Euch meine beiden braven Esel leihe. Sie werden Euch in Windeseile zum Pier der ›Santa Anna‹ tragen.«

So kommt es, dass der ehrenwerte Handelskaufmann Gervinus,

angetan mit einem teuren Schnallenmantel und edlen Rindslederstiefeln, und der ehrwürdige Don Francesco in der Kutte des Priesters der Heiligen Römischen Kirche auf wenig standesgemäßen Reittieren den Genueser Hafen durchmessen. Die Esel, gemeinhin als störrisch bekannt, zeigen sich ganz und gar nicht faul. Offenbar haben sie schon allzu lange tatenlos im Stall gestanden und sind nun frischen Mutes. Gervinus' Reittier pflügt im Zackeltrab durch Drecklöcher und Müllhaufen, über Pflasterstege, Holzbrücken, Planken zum Liegeplatz der »Santa Anna«. Ihm folgt sein Stallgefährte, der den Priester schleppt. Dessen ungeachtet – denn wie wir wissen, sind Esel nicht nur als störrisch, sondern auch als große Lastenträger bekannt – bewegt das Langohr sich in einer Art Schweinsgalopp, den Kopf gesenkt, mit dem Hintern immer mal fröhlich bockend, sodass sein entsetzter Passagier sich krampfhaft in der allzu kurzen Mähne festhält.

Schweine und Hühner stieben beiseite, als die beiden ungleichen Paare sich ihren Weg bahnen. Des Priesters Sandale streift einen Eierkorb. Und die Magd, die ihn hat fallen lassen, flucht ganz unflätig hinter dem Geistlichen her. Während Don Francesco tausend Tode stirbt und sich schwört, nie wieder den Rücken irgendeines Tieres zu besteigen, geht es Gervinus offenbar immer noch nicht schnell genug. Wahrscheinlich hängt es auch damit zusammen, dass der Kaufmann – anders als der Priester – der Kunst des Reitens kundig ist. Jedenfalls schnappt er einem Greis im Vorbeisausen den Stock aus der Hand und zieht dem Graurock eins über. »Schneller, schneller!« Das wiederum verärgert das Tier, ist es bis hierher doch so überaus eifrig vorangeeilt. Abrupt bleibt es stehen, und der ehrenwerte Handelskaufmann Gervinus segelt über die langen Ohren hinweg glücklicherweise nicht ins Brackwasser, sondern landeinwärts in die Gosse. Der zweite Esel, von seinem Kumpan solchermaßen im Lauf gebremst, rennt in den anderen hinein. Sein Reiter setzt ebenfalls zum Fluge an und landet recht unsanft auf Gervinus' hochgerecktem Hinterteil.

Gervinus brüllt, der Priester stößt spitze Schreie aus. Inzwischen sind die Leute stehen geblieben. Matrosen, Huren, Marktfrauen, auch die Magd, die ihrer Hühnereier verlustig gegangen ist, sie alle biegen sich vor Lachen, rempeln einander an und zeigen mit den Fingern auf die beiden Herren im Dreck.

Die berappeln sich, so schnell es gehen mag. Gervinus reißt sich, kaum auf die Beine gekommen, den besudelten Mantel von den Schultern und schleudert ihn kurzerhand ins Wasser. Don Francesco, nicht gar so beschmutzt, da er ja auf einer – wenn man so will – Unterlage aufgekommen ist, klopft, hochrot im Gesicht, an seinem Priestergewand herum.

»Was steht ihr denn da und glotzt?!«, blafft Gervinus die Gaffer an. »Habt ihr denn nichts Besseres zu tun?«

»Wenn Ihr so fragt ...« Eine der Hafenhuren rafft die Röcke und schwenkt das darunter befindliche Körperteil vor Gervinus' Augen. Die Matrosen grölen, und Don Francesco schlägt entsetzt die Hände vor die Augen.

Unterdessen haben die beiden Verursacher des Malheurs, die Esel nämlich, sich eiligst von dem Szenario entfernt und streben bereits wieder der heimischen Futterkrippe entgegen.

Gervinus und Don Francesco, nun leidlich gesäubert, setzen ihren Weg zu Fuß fort: Ohnehin ist es nicht mehr weit bis zur »Santa Anna«.

Zumindest ist Gervinus so lange dieser Ansicht, bis sie den Landungssteg erreichen. An welchem bis vor einigen Minuten die »Santa Anna« lag. Jetzt liegt zwischen ihr und besagtem Pier eine gute Seemeile Wassers. Die Kraweel hat die Hafenbucht bereits verlassen. Eben wird das große Rahsegel gesetzt, und damit schwindet die letzte Hoffnung, das Schiff vielleicht noch rudernd zu erreichen.

»Wie außerordentlich ... bedauerlich«, bemerkt Don Francesco säuerlich.

»Geduldet Euch«, entgegnet Gervinus, nun wieder ganz Geschäftsmann, »noch ist nicht aller Tage Abend.«

MAGDEBURG

Mit gesenktem Kopf, den Hals so lang wie eine Gans, schleppt sich Gervinus' Pferd in der Mittagshitze zum Magdeburger Stadttor hinein. Es ist vielleicht doch keine so gute Idee gewesen, im Thüringischen von der Kutsche in den Sattel umzusteigen. Aber das ewige Gerüttel und Gepoltere in dem schlecht gefederten Gefährt war auch nicht mehr auszuhalten! Elender Zosse! Ja, wenn er eines der Pferde, die er verschifft hat, unterm Hintern hätte, die sollen ja angeblich tagelang laufen können, ohne groß zu fressen. (Obwohl Gervinus seine berechtigten Zweifel hegt, dass die kleinen Pferdchen seinem Gewicht gewachsen wären. Der zwanzigjährige Erzbischof Ernst, der ist freilich so ein Mickerling, der kann sicherlich auf diesen Spielzeugpferdchen herumturnen, ohne dass sie Gefahr laufen zusammenzubrechen.)

Immer wenn der Kaufmann an diese Pferde denkt, durchfährt ihn ein Stich der Sorge. Hoffentlich ist die Fracht unversehrt, hoffentlich übersteht sie die Reise. Ach, man sollte sich nicht auf so riskante Geschäfte einlassen! Immerhin: Er hat sein vorläufiges Ziel erreicht, und die Pferdchen werden gewiss in ein paar Tagen wohlbehalten im Hamburger Hafen eintreffen, und dann geht ihre Reise weiter nach Halle, und sie würden die Goldstücke aus der erzbischöflichen Kasse in seine Tasche wandern lassen. Damit dies alles reibungslos geschieht, ist jetzt nur noch ein freundschaftliches Gespräch unter Handelsleuten vonnöten. Es geht um eine Begegnung, auf die Gervinus sich besonders freut …

Marcus Alemann, Fernhändler und seines Zeichens Schöffe, mithin einer der einflussreichsten Männer der Stadt Magdeburg, empfängt den Gast im Vorraum seines Hauses.

»Ah, Gervinus, kommt her, lasst Euch umarmen!« Er klopft ihm herzhaft den Rücken. »Es tut gut, Euch zu sehen, nach so vielen Monaten. Da Ihr ständig unterwegs seid, vermute ich, die Geschäfte gehen gut?«

»Sie könnten nicht besser gehen.« Gervinus zieht den staubbedeckten Reisemantel aus und wirft ihn einem Bediensteten zu. »Ich bin gleich zu Euch gekommen, bevor ich mein Quartier im Wirtshaus beziehe.«

»Wo denkt Ihr hin? Natürlich seid Ihr mein Gast. Eure Zurückhaltung in allen Ehren – aber nach so vielen Jahren können wir doch vielleicht endlich einmal normale freundschaftliche Verhältnisse pflegen und wie zwei vernünftige Männer alles Vergangene hinter uns lassen.«

Gervinus lächelt fein. »Was mich angeht, so wisst Ihr ja: vergeben und vergessen! Die Frage ist nur, ob Eure Hausehre genauso darüber denkt. Versteht, ich will Frau Gesine in keinem Fall in Verlegenheit bringen!«

Marcus Alemann seinerseits bricht in dröhnendes Gelächter aus. »Aber, teurer Freund, wo denkt Ihr denn hin! Meiner lieben Frau werdet Ihr willkommen sein, und kein Schatten der Erinnerung wird die gegenwärtige Freude trüben. Also willigt ein, bleibt in meinem Haus, und wir können vielleicht sogar über die alten Zeiten lachen.«

»Wie mir scheint, tut Ihr das bereits!«, erwidert Gervinus schmunzelnd. »Nun gut, ich gebe mich geschlagen.«

Alemann klatscht in die Hände. »Gesine! Gesine, mein Schatz, kannst du wohl einmal kommen? Wir haben Besuch!«

Aus den Tiefen ihrer Küche erscheint Herrn Alemanns Eheliebste, die zierliche Gesine, und trocknet sich die Arme an der Schürze ab. Ihr noch immer dichtes, lockiges Haar quillt unter der Haube hervor, und ihre Augen glänzen unmutig. »Ich bin mitten in der Hausarbeit, Alemann«, sagt sie, »und eigentlich nicht auf Besuch eingestellt.« Sie knickst. »Verzeiht, Herr, aber mein Gemahl hätte mich auf Euch vorbereiten sollen. Ich …« Sie bricht mitten im Wort ab.

»So erkennt Ihr mich wieder, Gesine?«, fragt Gervinus leise und greift nach ihrer Hand, und sie duldet, dass er sie an die Lippen zieht.

»Das ist eine Überraschung, nicht wahr? Nach so langer Zeit – bisher hatte ich ja immer nur mit Eurem Eheherrn zu tun –, aber heute hat er mich hier ins Haus eingeladen, und ich hoffe, Ihr seid einverstanden. Falls nicht, sagt nur ein Wort, und ich bin wieder fort, nehme mein Quartier wie sonst auch immer im Gasthof.«

Gesine Alemann ist dunkel errötet. »Das Wort meines Eheherrn ist für mich Gesetz«, sagt sie leise. »Seid willkommen in diesem Hause. Und nun entschuldigt mich.« Sie dreht sich um, entschwindet mit schnellen Schritten.

»Seht Ihr!« Alemann strahlt über das ganze breite Gesicht. »Alles ist in bester Ordnung.«

»Es scheint so!«, stimmt der andere höflich zu.

Alemann nimmt ihn beim Arm, führt ihn in sein Kontor, schenkt einen Wein ein. Die Männer prosten sich zu: »Auf die Frauen!«

»Auf die Frauen!«

»Wie ich höre, seid Ihr noch immer unvermählt, lieber Freund?«

Gervinus zuckt die Achseln. »Es hat sich nicht ergeben. Was wollt Ihr? Auch das ungebundene Leben hat seine Vorzüge.«

»Wem sagt Ihr das! Aber nun zu Eurem Begehr. Ihr reist, wie ich hörte, direkt aus Genua an. Was führt Euch zu mir?«

»Ich hätte da ein Anliegen an Euch, verehrter Freund! Denn meine Fracht kommt schließlich nicht in Magdeburg an, sondern in Hamburg. Und, dem Herrn sei's gedankt, Eure gute Stadt ist ja noch immer ein Mitglied der Hanse – im Gegensatz zu unserer, die unser Herr Bischof zu schmählichem Austritt gezwungen hat. Also, Ihr wisst, wenn ich Euch um einen Gefallen bitte, dann habt Ihr selbst bei mir einen offen. Darf ich frei sprechen?«

»Einen Gefallen offen zu haben bei einem verdienstvollen

Mann wie Euch ist mir ein großer Ansporn!«, entgegnet der Schöffe angeregt. »Womit kann ich Euch dienen?«

»Ich denke, es ist eine Kleinigkeit«, sagt Gervinus lächelnd und spielt mit seinen Handschuhen. »Soviel ich weiß, seid Ihr verschwägert mit einem einflussreichen Hamburger Senator?«

Alemann nickt eifrig. »Mein Gegenschwäher, der Jessen. Kein einfacher Mann, um es mal vorsichtig zu sagen.«

»Aber es würden sich doch vielleicht Mittel und Wege finden, an ihn heranzutreten, was meint Ihr? Wisst Ihr, meine ›Santa Anna‹ wird demnächst im Hamburger Hafen einlaufen mit einer Koppel orientalischer Pferde an Bord, aber auch mit Öl, Wein und Kisten ... äh ... voller Getreide. Und es wäre im Interesse der Gesundheit der Pferde absolut unerlässlich, wenn diese sofort von Bord gebracht und auf ein Flussschiff verladen würden. Zollfrei und ohne große Formalitäten, Ihr versteht. Und was die Getreidekisten anbelangt, so würde ich die Kulanz des Hafenamts zu schätzen wissen, in diesem einen Falle nicht von dem Stapelrecht Gebrauch zu machen, denn auch hier ist außerordentliche Eile geboten.« (Nur noch wenige Tage bis Mariä Himmelfahrt!, denkt er für sich.) »Im Übrigen, verehrter Partner: Da alles auf der Welt seinen Preis hat, würde natürlich bei erfolgreicher Vermittlung auch für Euch einiges herausspringen.«

Alemann schmunzelt. »Ich glaube, ich habe da eine Idee. Man könnte sozusagen zwei Fliegen mit einer Klappe schlagen ... Mein Sohn ist ohnehin dabei, sich mit seiner jungen Frau nach Hamburg aufzumachen. Da kann ich ihn gleich instruieren.«

Gervinus lächelt einnehmend. »Zwei Fliegen mit einer Klappe zu schlagen – das war auch schon immer meine Devise! Gut, ehrenwerter Freund.«

Alemann überstürzt sich fast. »Was kann ich sonst noch für Euch tun? Soll ich Euch nach der Reise ein Bad richten lassen? Die Magd wird Euch Euer Zimmer zeigen, wo Ihr danach ein wenig ausruhen könnt. Ich lasse Braten, Brot und Wein hinaufbringen. Aber seid darauf bedacht, Euren Appetit zu zügeln, denn für den Abend lade ich Euch in den ›Hirschen‹ ein, und für übermorgen sind wir zu einem Festessen bestellt.« Er stößt Gervinus kumpelhaft mit dem Ellenbogen an. »Da wollen wir doch ein wenig Platz lassen in unseren Bäuchen, nicht wahr?«

»Ein Bankett?« Gervinus zieht die Brauen hoch. »Und wer gibt sich die Ehre?«

Alemann rümpft die Nase. »Das Schicksal will es, dass Euer bester Kunde, Hochwürden Ernst von Wettin, sich in der Stadt aufhält.«

»Was denn – unser Erzbischof ist hier? Wenn das kein Zusammentreffen ist …« Gervinus springt auf, geht erregt im Raum hin und her. Seine Wange beginnt wieder zu zucken. »Der Bischof hier in diesen Mauern? Seht euch bloß vor, ihr Magdeburger! Was will er denn?«

»Er richtet eine Weihe zu Ehren des heiligen Mauritius aus. Danach sind die geistlichen Führer ebenso wie die Würdenträger der Stadt geladen.« Alemann senkt die Stimme, als könnte jemand sie belauschen. »Will es wohl erst mit dem Zuckerbrot versuchen hier in Magdeburg, ehe er wie bei Euch in Halle die Peitsche schwingt.«

»Dann rechnet im Anschluss mit dem neunschwänzigen Ochsenziemer«, versetzt Gervinus grimmig.

Mit Wut und Scham denkt er an die Machtergreifung des vierzehnjährigen Flegels in Halle vor sechs Jahren. Nichts hatten die reputierlichen Bürger und Handelsherren dem geistlichen Diktator entgegensetzen können. Eingesperrt wie die kleinen Kinder hatte er sie! Hinter ihm standen genug Soldaten. Vor ihren Augen, im Herzen der Stadt, hatte er eine Zwingburg errichten lassen, in deren Verliesen er aufmüpfige Bürger mürbe machte! Den Austritt aus dem Bund der Hanse hat er erzwungen, sich den Salzhandel selbst unter den Nagel gerissen! Und nun wollte sich dieser Bengel an Mariä Himmelfahrt auch noch mit einem Spektakel als Kirchenmann profilieren, und Gervinus sollte ihm die dazu notwendigen Utensilien beschaffen!

Aber Gervinus hat inzwischen umdisponiert. Und dass er seinen Auftraggeber jetzt und hier in Magdeburg antrifft und nicht in Halle, ist dabei eine Fügung des Himmels …

»Ist Euch nicht wohl, ehrenwerter Gervinus?« Alemanns Gesicht schwebt ganz nah vor Gervinus', und der schreckt zurück. Für einen Augenblick war er völlig geistesabwesend und muss recht seltsam vor sich hingestarrt haben.

»Ah, nein, Freund Alemann. Ich dachte nur …« Er pausiert, zögert – oder überlegt er? Schließlich bringt er heraus: »Ich dachte nur an … Ihr wisst schon, vor zwei Jahren, als dieser Kapitän der städtischen Wache das Tollhaus für seine Zwecke hergerichtet hatte … Es gab da *dieses junge, schwarzhaarige Mensch* …« Er grinst anzüglich, und Alemann fühlt sich unbehaglich bei der Erinnerung an eine delikate Episode, die ihm in jenem Bordell widerfahren ist.

»Wenn Ihr darauf hinauswollt: Das Haus wurde auf richterliche Anweisung geschlossen«, sagt er rasch und fügt dann augenzwinkernd hinzu: »Aber wenn Ihr nach den Mühen der Reise Euch lieber der Fürsorge der Baderinnen anvertrauen wollt, statt mit einem heißen Bad in meinen vier Wänden vorlieb zu nehmen, so trage ich Euch nichts nach.«

»Ja, ich denke, nach der langen Zeit im Sattel tut mir ein kleiner Spaziergang gut.« Gervinus winkt nach seinem Mantel und ist schon wieder fort, ohne richtig angekommen zu sein.

Alemann hat dafür Verständnis …

MAGDEBURG, ALEMANNS HAUS

»Jetzt sitzt Ihr schon ein halbes Vaterunser vor der Wäschetruhe und starrt hinein, als würden sich zwischen Euren Laken böse Geister eingenistet haben, Frau!« Die Magd Elsabe, Vertraute ihrer Herrin und langjährige Dienerin im Haus des Schöffen, tippt ihrer Herrin auf die Schulter, und Gesine schreckt auf, als habe sie Spuk angerührt. »Ist was nicht in Ordnung mit der Wäsche? Sie war auf der Bleiche, wie sich's gehört, und ich hab die kleine Mieke angewiesen, wie sie zu stapeln ist.«

»Mit der Wäsche ist alles in Ordnung«, erwidert die Alemannin mit leiser Stimme. »Mit unserm Gast weniger. Dass er es wirklich wagen kann ... Nach all der Zeit ...« Sie schüttelt den Kopf.

»Ihr meint den Kaufmann Gervinus?«

»Ich meine den Kaufmann Gervinus – meinen früheren Verlobten.«

»Huch!« Elsabe schlägt ein Kreuz. »Was sind das für Geschichten?«

»Alte Geschichten, Elsabe«, sagt Frau Gesine und erhebt sich von den Knien, auf denen sie vor ihrer Wäschetruhe gelegen hatte. »Komisch, dass es mich immer noch so berührt.«

Die tüchtige Magd nimmt inzwischen Bettzeug und Handtücher aus der Truhe, stapelt sich alles über dem Arm. »Es sollte mich wundern, Frau, wenn Ihr mir das nicht erzählen wollt!«, bemerkt sie trocken.

Gesine nickt. Gemeinsam mit der Magd steigt sie zur Gästekammer hinauf, und während die beiden Frauen Bett und Zimmer herrichten, beginnt sie: »Das ist nun fast dreißig Jahre her – weiß der Himmel, warum es mir so nahe geht, diesen Mann wieder zu sehen. Wie du weißt, stamme ich ja aus Halle, aus einer Salzwirkerfamilie. Salzwirker in Halle, die Halloren, sind reiche

Leute. Ich hatte eine feine Mitgift zu erwarten. Trotzdem war mein Vater damals bereit, mich an einen jungen Kerl zu geben, der in seinem Kontor arbeitete. Ein spilleriges Bürschchen mit keinem anderen Vorzug als seinem fixen Kopf. Er hatte beim Handel mit den großen Kaufleuten für meinen Vater manchen Vorteil herausgeholt, und so war der wohl der Ansicht, der Junge könne ihm auf die Dauer von großem Nutzen sein. Also wollte er ihn zu seinem Eidam machen. Der junge Bursche hieß Philipp Gervinus.«

»Das hab ich mir beinah gedacht«, sagt Elsabe und zieht mit Hilfe ihrer Meisterin die Leinenschluppe über das Daunenbett. »Und? Ihr mochtet ihn?«

»Ich weiß nicht!«, erwidert Gesine matt. »Ich fand ihn nicht übel. Aber *was* ich weiß, das ist, dass er mich geradezu angebetet hat damals. Knallrot wurde er, wenn ich nur das Kontor betrat, und täglich lag ein Rosenstrauß vor meiner Tür. Tja, und dann tauchte Marcus Alemann aus Magdeburg in unsrem Haus auf, in Geschäften. Ein stattlicher Herr fürwahr – und er begann um mich zu werben. Und sein bedeutender Name und seine reich gefüllte Börse bewegten meinen Vater schließlich, das Verlöbnis mit Philipp aufzulösen und mich an Alemann zu geben.« Sie streicht die Laken glatt. »Was sollte ich machen? Ich war nur ein Frauenzimmer, das zu gehorchen hat. Nicht, dass ich es je bereut hätte, Alemanns Weib zu werden!«, fügt sie hastig hinzu. »Er ist ein ehrenwerter Mann und hat mich immer gut behandelt.«

»Aber?«, fragt Elsabe, während sie mit ein paar Handkantenschlägen das Kopfkissen aufschüttelt.

»Es gibt kein Aber, Elsabe!«, sagt ihre Herrin streng. »Nur Philipp – er geriet ganz aus dem Häuschen. Ihm lag wohl sehr viel an mir damals. Er hat mir vorgeschlagen, mit ihm durchzubrennen, stell dir vor! Und als ich nein sagte, hat er versucht, mich – nun, sagen wir mal –, er wollte etwas Unsittliches von mir. Ich hab geschrien, wie es sich für eine sittsame Jungfrau ziemt. Alemann, mein Bräutigam, der noch zu Gast war, kam dazu und hat ihn damals windelweich geprügelt. Schlimm war das.« Sie schaudert in der Erinnerung. – »Ich ging dann als Alemanns Eheweib hierher nach Magdeburg und vergaß die ganze Geschichte. Und vor ungefähr zehn Jahren taucht ebendieser arme und verzweifelte Ladengehilfe von damals hier in Magdeburg auf und ist nun der hoch angesehene Fernhandelskaufmann Philipp Gervinus, weit gereist und – ja, und wirklich inzwischen sehr, sehr stattlich – während Alemann ja ein bisschen in die Breite gegangen ist ... Für mich war es ein rechter Schreck, als ich erfuhr, dass er hier in unserer Stadt ist. Aber mein Gatte versicherte mir: alles vergeben und vergessen! Es ginge ums Geschäft, und da haben alte Gefühle keine Rolle zu spielen – außerdem verstehen sich die beiden Männer jetzt prächtig, heißt es. Und man sieht es ja auch.«

Sie lässt einen Blick durchs Zimmer streifen. »Alles zum Besten, Elsabe. Tja, bisher wurde ich ja auch ›verschont‹. Wenn Gervinus in Magdeburg war, stieg er im Gasthof ab und ging nur zu Marcus ins Kontor – ich bekam ihn nicht zu Gesicht und fand das sehr rücksichtsvoll. Aber heute – heute nimmt er plötzlich hier Quartier. Was mag das zu bedeuten haben?«

Elsabe zuckt die Achseln. »Ihr solltet Euch nicht den Kopf zerbrechen«, sagt sie ruhig. »Solche alten Geschichten verjähren wirklich. Ihr seid doch eine vernünftige Frau! Was sollen denn diese Flausen? Der Herr Gervinus ist einfach ein Gast, und hier ist es allemal bequemer als im Wirtshaus.«

Gesine nickt. »Bestimmt hast du Recht.« Die beiden Frauen steigen die Treppe hinunter.

Der Hausherr steht allein im Vorraum, gibt Anweisungen an seine Ladendiener. Gesine tritt zu ihm. »Wo ist unser Gast? Alles ist vorbereitet. Soll Elsabe ihm ein Bad rüsten?«

Marcus grinst ein bisschen. »Unnötig, denke ich. Der Herr Gervinus stattet gerade dem städtischen Badehaus einen Besuch ab.« Und als er Gesines Erröten sieht, fügt er entschuldigend hinzu: »Liebste, was willst du? Gervinus ist auch nur ein Mann, und da er zudem unvermählt ist ...«

Seine Gattin dreht sich auf dem Absatz um und geht. Die Abreise des Sohns und der Schwiegertochter muss auch noch vorbereitet werden ...

Gervinus ist schneller zurück, als erwartet. Für einen, der, mit Verlaub gesprochen, gerade im Puff war, scheint er sehr unternehmungslustig – aber dergleichen wirkt sich ja bekanntlich bei jedem Mannsbild anders aus.

»Alles im rechten Gleichgewicht?«, fragt Alemann und kneift ein Auge zu. Schließlich kennt er *das schwarzhaarige Mensch* selbst auch ein wenig ...

»Könnte nicht besser sein!«, erwidert Gervinus mit einem schiefen Grinsen. »Ich denke, ich gönne mir jetzt ein wenig Ruhe in dem Gemach, das Eure Gattin mir zuweist. Das Abendessen, das Ihr mir versprochen habt, will schließlich durchgestanden sein.«

Das Schiff, das Regina Alemannin, geborene Jessen, von Magdeburg nach Hamburg, ihrer Heimatstadt, bringt, ist von Haus aus eigentlich eine Kornschute. Aber ihr Vater, Senator Oswald Jessen, hat aus der Ferne Sorge tragen lassen, den Frachter zu einer Art schwimmender Kemenate umzuwandeln. Da gibt es bequeme Sessel mit Polsterkissen und Gurtbetten, belegt mit üppigen Federdecken; für Speise und Trank ist aufs Beste gesorgt, und ein Aufbau mit Schatten spendendem Baldachin an Deck bewirkt, dass die junge Frau sich gemächlich die Landschaft betrachten kann, die da so schön und grün und friedvoll vorüberzieht – Wiesen und Felder, Deiche sodann, schilfige Seitenarme, Reiher fliegen auf, Störche staken durchs Röhricht, Kühe liegen träge wiederkäuend am Ufer.

Von Zeit zu Zeit kommt dem Schiff ein Lastkahn entgegen, mühevoll von Ochsengespannen auf dem Treidelpfad stromaufwärts gezogen. Man selbst lässt sich treiben. Das Wetter ist freundlich.

Der Grund für Reginas gemächliche Reise liegt im Kopf ihres Vaters begründet – und was sich da einmal festgesetzt hat, dem ist nicht so schnell beizukommen.

Vor einem guten Jahr hatte die junge Frau nach beschwerlicher Schwangerschaft ein totes Kind zur Welt gebracht. Nun war Oswald Jessen felsenfest davon überzeugt, dass dergleichen in Hamburg nicht passiert wäre. Die Schuld, so befand er, lag einzig und allein an der mangelhaften Kunstfertigkeit der Magdeburger Hebamme, und wie das so seine Art ist, dehnte er sein Urteil sogleich auf alle in der guten Stadt ansässigen Geburtshelferinnen aus, die er in Bausch und Bogen als eine Zunft von Pfuscherinnen bezeichnete. Nur daheim, nur in Hamburg, gab es wirklich kundige Wehmütter und Ärzte, und dass seine geliebte Tochter ihr zweites Kind im väterlichen Haus zur Welt bringen würde, davon biss nun einmal die Maus keinen Faden ab.

Ja, Regina ist wieder schwanger. Im neunten Monat schon. Lange hatte sie versucht, vor dem eigensinnigen Vater ihren Zustand geheim zu halten. Aber dann kam Jessen zu Besuch zu Alemanns, und er waltete seines Amtes ...

Eine Reise über Land kommt natürlich nicht in Frage. Die Wege sind in einem schrecklichen Zustand, zumindest für jemanden, der ein Gefährt benutzen muss, ist das Gerüttel und Geschüttel das reine Gift. Schon wenn man gesund ist, entsteigt man einer Kutsche mit schmerzenden Knochen und verrenkten Gliedern – wie soll es da eine Schwangere durchstehen!

Reiten? Nicht mehr dran zu denken! Eine Sänfte – möglich, aber nicht so komfortabel wie ein Schiff. Und außerdem sind die Straßen unsicher. Die Reise zu Wasser ist die einzige Alternative, bestimmt Jessen.

Der Widerstand der Familie Alemann – schließlich hätte Gesine gern das Wochenbett der Schwiegertochter betreut – verpufft gegenüber dem Furor des Senators wie ein Tropfen auf einer heißen Herdplatte. Man muss die junge Frau ziehen lassen – aber wenigstens nicht ohne ihren Gemahl.

Und so kommt es, dass Richard Alemann, gerade mal ein Jährchen Stadtschreiber der guten Stadt Magdeburg, bereits wieder um einen unbefristeten Urlaub beim edlen und gestrengen Rat nachsuchen muss, um seine Ehehälfte ins Wochenbett zu geleiten – was ihm nicht wenig Spott und Hohn hinter vorgehaltener Hand einträgt. Der klebt am Schürzenzipfel der schönen Hamburgerin fest wie ein Samtbändchen, küsst den Pantoffel von früh bis spät!

Im Übrigen wird der Urlaub gewährt, ohne groß zu lamentieren, und eine Vertretung bestallt. Dass Richard seine Laufbahn mit einem Aufenthalt im städtischen Karzer unter Mordverdacht begonnen hatte, das hing ihm an wie dem Hund der Schwanz. Da nutzte es wenig, dass seine Unschuld schließlich sonnenklar erwiesen wurde – Karzer ist Karzer. Ehrbaren Leuten stößt so etwas einfach nicht zu!

Und da sitzt er nun also an diesem schönen Sommertag auf einem Elbschiff, am Lager seiner Eheliebsten, lässt sich das dunkle Haar vom leichten Wind zerzausen und betrachtet den runden Leib seines Weibes mit einem schwer deutbaren Gesichtsausdruck: Bewunderung? Sorge? Eine Art von komischer Verzweiflung? Oder alles das miteinander ...

Regina sieht auf von dem Buch, in dem sie gerade liest – einen Plutarch in Originalsprache –, und runzelt die Brauen. »Fällt dir nichts Besseres ein, Richard, als mich anzugaffen wie das achte Weltwunder? Passt dir irgendetwas nicht?«

Richard seufzt.

Seufzen ist für ihn in den letzten Wochen von Reginas Schwangerschaft zu einer Art Universalsprache geworden, und jeder Seufzer ist beladen mit einem ganzen Korb voller Gründe. Natürlich hat er nach dem, was Regina bei der vorigen Entbindung ausgestanden hatte – und dem sozusagen negativen Ergebnis –, einfach Angst um sein Weib. Gott gebe, dass diesmal alles gut ablaufen möge! Und die Alemanns warten voller Ungeduld auf den Stammhalter. Eine Frau, die es nicht fertig bringt, vernünftig zu gebären, gerät schnell in Verruf. Die schöne Regina hat es ohnehin schwer in Magdeburg. Sie ist eine Fremde, eine reiche Fremde – eine hochmütige dazu, sagen die Leute –, und sie befasst sich mit einer Reihe höchst unweiblicher Dinge, wie zum Beispiel dem Lesen und Schreiben.

Zum Zweiten kann Richard nicht verhehlen, dass er an Reginas rundem Bauch, den sie selbst mit Stolz betrachtet und zur Schau stellt, indem sie das Obergewand mit Bändern und Spangen zurückzieht vom Unterrock – dass er, wie gesagt, an dieser Kugel nichts Schönes oder gar Anregendes finden kann. Im Gegenteil. Zumal mit dem Wachsen dieses Körperteils die Zahl der ehelichen Freuden immer weiter eingeschränkt wurde. Gerade jetzt, wenn die großen grauen Augen der Schönen ihn so unter gerunzelten Brauen betrachten, verspürt er das dringende

Bedürfnis, mit ihr unter Deck zu gehen und – ja, was eigentlich mit ihr zu machen? Sie mahnt immer nur zur Vorsicht, und es erfordert ja auch fast die Künste eines Akrobaten, um überhaupt zum Zuge zu kommen.

Und zum Dritten: Richard Alemann langweilt sich einfach. Nichtstun geht einem Mann seines Temperaments auf die Nerven. Zum Glück dauert diese Flussfahrt nicht mehr lange. Eine Nacht vielleicht noch und ein Tag, dann erreichen sie ihr Ziel. Und dort erwartet ihn endlich eine Aufgabe. Sodass er denn zumindest vor sich selbst behaupten kann, er würde diese Reise nicht nur seinem Weibe zuliebe unternehmen.

Kurz vor Abfahrt hatte sein Vater ihn noch beiseite genommen und ihn beauftragt, für seinen Freund und Handelspartner Philipp Gervinus tätig zu werden. Gervinus, der gerade zu Gast bei den Alemanns weilt, erwartet also ein Schiff mit heikler Fracht im Hamburger Hafen. Wenn nicht gar die »Santa Anna« des Gastfreundes inzwischen glücklich die iberische Halbinsel umrundet hat und bereits in den Hafen der Hansestadt eingelaufen ist. Die schnelle Weiterbeförderung der lebendigen Ladung, das heißt die schnelle Genehmigung zum Löschen der Fracht, zu erwirken, soll sich nun Richard in die Spur begeben, und zwar mittels der Fürsprache seines Schwiegervaters Oswald Jessen.

Nun sind Jessen und Richard bisher nicht immer am gleichen Ende des Seils gestanden, wenn's ums Tauziehen ging. Der Hamburger Senator hatte dem Eidam zwar verziehen, dass der ihn mehr oder weniger in den Magdeburger Kerker gebracht hatte, aber die Schuld an der Fehlgeburt, die die Tochter erlitten hat, schiebt der eigensinnige Hamburger mit der ganzen verqueren Logik seines Dickschädels irgendwie Richard in die Schuhe.

Na ja, man wird sehen. Jedenfalls traut sich Richard zu, die Sache in den Griff zu bekommen, und infolgedessen gelingt es ihm nun auch, das Stirnrunzeln seiner schönen Frau mit einem Lächeln zu parieren.

»Alles ist gut und schön und in Ordnung«, erwidert er auf

die Frage Reginas, »und wenn ich dich ansehe, dann nur, weil ich dich bewundere.«

Sie schlägt ihm leicht mit dem Buch gegen die Stirn. »Musst du immer Komplimente drechseln?«

»Was bleibt mir übrig?« Er küsst ihre Finger.

Nun ist es an Regina zu seufzen. »Ich bin wirklich froh, dass du jetzt in Hamburg eine kleine Aufgabe bekommst.«

Richard sieht sie irritiert an. Der Vater hatte ihm ausdrücklich eingeschärft, der jungen Frau nichts von seiner Mission zu sagen, denn Regina hatte sich bereits durch ihre Einmischung in männliche Obliegenheiten hervorgetan – dass dies nur zum Besten dieser Obliegenheiten geschehen war, spielte dabei keine Rolle. »Woher weißt du?«, fragt er ein bisschen töricht.

Regina kichert. »Du liebe Güte! Meinst du, uns Weibern im Haus bleibt irgendetwas verborgen, was ihr Männer miteinander aushandelt? Da sagt es der Schreiber dem Diener und der Diener der Kammerzofe und die der Magd, und schwups ist es bei Gesine, und das, was deine Mutter weiß, das weiß ich auch.

»Hm«, knurrt Richard. Er erinnert sich dunkel, dass sein Vater von einem Gespräch unter vier Augen zwischen ihm und Gervinus geredet hatte ... Haben die Wände Ohren bei ihm zu Hause?

»Also«, fährt die junge Frau fort, »ich denke, es wird nichts schaden, wenn ich bei meinem Vater ein Wörtchen für dich einlege, damit du deine Angelegenheit schnell und ohne Komplikationen klären kannst.«

»Das denke ich denn doch!«, erwidert Richard, nicht ohne Hoffart. Schließlich ist er, was man einen weit gereisten Kunden nennt, hat sich den Wind halb Europas um die Nase wehen lassen und vom Söldner bis zum Fürstendiener dies und jenes durchprobiert. »Die Aufgabe ist ja wirklich nicht die Welt!«

Und seine Frau nickt zustimmend zu diesen Worten.

Nie sollten sich zwei Leute gründlicher geirrt haben.

Das also ist der Erzbischof Ernst von Wettin? Frau Gesine kommt aus dem Kopfschütteln gar nicht heraus, und ihre Magd Elsabe, die hinter ihr steht, kann sich das Kichern kaum verkneifen.

Da haben sie sich beide aufgemacht, angetan mit ihren besten Hauben und frisch gestärkten Schürzen, um dem Einzug dieses mächtigen Kirchenfürsten beizuwohnen und, wie es sich gehört, ein bisschen zu jubeln – und nun das!

Der Aufwand als solcher ist natürlich prächtig, dagegen ist nichts einzuwenden. Blumen streuende Jungfrauen vorweg, dann junge Kleriker, die Weihrauchfässchen schwingen und in hohen Tönen ein Te Deum zwitschern, gefolgt von dem ersten Trupp bis an die Zähne bewaffneter Lanzenreiter. Ein höchst eindrucksvoller Geleitschutz – aber, wie man weiß, auch vonnöten. Denn der Erzbischof ist alles andere als ein beliebter Herr, und es sollte schon vorgekommen sein, dass man ihn bei seinen Ausritten mit Pferdeäpfeln, faulen Eiern und sogar Pflastersteinen traktiert hat, statt ihm Hosianna zu singen.

Alsdann erscheinen die Notabeln der Stadt, Bürgermeister und Schöffen in vollem Ornat – dass ihr eigener Gemahl nicht auserwählt war, bei dieser Zeremonie mitzumachen, kränkt Gesine kein bisschen, denn was für eine Ehre ist es schon, neben dem Pferd dieses hohen Herrn herzugehen, es am Zügel zu führen (Bürgermeister) oder ihm gar die Steigbügel festzuhalten (Richter Thalbach und Ratsherr Horn). Das Pferdchen des Erzbischofs übrigens sieht aus wie ein Hungerhaken und gebärdet sich, als sei es völlig aus dem Häuschen, bloß weil da mal ein paar Leute in die Hände klatschen und Hochrufe ausstoßen.

Und auf diesem kleinen, schmalbrüstigen Pferdchen nun der Würdenträger selbst: Ein merkwürdiges Bürschchen von kränklicher Blässe; späht man in den Schatten des breitkrempigen

Hutes, fallen einem eine spitze Nase und ein fliehendes Kinn auf. Ernst von Wettin hockt mit krummem Rücken auf dem Kinderpferdchen, und der violette Samt seiner Stola wirkt an ihm genauso deplatziert wie die knallroten Handschuhe und der große Bischofsring. Er sieht starr geradeaus, und von Zeit zu Zeit hebt er die Rechte und segnet das Volk. Was nicht gerade wirkt, als wenn er mit dem Herzen dabei wäre.

Um ihn herum noch ein ganzer Pulk von Männern in schwarzen Talaren und im Rot und Violett der hohen Geistlichkeit und dann wieder Lanzenreiter – aber das interessiert Frau Gesine nun nicht weiter.

Enttäuscht wendet sie sich an ihre Magd. »Ich begreif's nicht! Das soll der große Tyrann und Leuteschinder sein? Der Mann, der die Hallenser bis aufs Blut schikaniert, ihnen eine Zwingburg vor die Nase gesetzt hat, ja, sie sogar mit Gewalt und Drohungen dahin gebracht hat, aus dem Bund der Hanse auszutreten? Du weißt ja, der Salzpreis ist aufs Dreifache gestiegen seitdem! Der sieht doch aus, als wenn ihn ein Windhauch umpusten könnte!«

»Stille Wasser sind tief, Frau!«, entgegnet Elsabe weise.

»Lass uns nach Haus gehen. Mach trotz der Wärme draußen ein bisschen Feuer im Kamin. Die Abende sind kühl, und das dicke Mauerwerk hält eh die Sommerwärme ab. Und außerdem ...«

Frau Gesine unterbricht sich, denn ihre Magd hat sie am Arm gepackt und zerrt sie eilig auf die andere Straßenseite. »Da!«

»Was ist denn ... ach so ...«

Sie sind in der Nähe des städtischen Badehauses. Vor der Tür lehnt in einem mehr als gewagten Aufzug, die Röcke bis zum Knie geschürzt, die Ärmel gekrempelt, das dünne Hemd so vom Wasser durchtränkt, dass es wie eine zweite Haut an den spitzen Brüsten klebt, ein junges Ding, die gelbe Schleife ihres Berufsstands in den dunklen Locken, und mustert die Frau des Schöffen Alemann mit einem Lächeln, ehe sie sich zu einem kleinen Knicks herbeilässt.

Gesine steigt das Blut in die Wangen. Die junge Person, bei den zahlungskräftigen Herren der Stadt unter dem Namen »die schwarze Kathrine« bekannt, war erst seit kurzem aus einer inzwischen geschlossenen Hurenklappe als Baderin ins städtische Badehaus übernommen worden – der einzige Unterschied zwischen beiden Tätigkeiten bestand darin, dass man hier vorher zu den Herren in die Wanne steigt. Einer ehrbaren Bürgersfrau den Anblick eines solchen Mädchens zuzumuten ist schon empörend genug. Aber Elsabe weiß natürlich, dass ihre Herrin ganz besonderen Grund hat, sich aufzuregen. Der ehrenwerte Marcus Alemann war selbst Kunde dieser Dame gewesen, und es war herausgekommen. (Das Hausgesinde hegt übrigens den dringenden Verdacht, dass der Herr von Zeit zu Zeit noch immer an der verbotenen Frucht nascht ...)

Und so geschieht es, dass Gesine Alemann, statt den frechen Gruß zu ignorieren, die Augen abzuwenden und rasch vorüberzugehen, sich vom Arm ihrer Magd losreißt und energischen Schritts auf das Mädchen zustrebt.

»Dass es in unserer ehrbaren Stadt überhaupt so etwas wie dieses – dieses Haus gibt, das ist schon schlimm und gottlos genug!«, sagt sie mit vor Aufregung heiserer Stimme. »Aber dass neuerdings die Huren öffentlich vor der Tür paradieren und die Dreistigkeit besitzen, einfach stehen zu bleiben, wenn eine verheiratete Frau des Weges kommt – das ist nun wohl der Gipfel der Schamlosigkeit!«

Die schwarze Kathrine mustert sie gelassen, und in ihren schmalen Augen sitzt ein Lächeln. »Mir war einfach nur heiß!«, sagt sie beschwichtigend. »Die Arbeit da drin – Ihr versteht ...« Sie zwinkert, als wenn ihr etwas ins Auge gekommen ist.

»Arbeit? Du wagst es auch noch, das, was du da drin machst, Arbeit zu nennen?«

Elsabe zieht ihre Herrin am Ärmel. Was soll denn dies dumme Gezänk? »Verschwendet kein Wort an so eine, Frau!«, raunt sie. »Ihr macht Euch nur selbst klein!«

Das junge Ding da in den aufreizenden Kleidungsstücken

ist ganz unbeeindruckt, wie's scheint. Sie zuckt die Achseln. »Nennt's, wie Ihr wollt«, erwidert sie, »aber am Ende eines Tagewerks ist unsereins auch rechtschaffen müde.«

»Tagewerk?« Gesine schnappt nach Luft. »Nächtliches Herumgeluder meinst du wohl, was?«

»Och, im Badehaus gibt es das eigentlich auch öfters tagsüber«, erwidert sie friedfertig.

»Hure! Ich danke Gott dem Herrn, dass aus meinem Haus sich niemand so gottlosen Ausschweifungen hingibt! Mit Ruten sollte man eine wie dich aus der Stadt jagen!« Sie spuckt dem jungen Mädchen vor die Füße und wendet sich endlich zum Gehen, am ganzen Körper zitternd.

Kathrine sieht ihr hinterher, und jetzt ist das Lächeln aus ihren Augen verschwunden. »Wenn du wüsstest ...«, knurrt sie zwischen den Zähnen.

Was die ehrenfeste Gesine alles nicht weiß, ist vielfältig. Offenbar weiß sie nicht einmal, dass auch der Gast ihres Eheherrn Kathrine einen Besuch abgestattet hat. Allerdings wollte er diesmal andere Dienste von ihr erlangen als das, was im Allgemeinen der Brauch ist. Aber Kathrine ist nicht von gestern und kennt sich aus in dem, was über und unter der Stadt webt und lebt. Auch in jenen Kellern und Grüften, um deren Existenz Gesine nicht einmal weiß – noch nicht weiß ...

»Frau, Ihr seid ja ganz aus dem Häuschen!« Elsabe redet beruhigend auf ihre Herrin ein. »Was erregt Ihr Euch denn so über diese Reiberin!«

Und in der Tat hat sich die sonst so besonnene Alemannin auf eine Weise hinreißen lassen, da kann Elsabe nur den Kopf schütteln. Warum hat sie sich bloß so an dieser Badehure verbissen vorhin? Nun lehnt sie an der Wand des nächsten Hauses und schnappt nach Luft, und ihre Hände zittern noch immer.

»Ich weiß nicht, was in mich gefahren ist!«, murmelt Gesine beschämt.

Elsabe findet ja ohnehin, dass sich ein vernünftiges Ehegespons nicht so darüber aufregen muss, wenn der Herr Gemahl hin und wieder ins städtische Badehaus geht. Das tut der Gesundheit gut und frischt das eheliche Leben eher auf, denn dass es dasselbe mindert. Aber die Herrin hat da offenbar andere Ansichten.

»Mir sind die Knie weich!«, sagt Gesine und presst, wütend über sich selbst, die Lippen aufeinander. »Wären wir nur gleich zu Haus geblieben, statt uns diesen Aufzug und diesen ... diesen merkwürdigen Jungen anzugucken – ich meine diesen Bischof.«

Elsabe hat ihre Herrin resolut untergefasst, um sie nach Haus zu bringen, aber als sie merkt, wie wacklig die auf den Beinen ist, sagt sie mit einem Blick auf das benachbarte Gasthaus »Zum güldnen Anker«: »Eine kleine Rast würde Euch gut tun, Frau! Was haltet Ihr von einer Stärkung hier am Ort? Im ›Anker‹ führt eine ehrenwerte Wirtin das Regiment und ...«

»Ich in ein Wirtshaus?« Gesines dunkle Augen funkeln vor Entrüstung. »Eine Frau meines Standes besucht solche Orte nicht!«

Aber als sie direkt vorm »Anker« angekommen sind, vor dem einladend Bänke und Tische im Freien stehen – leer im Augenblick, weil das Volk dem Bischof in den Dom zum Hochamt gefolgt ist –, packt sie die Schwäche noch einmal, und sie sinkt auf einen Sitz und presst die Hand aufs Herz. Kein Weiterkommen im Augenblick!

Elsabe ruft eilig nach der Wirtin, und durch einen heilsamen Hypokras aus Kräutern und Dünnbier bringen sie schließlich die aufgeregte Frau wieder ins Gleichgewicht.

Gesine rückt sich die Haube zurecht, atmet tief durch. Das Getränk tut ihr gut. Das Gemisch hat eine wirklich entspannende Wirkung.

»Ach, Elsabe! Lass uns hier noch ein bisschen verharren. Der Kamin und der Haushalt – das alles kann warten. Heute Abend speisen die Männer ja ohnehin auf Einladung des Bischofs. Lass uns hier einfach sitzen und zugucken, bis das Hochamt vorbei ist und die Prozession den Dom wieder verlässt.«

Nichts, was Elsabe lieber täte. Die Gelegenheiten, einmal ruhig in der Sonne zu sitzen, die Beine auszustrecken und den lieben Herrgott einen guten Mann sein zu lassen, sind für jemanden wie sie ja nicht so üppig vorhanden. Und die Prozession aus der Kirche zurück zum Palais des Bischofs noch einmal zu betrachten empfindet sie im Gegensatz zur Alemannin durchaus als eine Bereicherung ihres grauen Alltags.

Und so kommt es denn, dass die beiden Frauen Zeuginnen dessen werden, was sich da abspielen wird …

Die großen Flügeltüren, von denen aus man direkt ins Hauptschiff gelangt, werden nur zu besonders feierlichen Gelegenheiten genutzt, wie es dies Hochamt war. Zu den alltäglichen Metten, Vespern und Andachten schlüpften die Magdeburger durch die Seitenpforte über den Remter. Das war weniger aufwändig und brachte außerdem den Vorteil, dass man ganz genau beobachten konnte, wer alles sich frommem Tun hingab und wer eher lax im Glauben war und den Gebeten und der Beichte fern blieb in diesem Sprengel, denn im Kreuzgang, den man zu durchqueren hatte, sah und grüßte sich jeder. Und wieder hatten die braven Frauen, Jungfrauen und Hausmägde Gesprächsstoff für ein paar Tage.

So nun heute nicht. Heute ist das Portal angesagt. Frau Gesine und ihre wackere Magd haben es im Auge. Sie sitzen in der Sonne, Elsabe ist kurz vorm Einnicken, und ihre Herrin fühlt sich den Umständen entsprechend wohl – wäre da nicht dieser dumpfe Druck wegen des zugegeben völlig unnötigen Geplänkels mit der schwarzen Kathrine. Frau Gesine weiß leider ein bisschen zu viel über dies Mädchen, Dinge, die sie lieber vergessen möchte ...

Vom Dom wehen verschwommen die Klänge der Responsorien herüber, es dauert also noch eine Weile.

»Darf ich mich zu Euch setzen, Alemannin?« Eine weiche, melodische Stimme.

Die Frauen schrecken auf, Elsabe ist, wie's sich gehört, auf den Füßen und knickst, und ihre Herrin blinzelt auf zu dem Schatten, der ihr gerade die angenehme Sonnenwärme raubt.

»Herr Gervinus!« Gesines Stimme klingt gepresst, und einen Augenblick sieht es so aus, als ob sie aufspringen und weglaufen will. Aber dann fängt sie sich wieder. »Ich wähnte Euch dort drinnen, beim Hochamt!«, sagt sie zurückhaltend.

»Ach, verehrte Frau!«, seufzt der Mann aus Halle und lässt sich auf die gegenüberliegende Bank an ihrem Tisch fallen. »Was glaubt Ihr wohl, wie oft ich schon diesem merkwürdigen Knaben – unseren hochwürdigen Herrn Bischof meine ich – das Hochamt habe zelebrieren sehen? In meiner Heimatstadt – die ja auch einmal die Eure war – ist das für uns Bürger unumgängliche Pflicht. Da bin ich ganz froh, dass ich einmal pausieren kann. Schließlich bin ich hier nur Gast. – He, Frau Wirtin, einen Humpen Zerbster Bitterbier, und gut gemessen, wenn ich bitten darf!«

Das Bier kommt, und Gervinus tut einen langen Zug, wonach er sich den Schaum aus dem Bart wischt. »Ein vorzügliches Bier brauen sie in Zerbst, das muss man schon sagen!«, bemerkt er jovial. »Übrigens: Ich habe von Eurem Eheherrn gehört, dass Eure Schwiegertochter guter Hoffnung ist – meinen Glückwunsch zur baldigen Großmutterschaft!« Er verneigt sich leicht.

Gesine presst die Lippen aufeinander. »Wir beten zu Gott und allen Heiligen, dass diesmal alles im rechten Lot ist!«, sagt sie leise. »Ich weiß nicht, ob Ihr gehört habt – meine Schwiegertochter – nun ja, es hat nicht sein sollen.«

Gervinus nickt mitfühlend. »Wir sind alle in der Hand des Herrn!«, sagt er fromm. »Schweigen wir von so unliebsamen Themen.« Er nimmt einen weiteren Zug aus dem Krug.

Gesine blickt stumm vor sich hin. Die Gegenwart des Gastes schafft ihr Unbehagen. Gervinus hat sich bisher untadelig benommen und ist ihr rücksichtsvoll aus dem Weg gegangen. Warum muss er sich jetzt so aufdrängen?

Elsabe reißt sie aus ihren Gedanken. Sie zupft ihre Herrin am Ärmel. »Seht einmal, Frau! Ist das nicht der Baas?«

Gesine reckt den Hals, und auch Gervinus fährt herum. »Tatsächlich!«, ruft er überrascht. »Ich war ganz sicher, dass er am Hochamt teilnimmt – jedenfalls hat er mir das so gesagt. Was macht er denn da?«

Die kräftige Gestalt Alemanns, unverkennbar in seiner Fuchspelzschaube und dem dunkelroten Barett, ist an der Ecke der Apsis des Doms aufgetaucht. Er ist im Gespräch mit jemandem, einer Gestalt im dunklen Kapuzenmantel. Die Sonne bescheint ihn, und die Bänke vorm »Anker« liegen hübsch im Verborgenen; er dreht seiner Frau und seinem Gastfreund den Rücken zu und redet eifrig auf den anderen ein.

»Soll ich ihn zu uns rufen?«, fragt Elsabe diensteifrig.

Gesine runzelt die Stirn. »Sieht nicht so aus, als wenn er Zeit hätte, mit unserem Gast Zerbster Bitterbier zu trinken!«, sagt sie leise. »Ich glaube, er ist in Geschäften unterwegs.«

»Kommt mir auch so vor!«, bestätigt Gervinus.

Sie beobachten, wie Alemann irgendeinen Gegenstand, in eins

von Gesines bunt bestickten Schnupftüchern gewickelt, an den Fremden weiterreicht. Dann ist der Schöffe verschwunden, so schnell er gekommen ist. Und auch der andere ist nicht mehr zu sehen.

Gervinus streicht sich mit den Fingerspitzen über die Augen. »Husch! Weg wie ein Spuk!«, sagt er und lacht. »Was das wohl für merkwürdige Geschäfte sind!«

»Ich glaube kaum, Herr Gervinus, dass Euch die Art der Geschäfte meines Eheherrn etwas angehen – außer sie sind verquickt mit den Euren!«, erwidert Gesine, und die Röte steigt ihr ins Gesicht.

»Teure Frau! Warum so aufgeregt? Ich hatte nicht vor, Eurem von mir in allen Stücken verehrten Gatten irgendwie zu nahe zu treten – genauso wenig wie Euch!« Er lacht leise. »Verzeiht meine Deutlichkeit. Aber langsam habe ich den Eindruck, es war doch kein so guter Einfall, bei Euch Quartier zu nehmen, in der Hoffnung, dass die Dinge von damals vergessen sind.«

Die Alemannin schweigt, und Elsabe schweigt auch dazu.

Die Glocken des Doms beginnen tief und volltönend zu läuten. Gleichzeitig öffnen sich knarrend und quietschend die schmiedeeisernen Torflügel des Portals.

»Ach, der Gottesdienst ist vorbei!« Gervinus erhebt sich. »Nun gut! Wollen wir uns doch zumindest den Auszug des geistlichen Hirten nicht entgehen lassen.« Ein Geldstück landet auf dem Tisch. »Ich übernehme die Zeche für Euch mit, verehrte Frau! Darf ich bitten?« Er bietet Gesine einladend den Arm.

Sie schüttelt den Kopf, sagt gemessen: »Ergebensten Dank, Herr. Ich habe von hier aus auch einen Überblick. Gern würde ich mit meiner Magd hier sitzen bleiben.« (Sehr zur Befriedigung der Letzteren, die bisher höflich gestanden hat.)

»Nun, wie Ihr wollt!« Der Hallenser rückt seinen Gürtel zurecht, schiebt Geldkatze und Dolch nach vorn. »Im Gedränge sollte man sein Besitztum nicht aus dem Auge verlieren!«, sagt er und lächelt. »Bis später dann, Alemannin!«

Sie erwidert nichts, verneigt sich nur im Sitzen.

Nachdem sich der Mann entfernt hat, sagt sie mit gedämpfter Stimme zu Elsabe: »Er wird mir lästig.«

»Ach, Herrin, was wollt Ihr? Er war doch nur höflich!«

Gesine zuckt mit den Achseln. Ihr kam es eher aufdringlich vor.

Die beiden Frauen wenden ihre Aufmerksamkeit dem Dom zu. Zuerst entströmt dem Portal das Lumpengesindel. Das ist immer so. Die Bettler und Bresthaften, die Habenichtse und stadtfremden Gesellen, die Straßenkinder und Insassen des Armenhauses haben zuvor warten müssen, bis die Prozession des hohen Herrn und die edlen und gestrengen Stadtväter den Dom betreten hatten, dann sind sie hinterher hineingehuscht wie die Ratten und haben stehend im hinteren Teil des Kirchenschiffs dem Hochamt beigewohnt. Und nun, bevor sich der Zug aufs Neue ordnet, sind sie als Erste wieder draußen und bilden Spalier, in Schach gehalten von der Stadtwache, die die Strecke mit ihren Piken abriegelt.

Und dann geht alles wieder los wie schon beim Einzug. Die Blumen streuenden Jungfrauen, die tirilierenden und Weihrauch schwingenden Kleriker, der erste Pulk der waffenstarrenden Leibwache, dann inmitten seiner Räte und Prälaten, umringt von den Magdeburger Notabeln, dieser spillerige Ernst von Wettin, den sie jetzt zu seinem winzigen Pferdchen führen, das, streng bewacht, vorm Portal angebunden war. Zum Abschluss wieder Wache. Danach erst quillt zögernd das gemeine Volk, der Rest der Gemeinde, aus den Flügeltüren.

Gesine seufzt. Was gibt's da schon zu sehen! Sie versteht Gervinus wirklich nicht, warum er sich da so vordrängelt und sich sogar zwischen dies dreckige Gesindel schiebt, diese merkwürdigen Gestalten, die da den Weg säumen.

Inzwischen ist der geistliche Herr aufgesessen, und wieder dürfen ihm führende Männer der Stadt Zügel und Steigbügel halten.

»Seht einmal, Frau, da ist ja wieder der Hausherr!« Elsabe zeigt mit dem Finger.

Ja, diesmal ist auch der Schöffe Alemann unter den Würdenträgern, die dem Bischof das Geleit geben. Irgendwie muss er in der Zwischenzeit wieder durchs Seitenpförtchen in den Kirchenraum hineingeschlüpft sein. Er guckt grämlich aus seiner Pelzschaube – ist wohl schon in Gedanken an das folgende Bankett und die Reden, die da geschwungen werden. Bestimmt muss auch er eine vor Demut ersterbende Ansprache halten, statt gemütlich mit seinem Gast aus Halle beim Bier am Kamin zu sitzen.

Apropos Kamin: Gesine gibt sich einen Ruck. »Elsabe, wir müssen nach Haus! Die Arbeit wartet!« Sie will sich erheben – und plumpst auf ihren Sitz zurück. »Was ist denn das?! Da, direkt neben Gervinus? «

Ein Mann im dunklen Mantel, der bisher völlig unauffällig zwischen den Bettlern und Lumpenhunden gestanden hatte, befindet sich plötzlich im Handgemenge mit einem der städtischen Wachsoldaten. Ist das nicht die gleiche Person, mit der Marcus vorhin verhandelt hat? Gesine hält den Atem an. Der Kerl reißt sich los, prescht vor. Der eine der Lanzenreiter wird aufmerksam, er pariert sein Pferd durch, lenkt es auf die Stelle zu. Die anderen schließen sofort einen Kreis um den jungen Bischof.

Und dann fliegt etwas Glitzerndes durch die Luft. Ein Aufschrei. Einer der Bewaffneten fährt sich mit beiden Händen an den Hals. Blut quillt zwischen seinen Fingern hervor. Er wankt im Sattel, stürzt. Und nahezu gleichzeitig sieht Gesine von ihrem Platz aus, dass sich ihr Gastfreund Philipp Gervinus auf den Kerl im dunklen Mantel stürzt, ihn den Wachen, die ihn wieder ergriffen haben, förmlich aus den Händen reißt, ihn in einer Art Umarmung umklammert hält. Als er loslässt, sinkt der Mann in sich zusammen. Gervinus hält einen blutigen Dolch in der Hand.

»Gütige Mutter Gottes!«, stammelt Elsabe, sie starrt, Mund und Augen weit aufgerissen, auf das Geschehen. »Was war denn das?«

»Einer hat dem Bischof ans Leben gewollt«, sagt Gesine, und es klingt merkwürdig ruhig. »Und dann hat Gervinus den Attentäter getötet. – Sei so gut, Elsabe, sag einmal der Frau Wirtin, ich brauch noch so ein Hypokras.«

»Sieh einmal da!« Richard reckt den Hals und weist mit der Hand auf etwas.

Regina richtet sich auf. Quer übers Feld jagt ein einzelner Reiter auf die Elbe zu, als wäre ihm der Teufel auf den Fersen. »Himmel, hat der's eilig!«

Der Reiter verschwindet hinter einer Baumgruppe, taucht wieder auf, dann versperrt ein Gehöft ihnen die Sicht. Im nächsten Moment ist er hinterm Deich. Und jetzt, direkt auf der Deichkrone entlanggaloppierend, zieht er ein Tuch aus der Tasche, winkt ihnen zu.

»Der will zu uns, oder?«, fragt Regina.

»Sieht so aus«, entgegnet Richard und beeilt sich, dem Skipper Anweisung zum Anlegen zu erteilen. »Ich weiß nicht, wie's dir geht, Liebste. Aber ich habe bei solchen eiligen Botschaften immer ein flaues Gefühl im Magen. Wegen etwas Gutem beeilt sich doch die Welt nicht so.«

»Mal den Teufel nicht an die Wand!«, sagt Regina und lächelt. »Ich fühl mich so, als wenn mir nur Gutes widerfahren könnte.«

»Dein Wort in Gottes Ohr!«, murmelt Richard. Mit beunruhigten Blicken überwacht er das Anlegemanöver der Kornschute, während der Reiter sein schweißbedecktes Tier den Elbdeich hinunterjagt.

Der Bote springt ab, während die Schiffsbesatzung den schwankenden Steg auslegt, und mit dem unverkennbaren Gang eines Menschen, der sich den Hosenboden wund geritten hat, taumelt er breitbeinig auf das Schiff zu. »Eine dringende Nachricht aus Magdeburg!« Er japst, ringt nach Luft. »Die Frau Alemannin hat mir reichen Botenlohn zugesagt – durch Euch!«

Richard nimmt das Dokument in Empfang – die Lederhülle ist feucht vom Schweiß des Mannes. »Wollt Ihr an Bord kommen, eine Erfrischung zu Euch nehmen?«, fragt er und hält das Teil mit spitzen Fingern, als ob es heiß wäre.

Der Bote schüttelt den Kopf. »Schnell zurück!«, erwidert er atemlos. »Muss der Frau Botschaft bringen, dass Ihr alles Erdenkliche tut!«

Alles Erdenkliche? Das hört sich ja wirklich zum Fürchten an! »Mit dem Gaul kommt Ihr sowieso nicht weiter als bis zur nächsten Dorfschenke!«, gibt Richard zu bedenken. »Und lesen muss ich diesen Brief ja schließlich auch noch. Also lasst Euer Tier grasen und saufen und kommt aufs Schiff. Der Botenlohn – zusätzlich zu dem meiner Mutter – wird auch nicht karg ausfallen!«

Zögernd nickt der Mann, lässt sich von den Schiffsknechten an Deck bringen – er kann wirklich kaum mehr gehen – und verschwindet mit ihnen in der Mannschaftskajüte am Heck.

Regina hat sich unter Ächzen erhoben. Sie stützt den Rücken mit beiden Händen ab, schiebt den Bauch vor. »Was ist es denn, Richard?«

Er ist gerade dabei, das Pergament aus dem verschwitzten Lederpäckchen zu schälen, überfliegt die Zeilen, wobei er die Lippen bewegt, und die Falten auf seiner Stirn werden immer tiefer. »Also, was mir meine Mutter da über den Schreiber des Hauses mitteilt, das hat für mich weder Hand noch Fuß«, sagt er. »Irgendwie kann ich das alles nicht glauben. Marcus Alemann, *Schöffe* Marcus Alemann, mein Vater, steht unter Mordverdacht?! Aber das ist doch absurd! Alles an diesem Schreiben ist absurd. Und sie fordert mich nicht etwa auf, sofort nach Haus zu kommen, sondern unsere Reise nach Hamburg unverzüglich fortzusetzen und den Auftrag zu erfüllen, weil – was ist das? Weil dieser Gervinus der Einzige sei, der imstande ist, ihm zu helfen …? Also, ich begreife gar nichts.« Er lässt das Pergament sinken.

»Gib mal her!«, sagt seine junge Frau und nimmt ihm den

Brief aus der Hand. »Hm. Eigentlich ist es doch sonnenklar, Richard.« Sie beginnt an den Fingern abzuzählen. »Fakt eins: Mein Schwiegervater wird beschuldigt, ein missglücktes Attentat auf diesen Bischof bezahlt zu haben.«

»Aber mein Vater würde niemals ... Er hat dazu gar nicht die Fantasie!«

Regina verkneift sich ein Lächeln. »Es geht jetzt nicht um deine Spekulationen, Richard. Wir können nur von den Tatsachen ausgehen, die uns deine Mutter hier mitteilt.« In ihrer Stimme schwingt ein kleiner Tadel mit. »Fakt zwei: Dieser Kaufherr aus Halle, der deinen Vater gebeten hat, seine Gäule mit unserer Hilfe schnell und ohne langes Hin und Her ins Binnenland zu verschiffen, hat offenbar einen Stein im Brett bei dem Bischof. Er wird sozusagen die Verteidigung seines Freundes Alemann übernehmen und hofft, beweisen zu können, dass er unschuldig ist.«

»Aber wie und wieso ...«

»Richard! Sei doch nicht so aufgeregt! Das steht hier nicht! Hier steht nur – Fakt drei: Um diesen Bischof freundlich zu stimmen, zu bestechen, ihm Zeit für eine Frist zu geben – was weiß denn ich! –, müssen wir alles daransetzen, diese Gäule noch vor Mariä Himmelfahrt auf eine Flussbarke zu kriegen und schnellstens stromaufwärts gen Magdeburg und von da die Saale hoch zu dem Bischof nach Halle zu befördern. Eigentlich ist alles doch ganz klar.« Sie gibt ihrem Mann den Brief zurück.

Richard schluckt. »Das kommt mir alles sehr vage vor!«, sagt er und schüttelt den Kopf. »Wenn's nach mir ginge, würde ich schleunigst wenden und nach Magdeburg zurückschippern – oder besser noch, du fährst weiter, und ich nehme mir ein Pferd und mache mir zu Haus ein Bild.«

Regina greift ihren Eheliebsten bei den Ohren, zwingt ihn, ihr ins Gesicht zu sehen. »Mein allzu ungestümer Gatte! Lass für einen Augenblick Vernunft deine Führerin sein – Vernunft in Person deiner Frau! So man nicht alle Einzelheiten über etwas in Erfahrung bringen kann, muss man sich mit dem behelfen, was man hat, wenn es darum geht, mit der Zeit um die Wette zu rennen. Wir haben eine Aufgabe, und die ist ganz klar: die Pferde so schnell wie möglich runter vom Schiff und ins Binnenland. Punktum! Du weißt ja, wie ich es liebe, mich einzumischen, und ich würde unter anderen Voraussetzungen ja auch gern die Hamburger Arbeit übernehmen und dich nach Haus schicken – aber in meinem Zustand, wo ich über kurz oder lang niederkomme, ist das wohl nicht sehr sinnvoll. Wir wollen dieses Kind doch behalten, nicht wahr?«

»Gott bewahre dich vor Schaden, Liebste! Nein, du darfst auf keinen Fall …«

»Siehst du. Also musst *du* dich dieser Aufgabe annehmen. – Was ist dieser Gervinus für ein Mensch?«

Richard zuckt die Achseln. »Ich hab ihn nur aus der Ferne gesehen. Ein weit gereister Mann, ein Mann ohne Tadel, heißt es – aus Halle, wie gesagt, meiner Mutter Heimatstadt. Ich glaube, von daher kennt ihn mein Vater auch … O Gott, mein Vater! Er ist unschuldig!«

»Natürlich ist er unschuldig«, sagt Regina, und in ihren Augen ist ein kleines amüsiertes Funkeln. »So unschuldig, wie du es warst, als sie dich des Mordes bezichtigten. Aber es ist schon merkwürdig, dass die ganze Familie Alemann ständig in irgendwelche unehrenhaften Dinge verwickelt wird – hoffentlich bleibt unser Sohn davon verschont!« Sie bricht in Lachen aus.

»Regina! Was gibt es da zu lachen? Kommt dir das alles etwa komisch vor?«

»Komisch vielleicht nicht, nein. Aber ich muss dir gestehen, dass ich nichts dagegen habe, wenn mal wieder etwas – etwas geschieht. Und jetzt muss ich mich unbedingt wieder hinlegen.«

Kopfschüttelnd sieht Richard der jungen Frau nach, wie sie, den Rücken wieder mit den Armen abgestützt, auf ihr Lager zuwackelt. Was hat er bloß für eine Person geheiratet!

Richards Versuche, aus dem inzwischen wieder etwas zu Kräften gekommenen Boten Einzelheiten über die Vorkommnisse in Magdeburg herauszuholen, scheitern. Der Kerl weiß rein gar nichts, außer dass ein Kriegsknecht des Bischofs umgekommen sei bei dem Unterfangen, einen Meuchelmörder abzuwehren, dass irgendwer diesen Kerl gleich an Ort und Stelle erledigt habe, dass es Zeugenaussagen gebe, die Herrn Alemann als Drahtzieher beschuldigen würden – aber was davon wahr oder was falsch war, davon habe er keine Ahnung. Und so zieht er denn mit gut gefüllter Börse und dem Antwortbrief Richards an seine Mutter ab.

Natürlich wird Richard alles tun, seinem Vater zu helfen! Sein Vorschlag, sich ein schnelles Pferd zu nehmen und der langsamen Kornschute nach Hamburg vorauszueilen, stößt allerdings nicht auf Frau Reginas Zustimmung. Sie weist darauf hin, dass eine solche Vorgehensweise kaum auf Gegenliebe oder gar Verständnis ihres eigensinnigen Vaters stoßen würde, der seine Tochter in der fürsorglichen Obhut ihres Ehemanns zu sehen wünscht, und ein verärgerter Oswald Jessen würde über ihre Mission von vornherein das Todesurteil sprechen.

Und natürlich hat sie Recht. Sie hat überhaupt immer Recht. Und das ist ein Schicksal, das man auch erst ertragen lernen muss.

MAGDEBURG, ALEMANNS HAUS

Gesine Alemann sitzt in ihrem Frauenstübchen im Obergeschoss. Es ist dämmrig, und bisher hat sie noch nicht nach Licht geschickt. Sie starrt vor sich hin, aber ihre Augen nehmen nichts wahr.

Nie in ihrem Leben hat sie sich so verlassen gefühlt. Ihr ist, als wenn dies ganze große und stattliche Patrizierhaus vom Keller bis zum Dach, mit Hof und Stallung und Krautgarten hinten am Wall, mit Menschen und Tieren das Gefängnis ihrer Einsamkeit ist.

Als sie erfuhr, dass man ihren Eheherrn festgesetzt hatte, weil man ihn beschuldigte, er hätte einen Anschlag auf Bischof Ernst von Wettins Leben geplant, war ihre erste Reaktion gewesen: Unfug! Hirngespinst! Doch nicht Marcus Alemann! Ihr Mann, der friedlichste Mensch unter Gottes Sonne! Aber dann fiel ihr eine gewisse Szene wieder ein, die sie vor dem Domportal gesehen zu haben glaubte, und banger Zweifel beschlich ihr Herz.

Wären doch nur der Sohn und die Schwiegertochter da! Regina, die ihr inzwischen ans Herz gewachsen ist wie eine leibliche Tochter – Regina, die so eine vernünftige und beherzte Person ist –, sie hätte ihr bestimmt die rechten Worte sagen können. Und Richard – der ja kürzlich selbst unschuldig im Karzer gesessen hatte –, warum müssen sie gerade jetzt unterwegs sein?!

Ihren Mann zu besuchen wurde ihr untersagt. Anders als damals, als sie dem inkriminierten Sohn täglich hatte Speise und Trank in sein Gefängnis schicken lassen, wird Alemann streng bewacht. Ein hochwohllöblicher Rat hat aus den damaligen Fehlern gelernt – hatte sie doch selbst dazumal ihrem Sohn zur Flucht verholfen, indem *er* in ihren weiblichen Gewändern den Kerker verlassen und *sie* dringeblieben war. Außerdem untersteht Alemann der bischöflichen Jurisdiktion.

Aber nun gab es das Angebot von Philipp Gervinus, sich einzusetzen für den Eingekerkerten, kraft seiner Kenntnis des jungen Wettiners und kraft seiner Handelsbeziehungen mit dem bischöflichen Haushalt. Gesine bittet ihm im Stillen ihr anfängliches Misstrauen, ihren Argwohn ab. Sie ist dankbar und in ihrer Dankbarkeit bereit, alles zu tun, was dieser Mann als Gegenleistung fordert. Und es ist ja wahrhaftig nicht viel. Nur eine kleine Beschleunigung soll der Aufgabe angediehen werden, die Richard ohnehin zu erfüllen hat. Und sofort hat sie der Kornschute eine Botschaft hinterhergejagt, den unglaublichen Sachverhalt beschrieben, zur Eile gedrängt. Hoffentlich ist der Bote so zuverlässig, wie der Botenlohn groß war.

Ein leises Scharren an der Tür. Elsabe. Ihre Art anzuklopfen. »Herein!«, sagt Gesine mechanisch. Sicher bringt die besorgte Magd Licht, fragt nach ihren Wünschen ...

Aber es ist nicht Elsabe.

»Ist es erlaubt?« Im Türrahmen steht, freundlich angestrahlt von der Laterne, die er in der Hand trägt, Philipp Gervinus. Er lächelt.

Die Alemannin fährt von ihrem Stuhl auf, presst die Hände in die Herzgegend. »Gervinus! Bringt Ihr mir Neues von meinem Eheherrn?«

»Verehrte Frau! Geduld! So schnell mahlen Justitias Mühlen weder in Magdeburg noch in Halle!«

»Justitias Mühlen? Wolltet Ihr mich nicht gerade davor bewahren?«, fragt sie schnell.

Gervinus lacht ein bisschen. »Ihr habt noch immer den wachen Verstand wie damals, vor vielleicht zwei Dutzend Jahren – verzeiht, ich habe nicht vor, an Vergangenes zu rühren. Ich wollte nur zum Ausdruck bringen, dass noch nichts weiter von Wichtigkeit geschehen ist. Schließlich denke ich, es Euch schuldig zu sein, über den Stand der Dinge zu berichten. Darf ich?«

Er macht ein paar Schritte ins Zimmer, aber die Alemannin schüttelt heftig den Kopf. »Nein! Dies hier ist meine Kammer, und in der hat niemand etwas zu suchen außer mir und meiner Magd. Wenn es Euch recht ist, bemüht Euch in die Stube unten, lasst Euch von Elsabe oder dem alten Lukas einen Wein bringen und wartet auf mich. Ich komme unverzüglich zu Euch.«

»Ganz wie Ihr wollt.« Der Hallenser verneigt sich, schließt die Tür von außen.

Sie hört seine Schritte auf der Treppe, und plötzlich, sie weiß auch nicht, wieso, schlägt Gesine Alemann die Hände vors Gesicht und beginnt bitterlich zu schluchzen.

Unten in der Stube ist es sehr warm, ein kleines Feuer im Kamin ist entzündet, die Kerzen in den Leuchtern brennen hoch und gerade und werfen scharfe Schatten. Gervinus erhebt sich höflich, als seine Gastgeberin den Raum betritt. Ihre Augen sind gerötet. Sie hat sich das Gesicht gewaschen und eine andere Haube aufgesetzt, die nur einen Teil ihrer Haare bedeckt, halb ergraut zwar, aber immer noch üppig und lockig. Es sieht so aus, als habe sie sich für diesen Gast da geputzt.

»Nehmt Platz, Gervinus«, sagt sie ruhig. »Und berichtet mir nun also über den Stand der Dinge.« Sie setzt sich ebenfalls, legt die Hände im Schoß zusammen.

Der Hallenser lehnt sich im Sessel zurück, schlägt die Beine übereinander. »Nun, fassen wir zusammen«, beginnt er. »Eurem Gatten geht's gut, soweit es einem im städtischen Karzer mit bischöflicher Wache gut gehen kann. Der ist erst einmal von allem fern. Ich werde ihn täglich besuchen, unbesorgt. Die Mühe und Plage liegt jetzt bei mir, aber ich tu es ja gern für meinen alten Freund und Handelspartner.

Beim Bischof hatte ich Audienz – das war kein leichtes Stück Arbeit, kann ich Euch versichern. Dieser verwöhnte junge Mann ist nicht nur launisch und cholerisch, er ist auch ausgesprochen rachsüchtig. Wenn es nach ihm ginge, würde der Beklagte, egal, ob schuldig oder nicht, sogleich gefoltert und danach an seinem Hals aufgehängt werden und seine Familie aus der Stadt verbannt.«

Ein leiser Laut des Entsetzens kommt aus der Ecke von Frau Gesine, aber Gervinus hebt beschwichtigend die Hand. »Wenn es nach ihm ginge, habe ich gesagt, teure Frau. Aber da gibt es ja noch ein paar besonnene Ratgeber, zum Beispiel den Prälaten Gotthold von Angern, der einst Erzieher des jungen Herrn war und zu dem ich beste Verbindungen habe. Ein Mann, der zur Vernunft mahnt. Und ich – nun, nicht nur, dass der Bischof mit seinen kostbaren Spielereien, wie zum Beispiel Pferden aus Arabia, von anderen Dingen ganz zu schweigen, auf mein Handelsgeschick und meine Kenntnis angewiesen ist – er rechnet mir hoch an, dass ich den Meuchelmörder, dessen Dolch an seiner statt den Kriegsknecht niedergestreckt hat, geistesgegenwärtig auf der Stelle getilgt habe. Er nannte mich in der Tat heute seinen Lebensretter.« Ein leises Lachen, er greift nach dem Weinbecher, der auf dem Tisch steht, die Ringe an seiner Hand funkeln im Kerzenschein.

»Ich kann Euch verstehen«, sagt Gesine, »dass Ihr da auf dem Platz so schnell und voller Entrüstung gehandelt habt. Was wirklich schade ist – verzeiht schon, das ist ganz ohne Vorwurf gesprochen: dass Ihr gleich ganze Arbeit geleistet habt. Hättet Ihr diesen Mordbuben nur verletzt und ihn dann in Gewahrsam genommen, wäre es jetzt besser bestellt um meinen Mann.«

Gervinus legt den Kopf schief und streicht sich den blonden Vollbart. »Wie meint Ihr das, verehrte Frau?«

»Nun, der Delinquent wäre doch sicher peinlich verhört worden, und dann hätte er Alemann selbstverständlich entlastet, denn der kann ja gar nicht dahinterstecken, wie wir beide wohl wissen. Denn wie hättet Ihr Euch sonst zu seinem Anwalt gemacht?«

»Hm«, brummt Gervinus. Er sieht vor sich hin, es ist still im Raum. Dann holt er tief Luft und sagt: »Es gibt einen Zeugen.«

Gesine faltet die Hände, atmet tief durch. »Gelobt sei Gott! Dann wird ja alles gut werden, nicht wahr, Herr Gervinus? Dann habt Ihr ja leichtes Spiel beim Bischof.«

Der Hallenser beugt sich vor. »Leider nein«, sagt er wehmütig. »Der Zeuge belastet Euren Mann, meinen Freund.«

»Was?!« Die Alemannin starrt ihr Gegenüber an, es hat ihr zunächst einmal die Sprache verschlagen. Sie ringt nach Worten. »Aber ... aber ... dann legt dieser Schurke falsch Zeugnis ab wider meinen Eheherrn! Wer ist es denn? Kenne ich diesen Verleumder?«

Gervinus schüttelt den Kopf. »Das kann und darf ich Euch nicht sagen, Gesine, so Leid es mir tut. Der Zeuge, ein unbescholtener Bürger übrigens, ist in bischöflichem Gewahrsam, und sein Name wird geheim gehalten.«

»Und dergleichen lässt Richter Thalbach zu?«

»Richter Thalbach ist mit diesem Fall nicht befasst, teure Frau. Der Casus untersteht allein bischöflicher Jurisdiktion.«

Gesine schnauft. »Und wenn der Zeuge nun lügt? Wenn es nun überhaupt niemand aus dieser Stadt war, der den Meuchelmörder gedungen hat?«

»Zumindest ist er mit Magdeburger Geld bezahlt worden«, erwidert Gervinus. »Das Päckchen, das man bei ihm fand, war voll davon. Und es war – so sehr es mich bedrückt, dies erwähnen zu müssen – eingeschlagen in ein handgesticktes Tüchlein mit seinen Initialen.« Er deutet beinahe schamhaft auf ein ebensolches, welches Gesine jetzt verzweifelt zwischen ihren Fingern knetet.

Entsetzt starrt sie auf die von ihr selbst eingestickten Buchstaben. »Aber – aber alles das ist Wahnsinn!«, stammelt sie. »Alemann ist unschuldig, das ist so klar wie das Sonnenlicht!«

Gervinus schweigt. Dann sagt er nachdenklich: »Ich mache mir im Nachhinein Vorwürfe. Im vertrauten Gespräch mit Eurem Eheliebsten habe ich die Tyrannei des Erzbischofs, seine unerträgliche Hoffart und seine Art und Weise, uns Bürgern das Blut auszusaugen, ziemlich krass dargestellt. Vielleicht habe ich damit dunkle Ängste geweckt, und das war der Anlass ...«

»Der Anlass wofür?«

»Für den zweifellos richtigen Gedanken, dass sich als Bürger einer Stadt – einer Noch-Hansestadt, versteht sich, der Bischof fackelt da nicht lange! – besser ohne Ernst von Wettin leben lässt als mit ihm.«

Gesine ist aufgestanden. »Soll das heißen«, fragt sie mit erstickter Stimme, »dass auch Ihr, sein Anwalt – dass auch Ihr ihn dieser Tat für schuldig haltet? Das ist unsäglich!«

Der Hallenser hebt die Hände. »Bitte, setzt Euch wieder. Teure Gesine, ich schwöre Euch, ich werde alles tun, um das Leben Eures Gatten zu salvieren.«

»Ihr sollt seine Unschuld darlegen – dann ist sein Leben schon gerettet!« Ihr ist die Röte in die Wangen gestiegen.

»Nichts anderes habe ich vor.« Er senkt die Stimme. »Ist auf Eure Magd Verlass?«

»Auf Elsabe? Sie ist meine innigste Vertraute. Warum fragt Ihr?«

»Nun, es wäre gut, wenn auch sie, so wie wir beide, vergessen würde, was sie auf dem Domplatz gesehen hat.«

Gesine hat das Gefühl, als würde ihr plötzlich flüssiges Eis durch die Adern fließen. Ja. Natürlich. Sie hat das Bild aus ihrem Gedächtnis verbannt. Es war so. Alemann hat mit dem Kerl verhandelt, der den Dolch warf. Das waren seine Pelzschaube und sein Barett, von der Statur ganz zu schweigen. Er hat ihm etwas gegeben. Etwas, das zusammengeschnürt war in einem der von ihr bestickten Schnupftücher? Wer wäre denn zu solcher Torheit fähig! Und dann war er ganz schnell wieder fort … Andererseits – er ist ja gemeinsam mit den anderen Notabeln aus dem Hochamt gekommen, an der Seite des Bischofs!

Sie wirft einen forschenden Blick zu Gervinus, und der lächelt fein. Auf einmal wallt der Zorn in ihr auf. Was geschieht da, was macht dieser Mann mit ihr? Sie und er (und Elsabe) klüngeln in einem Geheimnis. Die Kumpanei des Verschweigens: Wir wissen es doch beide, nicht wahr … Sie will das nicht.

»Vielleicht sollte ich auf Eure Hilfe verzichten«, sagt sie schroff.

»Und nur auf Gott vertrauen?« Es klingt höhnisch.

Gesines trotzige Aufwallung fällt in sich zusammen. »Ich weiß nicht mehr, was ich gesehen habe«, sagt sie matt. »Ich weiß nur eins: Er ist nicht schuldig. Helft ihm.«

Gervinus seufzt. »Wenn wir drei uns einig sind, dass wir nichts gesehen haben auf dem Domplatz – dann sind wir schon ein Stück weiter. Falls Eure Magd den Mund nicht halten kann, schickt sie für ein paar Wochen aufs Land zu ihren Verwandten, die sie da ja sicher hat.«

»Auf Elsabe ist Verlass.«

»Umso besser.« Plötzlich beugt er sich in seinem Sessel vor, ergreift Gesines Hände, die sie ihm willenlos überlässt. »Wie kalt Ihr seid, meine Teure! Liegt Euch wirklich so viel an Eurem Ehemann?«

»Warum fragt Ihr so etwas?«, sagt Gesine befremdet.

»Ich muss nur wissen, ob – ob Ihr wirklich hinter mir und meinem Einsatz steht. Nichts weiter.«

Gesine entzieht sich ihm mit einer knappen Bewegung. »Was also habt Ihr getan?«

»Ich sagte Euch ja – ich war beim Bischof. Konnte mit Hilfe von Prälat Angern seinen jugendlichen Blutdurst dämpfen. Immerhin ist seine Begierde, an die Pferde heranzukommen, eine noch größere Sucht als die, jemanden zu foltern oder zu köpfen.«

Gesine zieht schaudernd ihr Führtuch fester um den Hals.

»Ich habe mit Engelszungen auf ihn eingeredet und erlangt, dass er, falls ich ihm denn seine kostbaren Tiere und eine gewisse Ware, die er bei mir bestellt hat, bis hierher nach Magdeburg bringen lasse ...« (Nun habe ich schon wieder umdisponiert, denkt er für sich etwas beunruhigt, weil er nicht weiß, wie er nun den anderen Kunden befriedigen soll, mit dessen Vorkasse er immerhin bis jetzt seine Reise finanziert hat.) »... dass er dann also möglicherweise die Anklage unter den Teppich kehren lässt. Zudem er durch das Attentat – davon konnten wir ihn überzeugen – ein wunderbares Druckmittel gegen die stolzen Magdeburger in der Hand hat. Er wird, wie ich das sehe, der Stadt eine saftige Buße auferlegen und irgendwann durch seine Juristen erklären lassen, es habe sich der Verdacht gegen Alemann zerstreut und es sei kein anderes Subjektum aufzufinden.«

Gesine nickt benommen. Ihr ist unsäglich bange zumute. »Und dieser Zeuge?«, fragt sie kläglich.

Gervinus fährt sich mit der Hand über die Stirn. »Den lasst nur meine Sorge sein. Das regele ich. Eingedenk der alten Zeiten – vertraut mir einfach, Frau Gesine.«

Sie schlägt groß die dunklen Augen zu ihm auf, sieht ihm voll ins Gesicht. »Was bleibt mir anderes übrig, Philipp.«

Er nickt, lächelt ihr beruhigend zu. »Ihr habt Botschaft an Euren Sohn geschickt?«

»Der Kurier müsste bald zurück sein. Gewiss wird Richard alles tun, was in seinen Kräften steht.«

»Das werde ich auch. Alles wird gut, Gesine.«

»Wie werden wir Euch jemals danken können?«, fragt sie leise.

Wieder greift er nach ihrer Hand. »Darüber sprechen wir, wenn es so weit ist.« Er zieht ihre Finger an die Lippen, und sie fühlt einen Kuss auf ihrem Handrücken, lang und innig. Sie muss die Augen schließen. Was will dieser Mann von ihr? Was hat er überhaupt vor? Erschaudernd entreißt sie ihm die Hand.

Gervinus verlässt ohne ein weiteres Wort den Raum. Die Tür schlägt zu. Der Luftzug bringt die Kerzen zum Flackern.

Gesine sinkt vor ihrem Sessel in die Knie, faltet die Hände zum Gebet. »Santa Maria, ora pro nobis.«

»Da wären wir also!« Richard sieht sich beeindruckt um. Das ist natürlich was völlig anderes als Magdeburg! Ganze vier Stockwerke umfasst das prächtige Giebelhaus aus rotem Backstein. Jedes Geschoss hat drei große, lichte Fensteröffnungen, die mit bleigefassten Butzenscheiben verglast sind! Daneben sehen die benachbarten Fachwerkhäuser mit ihren kleinen Fensterhöhlen und den verschließbaren Läden – um im Winter die Wärme, im Sommer aber die Kühle zu halten – beinahe armselig aus. Neben der großen, mit Schnitzereien verzierten Eingangstür bemerkt er ein Treppchen, das abwärts führt. Demnach ist das Anwesen sogar unterkellert.

Regina unterlässt es, den Klopfer zu bedienen, drückt die große Klinke, und schon dreht sich die schwere Tür federleicht in gut geölten Angeln. Sie betreten einen hohen Flur mit Oberlicht, in dessen rückwärtigem Teil sich das Treppenhaus befindet. Links und rechts gehen zweiflügelige Türen ab. Der Empfangsbereich ist ausstaffiert mit orientalischen Teppichen, Skulpturen mediterraner Gottheiten, eleganten Möbeln und Gemälden. Jessen bekundet jedem Besucher eindrucksvoll, wer er ist und was er hat.

»Und nun«, sagt Regina und ordnet die Falten ihres Umhangs so, dass ihre Schwangerschaft auch für jedermann gut sichtbar wird, »nun, Liebster, gilt es ein fröhliches Gesicht zu machen und sich nichts anmerken zu lassen von irgendeiner Beunruhigung. Und kein Sterbenswörtchen zu *meinem* Vater, dass *dein* Vater in Schwierigkeiten steckt. *Noch* einen Delinquenten in der Verwandtschaft verkraftet er nicht.« Sie verzieht die Lippen zu einem amüsierten Lächeln.

»Er hat selbst in Magdeburg im Karzer gesessen!«, erwidert Richard empört »Er soll nur ruhig sein.«

»Liebes Herz! Du hast ja so Recht!« Regina drückt ihrem Eheliebsten einen flüchtigen Kuss auf die Wange. »Aber weißt du was? Meinen Vater zu traktieren versteh ich besser als du. Schließlich kenn ich ihn ja auch ein paar Jährchen länger. Also würde ich vorschlagen, du überlässt die Strategie mir und hilfst mir höchstens mit ein paar Einzelheiten aus, wenn nötig.«

Richard wird einer Antwort enthoben, denn in diesem Augenblick fliegt schon die Tür zur »guten Stube« auf, und Senator Oswald Jessen steht in seiner ganzen unübersehbaren wuchtigen Körperlichkeit vor dem jungen Paar.

»Meine Kinder!«, dröhnt er. »Meine geliebten Kinder!« Er breitet die Arme aus, drückt seine schwangere Tochter mit ungewohnter Vorsicht ans Herz, küsst sie schmatzend auf die Stirn. »Nun wird alles gut. Diesmal wirst du unter Obhut des besten Arztes niederkommen, und keine pfuschende Hebamme wird dir etwas antun können – nicht wahr, mein Sohn?« Er boxt Richard kameradschaftlich gegen die Schulter.

Der schluckt. Eigentlich müsste er ja schon nach den ersten Begrüßungsworten seines Schwiegervaters protestieren, denn keine »pfuschende Hebamme« hatte Schuld an Reginas Fehlgeburt – aber ein warnender Blick seiner Frau hält ihn zurück, und so nickt er nur.

»Ich habe Anweisung gegeben, dein Bett vorzubereiten. Kupferne Wärmflaschen! Und der Arzt kommt sofort, um dich zu untersuchen!«

Regina kann einen Seufzer nicht unterdrücken. »Aber Vater!«, sagt sie lächelnd. »Erstens ist eine Schwangerschaft keine Krankheit. Und den berühmten Arzt brauche ich doch höchstens dann, wenn meine Stunde naht. Und Wärmflaschen im Sommer? Deine Fürsorge in allen Ehren – aber übertreibst du nicht ein bisschen?«

Jessen holt tief Luft zu einer Entgegnung – mit Besorgnis beobachtet Richard, dass er unter seinem weißen Haarschopf bereits rot anläuft: Sein Schwiegervater ist für seinen Jähzorn ebenso bekannt wie für seinen Starrsinn.

Aber Regina hat die Lage voll im Griff. Sie fährt Jessen mit der Hand übers Haar und sagt schnell: »Natürlich bin ich dir für alles unendlich dankbar. Doch bevor ich zu Bett gehe – wenn du es denn wirklich forderst –, möchte ich vielleicht noch meine kleine Margrete begrüßen. Wo steckt sie denn?« (Margrete, Reginas Kammerfrau, war nach ein paar Monaten in Magdeburg an der Seite ihrer Herrin von einem so überwältigenden Heimweh nach der Alsterstadt ergriffen worden, dass Regina sie schweren Herzens heimgeschickt hatte.)

Und während Margrete, heulend wie ein Schlosshund vor Wiedersehensfreude, ihrer Herrin um den Hals fällt, zieht Jessen den Eidam beiseite und komplimentiert ihn in die gute Stube. »Lassen wir die Frauenzimmer unter sich. So eine Reise an der Seite einer schwangeren Gemahlin ist ja bestimmt nicht nur reines Zuckerschlecken.« Er nimmt in einem gepolsterten Lederstuhl mit prankenbewehrten Lehnen Platz und bietet Richard einen ähnlich pompösen Sitz ihm gegenüber an. Auf dem Tischchen zwischen ihnen stehen Krüge mit verschiedenen Getränken – Wein, Wasser, Bier, wie's scheint –, Becher, Schalen mit Gebäck und Obst. Jessen greift nach einem der Krüge. »Was hältst du von einem Bier? Dieses kommt direkt aus meinem Speicher – oder soll es ein echtes Hansebier sein? Dann müssten wir freilich außer Haus gehen«, sagt er augenzwinkernd. »Ich wüsste da eine Wirtschaft in Hafennähe – keine Ahnung, wie der Kerl das macht, aber das, was bei mir auf dem Speicher liegt, schmeckt längst nicht so gut.«

(Weil es auf dem Speicher liegt und nicht im Keller, denkt Richard und sagt es nicht.) Er hält die Gelegenheit für günstig und ergreift dieselbe beim Schopfe. »Schenkt mir nur ein, Herr Schwiegervater, Euer Bier wird mir schon munden! Zumal ich nach einer Gelegenheit zum vertraulichen Gespräch suche.« Er nimmt aus Jessens Hand den gefüllten Becher entgegen, schnuppert, kostet und denkt: Wären wir doch lieber in die Kneipe da gegangen. Laut sagt er: »Ich möchte Euch nämlich im Auftrag meines alten Herrn um eine Gefälligkeit ersuchen!«

»Was immer ich für meinen Gegenschwäher tun kann – mit dem größten Pläsier! Nur heraus mit der Sprache!«

»Es geht um eine Sache, die einem Mann von Eurem Einfluss und Gewicht sicher nicht schwer fallen wird«, beginnt Richard dem Vater seiner Frau Honig ums Maul zu schmieren. »Vorgänge, die sich für einen gewöhnlichen Sterblichen dank des strengen Reglements des Hamburger Hafens endlos in die Länge ziehen könnten, seid Ihr in der Lage, mit einem Fingerschnipsen zu beschleunigen, nehme ich an.«

Jessen schmunzelt.

»Ein Hallenser Geschäftsfreund meines Vaters …«

»Halle?«, unterbricht der Senator misstrauisch. »Halle an der Saale?«

»Nämliches, Herr Schwiegervater. Unter Druck eines feindselig gesinnten Bischofs ist die gute Stadt kürzlich gezwungen worden, den Hansebund zu verlassen – sehr zum Unwillen und Nachteil der Bürger. Nun müsste die Kraweel dieses Geschäftsfreundes mit äußerst heikler und verderblicher Ware demnächst hier anlanden – wenn sie nicht schon auf Reede liegt. Und da die Hallenser, wie Ihr so richtig bemerkt, keine Mitglieder des Bundes mehr sind, wird man sich hierorts sicher keine übertriebene Mühe geben, die Erlaubnis zum Löschen der Fracht zu erteilen, die schnellstens auf ein Flussschiff und elbabwärts befördert werden sollte.« (Richard ist schon der Mund fusslig von der geschwollenen Suada.)

»Heikle und gefährliche Ware?«, wiederholt Jessen. »Was soll das denn sein?«

Richard lacht. »Pferde. Eine Koppel arabischer Gäule für den Bischof, um ihn gnädig zu stimmen.«

Jessen stimmt in das Lachen ein. »Pferde? Na, da sollten wir wirklich einmal versuchen, dem strengen Hafenreglement ein Schnippchen zu schlagen. Wie heißt denn der Seelenverkäufer, mit dem die Mähren reisen?«

»Die ›Santa Anna‹, und als Eigner zeichnet der ehrenwerte Fernhandelskaufmann Philipp Gervinus.«

»Gervinus? Der Name kommt mir bekannt vor. Na, dann wollen wir doch mal sehen ...« Jessen steht auf, geht zur Tür, öffnet sie und brüllt: »Sendeke – äh, ich meine Kirstensen!« Er runzelt verdrießlich die Stirn. »Verdammt auch! Nun ist Sendeke schon fast zwei Jahre weg, und er fehlt mir noch immer an allen Ecken und Enden! Kann mich nicht dran gewöhnen, dass er nicht mehr gegenüber im Kontor sitzt.«

Richard verkneift sich ein Grinsen. Der umsichtige Adlatus Ulrich Sendeke hatte sich zur Zeit seines, Richards, eigenen etwas turbulenten Brautstands in die Arme einer Kornbäuerin in der Börde geworfen und befand sich wohl immer noch dortselbst. Jessen lässt die Tür offen stehen und nimmt wieder Platz.

Auf der Türschwelle erscheint ein blasser Schreiber mit tintenbeschmierten Fingern, die Feder hinterm Ohr, die Arme gekreuzt, und wartet wortlos ab, was sein Herr wohl von ihm will. Seine Miene ist grämlich. War Sendeke klein und gewandt, so ist sein Nachfolger lang und schlaksig, und allzu diensteifrig scheint er auch nicht zu sein.

»Wie er schon dasteht!«, stöhnt Jessen. »Und immer ein Gesicht wie's Leiden Christi! Fix, Kirstensen, nachgeschaut in den Hafenlisten, ob eine Kraweel namens ›Santa Anna‹, Eigner der Kaufherr Gervinus aus Halle, mit Pferden an Bord, bereits eingelaufen ist!«

Der lange Gehilfe verschwindet wieder im Inneren des Kontors und meldet gleich darauf einsilbig: »Liegt seit gestern im Hafen!«

»Na also!« Jessen strahlt übers ganze Gesicht, als sei die Ankunft des Schiffes in Hamburg sein persönliches Verdienst. »Da können wir ja gleich ein paar Dinge miteinander verbinden.« Er nimmt einen Schluck aus seinem Becher, rümpft die Nase und knallt ihn auf den Tisch. »Ich glaube, wir sollten doch ein gepflegtes Bier in der ›Taumelnden Möwe‹ trinken gehen«, sagt er an Richard gewandt und in Richtung des Adlatus: »Und Ihr, Sendeke, ich meine Kirstensen, macht Euch gleich auf und verhandelt in meinem Auftrag mit dem Hafenmeister wegen der Gäule. Kommt mit der Erfolgsmeldung zu uns in die ›Taumelnde Möwe‹ – und beeilt Euch!«

Richard atmet tief durch. Alles scheint ja reibungslos zu verlaufen.

Wenig später hakt der Senator sich bei seinem Schwiegersohn unter, und mit wehendem Mantel verlässt er an dessen Seite das Haus.

»Euer Name ist Kirstensen?«

Der Adlatus sieht von den Hafenlisten auf, die er an seinem Stehpult im Kontor weisungsgemäß studiert hat. Vor ihm steht eine hochschwangere junge Frau und lächelt ihn an. Er legt die Rechte auf die Brust und verneigt sich leicht.

»Jodokus Kirstensen, ja, so bin ich in der Heiligen Taufe genannt worden«, erwidert er grämlich. »Aber wenn es nach dem Baas geht, sollte ich mich wohl gleich auf den Namen Sendeke umschreiben lassen. Ich werde ja ohnehin nur so gerufen.«

»Seht meinem Vater seine Eigenheiten nach«, sagt sie freundlich. Sie geht zu ihm hinüber und legt ihm begütigend die Hand auf den Arm. »Wenn man ihn zu nehmen weiß, ist er der beste Mensch unter Gottes Sonne.«

»Ihr seid die Tochter des Hauses, nicht wahr? Jetzige Frau Alemann?« Und da Regina nickt: »Es heißt, als Ihr noch hier im Haus die Zügel führtet, hatte man's leichter.«

Die junge Frau geht nicht darauf ein. Stattdessen zieht sie aus ihrem Gürteltäschchen eine kleine geflochtene Börse, durch deren Maschen es golden schimmert, und legt sie vor ihm auf das Pult. »Das ist für Euch«, sagt sie ruhig. »Wenn Ihr meinem Gemahl und mir helft, die Sache mit diesem Schiff so sehr zu beschleunigen wie nur immer möglich. Es liegt uns sehr viel daran, falls Ihr versteht? Ich hätte Euch gern zum Verbündeten, Jodokus Kirstensen.«

Der lange Mensch starrt sie an, blinzelt. »Na, das sind ja ungewohnte Töne im Hause Jessen!«, gibt er zurück und streckt die Hand nach dem Beutel aus. »Gern zu Diensten, Alemannin!« Und auf seinem blassen Gesicht breitet sich ein Grinsen aus.

Kurz nachdem Kirstensen nach erfolgreicher Recherche das Haus verlassen hat, geht die Türglocke. Regina öffnet selbst. Draußen steht ein noch junger Mann im schwarzen Talar des Wissenschaftlers, eine lederne Tasche in der Hand. Sein Gesicht mit den lustigen braunen Augen und der breiten Nase ist übersät mit Sommersprossen, und als er sein Barett lüftet, enthüllt er rötliches Haar, das bereits von der Stirn zurückweicht.

»Wie geht es Euch, Madam! Vermutlich Ihr seid die Tochter von Baas Jessen, Madam Regina, seid Ihr nicht?« Seine Sprache hört sich lustig an. Er vollführt einen umständlichen Kratzfuß. »Solltet Ihr nicht liegen im Bett?«

»Das hat mein Vater gesagt, aber ich habe keine Lust dazu. Ich fühle mich nicht leidend«, entgegnet Regina amüsiert.

Der andere schlägt sich vergnügt auf die Schenkel. »Jesus – ein Frauenzimmer mit eigenem Kopf! Ich liebe es! For God's sake bleibt außer Bett, wenn Euch fühlt gut! Das ist mein erstes Verordnung für Euch. Gestattet: zu Euren Diensten – Angus McPherson aus Newmarket, der englische Doktor, Eurer Vater hat ausgesucht für Euch.«

Regina mustert den Rotkopf mit wachen hellen Augen. Der Mann gefällt ihr.

Niemals würde Richard zugeben, dass ihm das Zerbster Bittere von zu Hause viel besser schmeckt als das Hamburger Hansebier. Er nimmt nur kleine Schlucke und lauscht mit halbem Ohr dem Geplauder seines gut gelaunten Schwiegervaters. Wenn dieser – wie hieß er gleich wieder? – Kirstensen? Wenn der mit seiner Vollzugsmeldung zurück ist, dass diese Gäule auf dem Flussschiff und unterwegs nach Magdeburg sind, dann kann er erst einmal aufatmen. Und womöglich macht er sich dann doch noch auf den Weg nach Hause, wo Regina nun hier in guter Obhut ist und diesmal sicher alles verläuft, wie es verlaufen soll ...

Es kommt ihm wie eine halbe Ewigkeit vor, bis die lange Gestalt des Adlatus an der Tür zur Schenke auftaucht und suchend um sich blickt.

»Hier, hierher!« Richard hebt den Arm und winkt, unterbricht die Tirade Jessens, und der verstummt und runzelt ungnädig die Brauen.

Kirstensen bahnt sich einen Weg zum Tisch der beiden Herren, und Richard kommt es vor, als wenn die Mundwinkel dieses ohnehin melancholisch blickenden Subjektums noch tiefer hängen würden als vorhin.

»Nun?«, fragt Oswald Jessen mit der üblichen Barschheit und trommelt mit den Fingern auf der Tischplatte. »Alles in Schick und Lot, Sen…, ich meine Kirstensen?«

»Leider, Baas, weder noch«, erwidert der Adlatus und wischt sich mit einem karierten Sacktuch den Schweiß von der Stirn.

Der Senator, der eben seinen Humpen wieder zum Mund führen wollte, hält in der Bewegung inne. »Was soll denn das heißen?«, fragt er irritiert.

»Was ich sage, Herr. Weder in Schick noch im Lot. Sintemalen der Kapitän der ›Santa Anna‹ im Hafenbecken treibt und mausetot ist. Sie wollen ihn gerade bergen.«

MAGDEBURG, ALEMANNS HAUS

Gesine fährt nachts hoch, geweckt von ihrem eigenen Schrei.

Es ist stockfinster, und erst als sie, wie sie es gewohnt ist, mit der ausgestreckten Hand hinübertastet zur anderen Hälfte des ehelichen Bettes und dort niemand ist, wird sie sich des Traums bewusst, der sie so erschreckt hat, eben weil er so wirklich ist: Nämlich niemand ist bei ihr.

Gesine Alemann ist allein. Ihr Eheliebster, der jahrzehntelang da auf der rechten Seite neben ihr geschnarcht hat – und das gewiss nicht immer zu ihrem Behagen –, er sitzt im Kerker, und nicht etwa im städtischen Karzer, nein, fest verwahrt im Haus des Bischofs, und sie darf nicht zu ihm. – Und die Schwiegertochter ist fort mit dem Enkelkind in ihrem Bauch. – Und ihr Sohn dazu. Irgendwo im fernen Hamburg beschäftigt er sich damit, Herrn Gervinus' Ladung zu besorgen, damit der beim Bischof etwas erreicht …

Gervinus. Beim Gedanken an ihn legt sich ein Druck auf ihre Brust – dabei, er ist ja nun einmal der Einzige, der helfen kann. Der Nothelfer …

Auf dem Gang rühren sich Schritte. Dann ein Kratzen an der Tür und Elsabes Stimme, nächtlich gedämpft: »Frau, ist Euch nicht wohl? Ist Euch was zugestoßen?«

Elsabe. Wenigstens sie ist noch da!

»Komm nur herein«, sagt Gesine mit lahmen Lippen. »Ich hab geträumt.«

Das Licht der Kerze wirft einen hellen zitternden Lichtkreis auf den Bettvorhang, bevor die Magd ihn zurückschlägt und ihr ins Gesicht leuchtet.

Elsabe hält erschrocken die Hand vor den Mund. »Frau, wie sehr Ihr denn aus? Hat Euch der Nachtmahr heimgesucht? Soll ich Euch eine heiße Milch mit Honig zubereiten?«

Mit fahrigen Bewegungen schiebt sich ihre Herrin die grauschwarzen Haarsträhnen wieder unter die verrutschte Nachthaube und schüttelt den Kopf. »Nein!« Du sollst nur hierbleiben, damit ich nicht so allein bin. Setz dich!«

Gehorsam stellt die Magd die Kerze auf dem Tisch ab und zieht einen Hocker an die Betthälfte ihrer Herrin. Sie ist selbst schlaftrunken und möchte eigentlich gern wieder weiterschlafen. Aber Dienst ist Dienst. »Was ist Euch denn im Traum Schlimmes widerfahren?«, fragt sie geduldig.

»Widerfahren?«, wiederholt die andere. »Nichts ist mir widerfahren. Das ist es ja. Ich war nur – so allein.« Sie atmet stockend aus. »Ringsum nur Schwärze und keiner, auch nicht einer, dessen Hand ich hätte fassen können. Wie blind kam ich mir vor. Und alle hatten mich verlassen.«

Elsabe schüttelt den Kopf. »Aber«, beginnt sie bedächtig, »das ist doch gar kein richtiger Traum. Das ist doch nur so etwas wie ein Gefühl. Denn in einem Traum, da *tut* man doch etwas. Man redet oder lacht und weint, man begegnet jemandem, man läuft, man fällt, man fliegt. Da gibt es doch ...«, sie sucht nach Worten, »... da gibt es doch Räume. Was Ihr da beschreibt, das ist höchstens das Aufwachen.«

Gesine schweigt. Ihre Magd unterdrückt ein Gähnen, harrt tapfer aus. Sie sieht, wie es im Gesicht ihrer Herrin arbeitet. »Versucht Euch zu erinnern!«, dringt sie sanft in sie. »Zwar heißt es, Träume sind Schäume, aber das, was nicht ans Licht gebracht wird, das kann wie ein böser Geist sein, der immer wiederkehrt, wenn man ihn nicht fasst und beim Namen nennt. Erforscht Euren Kopf, Herrin. Noch ist ja alles ganz frisch und muss irgendwo stecken.«

Die Frau starrt mit leeren Augen vor sich hin. »Meine Schwester!«, murmelt sie schließlich.

»Eure Schwester? Ich wusste nicht, dass Ihr eine Schwester habt, Frau.«

»Das kannst du auch gar nicht wissen. Du bist ja erst ins Haus gekommen, nachdem Gott der Herr mir meinen Sohn beschert hatte. Meine junge Schwester war damals zu mir hierher gezogen nach Magdeburg, als ich mich vermählt hatte. Sie kam, weil unsere beiden Eltern schnell hintereinander an einem hitzigen Fieber verstorben waren, der Herr sei ihrer Seele gnädig.«

»Ihr habt mir nie von ihr erzählt! Was ist denn aus ihr geworden? Hat sie sich anderwärts vermählen können?«

Gesine schüttelt den Kopf, und im Licht der Kerze schimmern ihre Augen wie von verhaltenen Tränen. »Sie ist – sie ist einen anderen Weg gegangen«, erwidert sie ausweichend. »Ich habe sie aus den Augen verloren. Wir waren uns übrigens sehr ähnlich.«

»Und was hat Eure Schwester in diesem Traum getan?«

»Sie hat mich an der Hand gefasst. Zuerst sind wir zusammen gelaufen, so wie wir es als Kinder immer getan haben. Da war es noch schön in diesem Traum. Aber auf einmal standen wir vor dem Dunkel, einem Dunkel wie eine Wand. Und da ließ sie mich einfach los und verschwand. Löste sich auf wie Rauch. Ließ mich allein.« Sie schaudert. Greift nach der Hand ihrer Magd. »Tust du mir eine Liebe? Schlaf heute Nacht bei mir im Bett.«

»Im Bett des Hausherrn?« Elsabe reißt erschrocken ihre müden Augen auf. »Das geziemt sich nicht, Frau!«

»Es muss ja niemand erfahren! Der Himmel weiß, dass ich diese Nacht nicht allein bleiben kann!«

Seufzend erhebt sich Elsabe von ihrem Schemel, legt Schürze und Rock ab, tritt aus den Pantoffeln. »Aber nur diese eine Nacht!«, sagt sie streng. »Es ist nicht recht, dass ich im Bett der Herrschaft liege!«

»Ja. Nur für diese Nacht, Elsabe.«

»Soll ich das Nachtlicht löschen, Herrin?«

»Nein, lass nur. Lass es hell. Es ist ja kaum mehr drei Finger hoch und wird von selbst verlöschen. Gefahrlos brennt es hinunter in seiner Tonschale.«

Die Magd schlüpft unter die Decke, zieht die Vorhänge zu, bekreuzigt sich und murmelt ein Gebet, bevor sie die Augen schließt. Sie ist in kürzester Zeit eingeschlafen, noch ehe sie ihrer Herrin eine gute Nacht gewünscht hat.

Anders Gesine. Mit offenen Augen liegt sie und lauscht den ruhigen Atemzügen der anderen Frau da neben sich, die so unbeschwert schlafen kann, und starrt auf den Lichtkreis, den die Kerze auf den Bettvorhang zaubert, als wäre dort der Vollmond aufgegangen.

Da gibt es etwas, das sie ihrer Dienerin nicht gesagt hat über diesen Traum. Eigentlich fällt es ihr erst jetzt auf, aber auch wenn sie es eher bemerkt hätte, hätte sie es ihr sicher nicht gesagt. Es ist nämlich so, dass in diesem bösen Traum das Bild der vor Zeiten verschollenen Schwester verzerrt war wie in einem schlechten Spiegel. Diese Schwester mit ihrem finsteren Geheimnis, das niemanden angeht, trug die Züge der kleinen Baderin mit den dunklen Augen, der schwarzen Kathrine.

»Was sagt Ihr da?« Richard springt auf und reißt seinen Bierhumpen um.

»Könnt Ihr nicht aufpassen?« Jessen wischt sich ärgerlich die Nässe von der Hose. »Tote Kapitäne haben wir nicht so gern hier im Hamburger Hafen. Hm. Ziemlich suspekt. Am besten, Ihr geht gleich einmal selbst und seht Euch die Sache an, Herr Eidam. Ist da irgendein alter Saufaus vielleicht versehentlich über Bord gefallen, als er sich erleichtern wollte – oder steckt was dahinter? Ich trinke hier noch in Ruhe aus und mach mich dann auf den Heimweg.«

»Aber, Herr Schwiegervater, wollt Ihr nicht selbst …?«

Jessen winkt ab. »Lieber Richard, was soll ich da? Ich hatte eigentlich nicht vor, in persona einzugreifen in diese Sache. Und der Käpten wird nicht wieder lebendig dadurch, dass ich ihn mir ansehe. Außerdem finde ich Leichen so unschön. Immer mit der Ruhe – es wird sich schon alles einrenken.« Er hebt den Bierkrug zum Mund.

Richard packt den Adlatus am Arm und zerrt ihn aus der Schenke. »Kommt!«

Sie hasten durch die Katharinenstraße und den Cremon; zum Hafen sind es bloß ein paar hundert Schritte.

»Ich weiß zwar nicht, warum Ihr es so eilig habt, eine Wasserleiche zu sehen, Herr Alemann«, sagt Kirstensen, etwas außer Puste bei dem Tempo, das Richard vorlegt, »aber nichtsdestoweniger bin ich Euch gern zu Diensten. Eure junge Gemahlin war sehr – sehr huldvoll zu mir. Also rechnet auf mich, wobei auch immer.«

Verwirrt registriert Richard so ganz nebenbei, dass seine liebe Regina sich auf irgendeine Weise anscheinend schon wieder in die Männersachen eingemischt hat …

Das Getümmel an der Mole weist ihnen den Weg. Vom Schiffsmann bis zum Rollkutscher, von der Fischverkäuferin bis zur Eierfrau aus den Vierlanden, von der kleinen Dienstmagd bis zum würdevollen Superkargo hat keiner die Absicht, sich die Sensation entgehen zu lassen. Aufgeregt durcheinander schwatzend und gestikulierend, stehen sie da am Rand des leise bewegten Wassers, und Richard muss allerdings feststellen, dass er kein Wort von dem versteht, was sie da schnattern. Er wirft Kirstensen einen Hilfe suchenden Blick zu.

»Reinstes Hamburger Platt!«, erklärt der grinsend, und Richard ist sich so richtig bewusst, dass er nun einmal wieder, wie früher bei seinen Wanderschaften durch vieler Herren Länder, im Ausland ist! Und eigentlich – bei aller Sorge um seinen Vater, bei allen Zweifeln, wie er diese Aufgabe zu Ende bringen wird, macht ihm die Sache auf einmal Spaß. Endlich mal etwas anderes, als daheim den braven Stadtschreiber abzugeben ...

Er bahnt sich resolut einen Weg durch die Menge, gebraucht die Ellenbogen. Kommt gerade rechtzeitig, um Zeuge zu werden, wie zwei kleine Barkassen anlanden. Die Schiffsleute haben den makabren Fund mit langen Enterhaken im Schlepptau und zerren ihn nun an Land – man sieht zunächst nichts als ein weit im Wasser aufgeblähtes schwarzes Gewand.

»Und woher weiß man, dass diese Leiche der Kapitän der ›Santa Anna‹ ist?«, wendet Richard sich an Kirstensen.

»Die Leute auf dem Pott machten ein Riesengeschrei. Wie's scheint, war ihnen ihr Käpten abhanden gekommen. Sie hatten schon ihr Beiboot zu Wasser gelassen, um nach ihm zu suchen. Aber das Hafenamt hat sie zurückgescheucht. Hier im Hafen bewegt sich keiner von seinem Schiff, solange er keine Erlaubnis vom Hafenmeister hat. Und schon gar nicht, wenn's keine Hansekogge ist.«

Inzwischen sind sie ganz vorn. Auf den triefend nassen Steinquadern der Mole liegt der Körper des Ertrunkenen mit dem Rücken nach oben, und um ihn bilden die Schaulustigen einen Kreis. Die Schiffsknechte stehen auf ihre Enterstangen gestützt, ziehen die Mützen, bekreuzigen sich und murmeln rasch ein Gebet, wie sich das gehört. Sonderlich aufgeregt hat sie das Ganze nicht. Man zieht schon hin und wieder etwas aus dem Wasser, da kann auch mal ein Kapitän dabei sein.

Richard geht auf denjenigen zu, der sich bei den Kähnen zu schaffen macht, offenbar der Anführer der Truppe. »Gott grüße Euch, Maat!«, redet er ihn an. »Sagt einmal, woher seid Ihr so sicher, dass der Tote da der Kapitän der ›Santa Anna‹ ist?«

Der Mann wirft ihm einen Seitenblick zu, während er die Leine der Barkasse an einem Poller festmacht. »Wüsste nicht, was Euch das angeht!«, knurrt er.

»Ich bin Gerichtsschreiber!«, behauptet Richard kühn. Zur Hälfte ist es ja wahr. Schreiber ist er immerhin, und dass er dieses Amt nicht in Hamburg ausübt, muss er nicht unbedingt verraten. »Also, guter Mann, gebt mir Auskunft.«

»Wir haben die Aufregung auf der Kraweel da mitgekriegt. Denen ihr Käpten war abgängig. Sie sind uns mit dem Sprachrohr um Hilfe angegangen«, sagt der Mann, und die Worte kommen so langsam aus seinem Mund, wie Schnecken aus dem Salatkopf kriechen. »Na, dann haben wir eben angefangen, das Hafenbecken abzufischen. Ist ja Seemannspflicht. Mussten aber nicht lange suchen. Der trieb gleich da ein paar Klafter backbords von seinem Schiff zwischen zwei Prahmen. Hat bestimmt am Abend zu tief ins Glas geguckt und ist beim Pinkeln über Bord gegangen.« Er zuckt die Achseln. »Gibt schlimmere Todesarten.«

»Gebt Anweisung, ihn umzudrehen, bitte.«

»Ist nicht unsere Arbeit. Wir bergen bloß. Wozu auch? Die barmherzigen Brüder vom Heiligkreuzorden kommen ihn gleich holen. Die können sich mit dem Leichnam befassen.«

Richards Hand wandert zur Gürteltasche. »Es soll Euer Schade nicht sein.« Silber blitzt kurz auf; plötzlich ist der langsame Kerl ganz ungeahnt schnell, weil seine Gefährten nicht mitkriegen sollen, dass er ein Trinkgeld abgefasst hat. Er knurrt in seiner unverständlichen Mundart ein paar Worte in Richtung des einen Schiffsknechts, und der, nicht gerade sanft, packt mit seiner Enterstange zu und dreht den nassen toten Körper da auf den Steinen auf den Rücken.

Ein Schreckensschrei! Die Menge weicht zurück wie vor einer Geistererscheinung. Das Gesicht des Toten ist bunt. Stirn und Wangen sind über und über mit leuchtend roten Pusteln übersät, in deren Mitte sich weiße wässrige Bläschen befinden.

Und in die atemlose Stille, die dem Aufschrei folgt, sagt eine halblaute Stimme: »Gott erbarme sich unser! Das ist die Pest!«

»Pest – Pest – Pest«, murmelt, zischelt, raunt es rundum.

Beherzt tritt Richard auf den Toten zu, mustert ihn aus nächster Nähe. Dann wendet er sich mit erhobenen Händen an das Volk ringsum. »Ihr guten Leute! Beruhigt euch! Ich kenne mich aus! Das ist nicht die Pest – das sind die Pocken. Auch nicht gerade erfreulich, aber nicht so entsetzlich wie der Schwarze Tod. Vertraut mir! Ich hab selbst schon einmal die Pocken überstanden.«

Das Gemurmel schwillt wieder an. »Pocken können wir auch nicht gebrauchen!«, ruft eine Frau. »Schmeißt die Leiche zurück ins Wasser!«

Zustimmung ringsum. Aber zum Glück nähern sich jetzt mit Glockengebimmel die barmherzigen Brüder vom Heiligkreuz, um die sterblichen Überreste des Toten zu bergen. Und in ihrem Gefolge auch zwei Magistrate, herbeigerufen, sich des Falls anzunehmen. Die Leute entfernen sich ganz schnell – mit der Obrigkeit will keiner was zu tun kriegen und mit Pocken sowieso nicht.

Die Schiffsknechte bewegen sich, Mütze in der Hand, zum Rapport bei den Beamten, und die Brüder beginnen ihr Werk an dem Toten zu verrichten, erteilen ihm die letzte Ölung, um ihn dann auf ihren Karren zu laden und zum Kirchhof zu bringen. Sie müssen diesen fremden jungen Mann förmlich beiseite schieben, der sich mit unverständlichem Leichtsinn direkt neben den toten Körper gehockt und ihn angestarrt hat.

»Keine Sorge!«, erklärt er. »Pocken hab ich gehabt, die bekommt man nur einmal!«

»Trotzdem! Schert Euch fort, das ist ja unchristlich, wie Ihr den Verstorbenen angafft!«

Richard hebt entschuldigend die Arme. Eine Hand auf seiner Schulter – Kirstensen! Den hatte er völlig vergessen über diesem Casus!

»Herr Alemann«, sagt der lange Adlatus betrübt, »Euch dürfte doch klar sein, was das bedeutet! Diese Kraweel wird ihre Fracht in Hamburg nicht löschen. Das werden die Ämter niemals zulassen. Und dafür wird mein Baas nicht den kleinen Finger rühren. Das widerspricht Hamburger Hafenrecht. Eine kranke Mannschaft – nicht bei uns.«

»Was also?«, fragt Richard mit einem tiefen Seufzer.

»Das Beste wird sein, wenn die ›Santa Anna‹ einen anderen Hafen anläuft«, sagt Kirstensen unschuldig. »Einen, wo sie nicht wissen, dass das Schiff die Pocken an Bord hat.«

»Wie sollen wir das denn mit den Gäulen hinkriegen?«, ruft Richard und erntet nur ein eindrucksvolles Schulterzucken des Adlatus.

»Ich werde bei meinem Schwiegervater Himmel und Hölle in Bewegung setzen!«

»Ihr kennt meinen Baas ja. Aber versucht's nur.«

»Was wird denn jetzt mit der Kraweel geschehen?«

»Man wird sie per Sprachrohr auffordern, binnen vierundzwanzig Stunden den Hamburger Hafen zu verlassen. Das ist der Brauch. Vielleicht wird man noch ein paar Tonnen Frischwasser längsseits bringen, aus christlicher Barmherzigkeit. Und wenn die Mannschaft noch tüchtig genug ist, wird das schon irgendwie werden.«

Irgendwie! Verzweifelt starrt Richard hinüber zu dem stattlichen Schiff, das da mit gerefften Segeln vor Anker liegt. Täuscht er sich, oder kommt von da drüben irgendein dumpfer Lärm herüber – Getöse, Geschrei, Gepolter?

Er hüllt sich trotz der Sommerwärme fester in seinen Mantel. Denn es gibt da noch etwas, wovon er weder Kirstensen noch Jessen auch nur ein Sterbenswort verraten wird. Nicht umsonst hat er sich so angelegentlich über den Toten gebeugt. Die Pusteln auf der Haut, das war das eine. Aber die roten Adern in den vorquellenden Augäpfeln und die heraushängende Zunge hatten ihn bewogen, genauer hinzugucken. Wahrscheinlich würde niemand weiter darauf achten, alle waren von den Pocken abgelenkt. Um den Hals dieses Mannes zog sich ein hauchdünner roter Strich, wie von einer feinen Seidenschnur oder einem dünnen Draht.

Der Kapitän der »Santa Anna« war erdrosselt worden, bevor man ihn ins brackige Hamburger Hafenwasser warf.

Sonst geht Frau Gesine selbst auf den Markt, wählt den fettesten Kapaun aus und kauft Milch und Käse von der Bäuerin aus Buckau und die frischen Eier von der Hökerin aus Schönebeck. Aber seitdem ihr Eheherr so schimpflich unter Verdacht gefangen liegt, wagt sie sich nicht aus dem Haus vor dem Getuschel und der Häme der Leute. Diese Schande! Und so schickt sie denn Elsabe hinaus an diesem Markttag, mit ihr Mieke, die kleine Spülmagd, die den Korb trägt.

Elsabe macht es nichts aus, was die Leute reden. Mit der stoischen Ruhe einer Person, die sich von niemandem und von nichts einschüchtern lässt, geht sie, die Augen geradeaus, zwischen plötzlichem Verstummen und Geraune hinter ihrem Rücken hindurch, als wäre sie allein auf der Welt, und die kleine Mieke klebt an ihrem Rocksaum, als wäre sie mit einer unsichtbaren Schnur an ihr festgemacht. Es ist im Augenblick kein besonders erfreuliches Los, im Haus des Schöffen Alemann bedienstet zu sein.

So weit, so gut. Als die beiden ihre Kiepe schon fast gefüllt haben mit feisten Hühnern für eine gute Suppe (Grünzeug wächst im eigenen Hausgarten), einer frischen Schleie vom Karren des Fischers Christoffel aus der Sudenburg und einem großen Topf Rahm, ereilt sie bei der Eierfrau das Missgeschick.

Es ist gerade ziemlich leer um den Tisch der Eierhökerin. Scheint so, als würden die Käufer, wenn sie auf ihn zustreben, von einer unsichtbaren Bannmeile gestoppt. Auf einmal schlagen sie alle einen Haken und gehen lieber erst, die Augen abgewendet, zum benachbarten Kuchenbäck. Denn da steht bei der Eierfrau, in der unverkennbaren Aufmachung ihres Berufsstands, das gelbe Band im Haar und die Röcke bis zur Wade aufgeschürzt, das junge Ding aus dem Badehaus, die kleine Hure, mit der sich die Frau Alemannin so angelegt hat an dem Tag, als der schnöde Anschlag auf den Erzbischof verübt wurde. Steht einfach da und kauft Eier, als würde ihr der Markt gehören und sie wäre eine ehrbare Frauensperson wie jede andere auch.

Irgendwie fühlt sich Elsabe heute und hier, sicher ganz zu Recht, als Stellvertreterin ihrer Herrin, und so ist es nur natürlich, dass sie gleichsam auch die Vertretung für deren Gefühle und Kränkungen übernimmt. Mit wachsendem Unmut schaut sie sich das da an: wie diese Person da ganz ungeniert Ei für Ei zwischen Daumen und Zeigefinger der Rechten hochnimmt, nach Größe und Gewicht prüft, es auf dem Tisch trudelt, um die Frische zu erkunden, und es schließlich in ihren Korb befördert.

Elsabe wird immer zorniger. Wann geht die endlich? Und dann kann sie sich nicht mehr zurückhalten. Sie schiebt den Kopf vor wie eine Geiß, die zum Angriff übergeht, und setzt sich in Bewegung durch den freien Raum hin zum Tisch der Eierfrau, während die kleine Mieke ihr am Schürzenband hängt und ängstlich piepst: »Aber nein, bitte nicht! Was soll das denn geben?«

Keine Antwort. Mit energischen Schritten stapft die Magd voran, baut sich groß und breit neben der schwarzen Kathrine auf und erklärt, ohne die anzublicken: »Mir drei Dutzend, Hökerin, für die Frau Schöffin Alemann. Und die da kann warten.«

Und während die verwirrte Eierfrau, rot angelaufen im Gesicht, in aller Eile nun mit dem beginnt, was das verblüffte Mädchen gerade unterlässt: Eier prüfen und in einen mit Heu ausgelegten Bastkorb packen, steht Elsabe vor dem Tisch wie ein Kirchenpfeiler, den Blick starr aufs Eiergeschäft gerichtet.

Kathrine hat sich zu ihr herumgedreht und mustert die alte Magd von Kopf bis Fuß. Dann sagt sie langsam: »Ist es wohl gestattet, dass ich noch meine Pfennige hinlege, bevor ich gehe? Ich war ja gerade dabei, den Handel abzuschließen.«

Keine Antwort.

Das Mädchen stemmt die Arme in die Seiten. »Du redest nicht mit einer, wie ich es bin, wie?« Sie äfft die Stimme der alten Frau nach: »Drei Dutzend für die Frau Schöffin Alemann! – Wenn ich bei der Alemannin im Dienst wäre, würde ich das Maul nicht so weit aufreißen. Denn ihr Alter, der steckt ja bis zum Hals in der Tinte.« Sie zuckt die Achseln. »Schade. War ein passabler Mann und ein guter Kunde von mir, noch aus den Zeiten, als ich für Atzdorn im Tollhaus geschafft habe.«

Mieke sieht mit Schrecken, dass Elsabes Gesicht dunkelrot anläuft und sie die Lippen schmal presst. Bei so einer Miene, das weiß sie aus Erfahrung, setzt es was. Sie zupft die andere am Rock. »Lass uns zahlen und verschwinden!«, flüstert sie flehend.

Aber die alte Frau ist nicht mehr zu bremsen. »Dir sollte man die Zunge mit kochendem Essig spülen, damit dir die Lügen über andere Leute vergehen! Was nimmst du dir heraus, du Fetzen?« Und da offensichtlich kein kochender Essig zur Hand ist, greift sich Elsabe eins der Eier aus dem Heubett …

»Nein!«, quiekt Mieke. Aber es ist schon zu spät.

Da die beiden Weiber fast auf Tuchfühlung stehen, ist es nichts mit dem Werfen. Die Magd klatscht der Hure das Ei mit aller Wucht ins Gesicht.

Atemlose Stille auf dem Marktplatz, sogar die Ausrufer verstummen. Dann der schrille Aufschrei Kathrines: »Das tust du nicht ungestraft!« Und das angstvolle Gejammer der Eierfrau: »Frieden, gebt Frieden!«, während sie rasch ihre vollen Körbe unter den Tisch in Sicherheit bringt.

Ja, Kathrine lässt sich nicht lumpen. Sie gibt zurück, was man ihr angetan hat. Das nächste Ei wird geopfert.

Und das nun ist zu viel für Elsabe. Sie schreit laut auf: »Zu Hilfe, gute Leute! Duldet man jetzt zu Magdeburg, dass eine Hure einer ehrsamen Hausmagd einen Tort antut?«

Es ist, als wäre ein Damm gebrochen. Ein Aufheulen erschüttert den Marktplatz. Und dann fliegen die Geschosse. Eier sind darunter. Aber auch kompaktere Sachen wie Rüben oder Kohlköpfe sausen durch die Luft und verfehlen das schwarzhaarige Mädchen durchaus nicht. Kathrine hat sich hingekauert beim Tisch der Eierfrau, schützt ihren Kopf mit beiden Armen und macht sich klein. Und die grölende Menge hört nicht auf.

»Elsabe! Um Gottes willen! Tu doch etwas!« Mieke klammert sich an die Magd. Sie ist in Tränen ausgebrochen. Aber die andere steht gerade aufgerichtet da und rührt keinen Finger.

Muss sie auch nicht. Denn die Markthüter mit Piken und Stäben kommen anmarschiert, der Lärm hat sie herbeigelockt. Kaum dass diese Kerle auftauchen – und mit ihnen ist nicht gut Kirschen essen! –, verstreut sich die wurffreudige Menge in alle Ecken. Jeder steht an seinem Stand und sortiert seine Waren oder flaniert unauffällig-freundlich über den Platz. War da was?

Ja, da war was. Da hockt ein Mädchen schluchzend neben einem Tisch, in einem Haufen von zerbrochenen Eiern, Rüben, Kohlstrünken und faulen Fischen, und hebt langsam sein von Dreck und Tränen und Blut verschmiertes Gesicht aus dem schützenden Ring seiner Arme.

»Alles in Ordnung?«, schnauzt einer der Hüter derselben – schließlich muss man nicht allzu zimperlich sein, wenn eine mit dem gelben Band im Haar verprügelt wird.

Kathrine wischt sich mit dem Handrücken über Stirn und Wangen und lächelt schief. »Aber ja, die Herren, alles in Ordnung! Demnächst im Badehaus, ja?« Das Blut läuft ihr aus der Nase, sie schnieft. Die Marktwache entfernt sich ungerührt.

Noch immer steht Elsabe da und beguckt sich, selbstgerecht wie eine Rachegöttin, was da passiert ist. Kathrine sieht auf, und der Blick ihrer schwarzen Augen, eben noch voller Kläglichkeit und Furcht, verkehrt sich in puren Hass – oder ist es gar Schadenfreude?

»Fühlst du dich gut jetzt, du ehrbares Miststück?«, sagt sie und spuckt verächtlich aus. »Du kannst den ganzen Marktplatz gegen mich zusammenschreien, ja, das kannst du. Aber ich sag dir eins: Wenn deine Frau wüsste, was ich weiß, wenn sie's von mir erfahren würde – dann würde sie mir für jede Beule, die ich hier gekriegt habe, ein Goldstück als Douceur drauflegen. Denn was ich weiß, das würde den Alemanns aus der Bredouille helfen, wie ich eine Hure im Badehaus bin. Und nun lass mich die von den Eiern aufsuchen, die ich bezahlt habe und die ganz geblieben sind, und nach Haus gehen, damit ich mir davon eine Paste auf meine blauen Flecke schmieren kann. Und du scher dich zu deiner Herrin und erzähl ihr beileibe nicht, was ich gesagt habe. Das ist nämlich allein meins. Und keine Gewalt oder Folter der Welt bringen es aus mir heraus.«

Sie richtet sich auf. »Scher dich endlich!«

Elsabe dreht sich um, und geht. »Du hättest das nicht machen sollen!«, jammert Mieke und schleppt den schweren Korb hinterher …

»Erdrosselt? Bist du sicher?« Regina sieht ihren Mann mit weit aufgerissenen Augen an. Unwillkürlich ist sie sich mit beiden Händen an den Hals gefahren.

»So wahr Gott lebt!« Richard sitzt seiner Frau gegenüber am Tisch, stützt das Kinn in die Fäuste und blickt sie mit einer gewissen Hilflosigkeit an. »Ich stecke da in einer ziemlichen Zwickmühle, das steht nun mal fest. Um meinen Vater rauszuhauen, muss ich so schnell wie möglich an die Fracht. Aber dank dieses Pockenverdachts werden sie der Kraweel entweder Order geben, einen anderen Hafen anzulaufen – dann haben andere den Ärger am Hals –, oder aber sie lassen sie da draußen verschimmeln. In vierzig Tagen sind die Gäule in den Frachträumen so durchgedreht, dass sie das ganze Schiff auseinander nehmen.«

»Wie kommst du auf vierzig Tage?«, fragt Regina irritiert. Sie lehnt in einem bequemen Stuhl und hat die Beine auf einem gepolsterten Schemel hochgelagert; Bettruhe und Wärmflaschen hat Doktor Angus McPherson als »blühenden Nonsens« verworfen.

Ihr Mann seufzt. »Soviel ich weiß, haben es die Venezianer eingeführt, schon vor hundert Jahren. Ein Schiff, an dessen Bord sich eine verdächtige Krankheit breit macht oder dessen Waren irgendwie suspekt sind, hat vierzig Tage entweder auf Reede zu liegen, oder Mannschaft und Fracht sind auf einer Insel zwischenzulagern. Derartige Inseln gibt's hier wohl nicht, aber ich kann mir kaum vorstellen, dass die findigen Hamburger Mercatores diese heilsame Regel nicht übernommen haben: Quarantäne nennt man sie.«

»Quarantäne? Kann sein, dass ich davon schon mal gehört habe. Und was willst du nun tun?«

Richard greift nach ihren Händen. »Das will ich mit dir besprechen, Liebste. Der Adlatus deines Vaters meint, ich hätte kaum Aussicht auf Erfolg, wenn ich ihn beim jetzigen Stand der Dinge um seine Hilfe ersuchen würde. Was sagst du?«

»Da hat er wohl leider nur allzu Recht«, erwidert Regina betrübt. »Mein Vater erweist sich gern großzügig, solange er sich dabei nichts vergeben muss. Ohne diesen Vorfall hätte er den Hafenmeister bestimmt in die Spur geschickt, und alles wäre in kürzester Zeit im Lot. Aber sobald da etwas ist, was ein bisschen angebrannt riecht, zieht der Senator Jessen sich aus der Affäre. Nichts, was seiner Reputation schaden könnte, auf windige Geschäfte lässt er sich nicht ein. Hast du ihn denn nicht gesprochen nach dem – nach dem Fund dieses Kapitäns?«

Ihr Mann schüttelt den Kopf. »Ich habe ihn in seiner Bierkneipe am Hafen sitzen lassen und bin gleich zu dir gelaufen«, sagt er. »Denn du kennst ihn, und du bist meine Vertraute und mein kluges Frauenzimmer. Mit dir berate ich mich als Erster, und du als Einzige außer mir weißt jetzt, dass dieser Kapitän nicht an der Krankheit gestorben ist.«

»Das heißt, nur du und ich wissen, dass sich an Bord der ›Santa Anna‹ ein Mörder befindet.«

»Ein Mörder und zig Kranke wahrscheinlich und ein paar Pferde. Und vielleicht ist die ganze Besatzung der Kraweel ja schon außer Rand und Band vor Angst und Panik. Regina, mir kommt es so vor, als ob da draußen auf Reede ein Schiff steht wie ein Brander, wie ein gefährliches Fuhrwerk voller Teer und Stroh, an das man nur eine Fackel legen muss, und es geht in die Luft. Bin ich nicht verpflichtet, die wahre Todesursache des Mannes im Hafenbecken den Hamburger Amtsleuten zu melden?«

Reginas kluge graue Augen mustern ihn nachdenklich. »Ich kenne meine Heimatstadt«, sagt sie bedächtig.« Sicherheit geht ihr über alles. Was sollte das bewirken? Glaubst du im Ernst, sie würden eine gerichtliche Untersuchung auf einem Pockenschiff durchführen? Vergiss es. Eher noch würde man dich mundtot machen – wer will denn schon wissen, warum sie sich auf so einem Unglückskahn an den Kragen gehen! Also lass die Finger davon. Das Beste wäre ja, du würdest von der ganzen Angelegenheit die Finger lassen, aber wie ich meinen Mann kenne …« Sie vollendet ihren Satz nicht.

»Also«, hebt er an, »ich hab ja diese Krankheit schon gehabt, und man bekommt sie nicht zweimal …«

»Wenn du mich mit diesem Vorspruch einstimmen willst auf irgendeine hochgefährliche Verrücktheit, die du vorhast, dann brauchst du nicht weiterzureden. Ich bin dagegen, Richard.«

»Ja. Natürlich bist du dagegen. Musst du ja sein.«

Schweigen. Dann sagt die junge Frau: »Ich lasse nach Kirstensen schicken. Er wird bestimmt herausfinden, ob man die Kraweel nun in einen anderen Hafen abschiebt oder unter Quarantäne stellt.«

»Es heißt, irgendwann werden sie ein paar Fässer Frischwasser anliefern.«

»Ja, bestimmt. – Richard, du bist verrückt.«

»Regina, Liebste – ich muss wissen, was auf diesem Schiff vor sich geht. Warum wurde der Kapitän umgebracht? Doch nicht wegen der Pocken. Wenn die ganze Mannschaft sie hat, dann ist das doch das Gegenteil von einem Grund, den Kapitän umzubringen! Dann müssten die doch versuchen, das so gut wie möglich geheim zu halten, um hier einen Anlegeplatz zu kriegen. Stattdessen schmeißen sie – oder schmeißt einer – den Schiffsherrn über Bord, als wollte er ein Signal für die guten Hamburger geben: Achtung, wir sind krank! – Ich bekomm das nicht auf die Reihe, Regina.«

»Ja. Und deshalb willst du Kopf und Kragen riskieren und auf das Schiff.«

»Was soll ich denn sonst tun? Es geht darum, meinem Vater zu helfen.«

»Das weiß ich, mein Schatz. Und es geht auch darum, dass dich dies Geheimnis förmlich auf der Haut kratzt und juckt. Dass du solche Rätsel nicht aushältst. Habe ich Recht?«

»Gleich wirst du sagen: Und an dein hochschwangeres Eheweib denkst du nicht?«, fügt Richard bedrückt hinzu.

»So ist es. Und an dein hochschwangeres Eheweib ... Ach, was soll's. Und in einem gebe ich dir Recht: So oder so muss eine Lösung für diesen Fall gefunden werden. Wenn du unbedingt derjenige sein willst, Richard Alemann, der Licht ins Dunkel bringt – ich kann dich ohnehin nicht davon abhalten.«

Richard beugt sich vor und küsst seine Frau auf die Stirn.

»Küss mich anständig!«, sagt Regina und zeigt mit dem Finger auf ihren Mund. – »So, das ist schon besser. Aber eins gebe ich dir zu bedenken, mein Schatz. Kann ja sein, du kommst rauf auf diese verflixte ›Santa Anna‹. Aber kommst du auch wieder runter? Die schicken so schnell kein zweites Mal Trinkwasser rüber.«

»Eins nach dem anderen«, erwidert der junge Alemann mit gewohntem Leichtsinn.

Regina zieht streng die Stirn in Falten. »Ich gebe dir die Zeit von einem Morgenläuten zum anderen«, sagt sie. »Wenn du dann nicht zurück bist, schlage ich Alarm.«

»Gütiger Gott! Meinst du, sie werden meinethalben die Kraweel im Sturm nehmen?« Richard lacht.

»Hab ich dir gesagt, bei wem ich Alarm schlage? Bestimmt nicht beim hochwohllöblichen Magistrat.«

»Ach, Regina ...«

»Hast du überhaupt eine Ahnung, wie du vorgehen willst auf dem Schiff?«

Richard sieht sie groß an. »Als Beauftragter des Herrn Gervinus – was meinst du?«

Seine Frau zuckt die Achseln. »Vorsicht. Der Beauftragte des Herrn Gervinus war ja wohl der Kapitän. Und der ist tot.«

»Man muss sehen, wie die Situation sich entwickelt. Ein Schiff voller Pockenkranker – das kann ja wohl nicht allzu gefährlich werden.«

»Dein Wort in Gottes Ohr.«

»Liebste, ich habe drei Waffen. Einen guten Dolch, einen prallen Beutel voll Geld und mein Mundwerk. Damit werde ich's schaffen.«

»Auf das Letztere würde ich mich nicht allein verlassen.« Regina richtet sich auf, jetzt sehr ernst. »Richard! Pass auf dich auf! Unser Sohn ist bald da! Er soll seinen Vater sehen!«

»Und der Vater seinen Sohn!« Er nimmt sie sanft in die Arme, drückt sie an sich. »Versteh doch, ich kann hier nicht herumsitzen und Däumchen drehen!«

»Ich versteh dich ja.«

Als er draußen ist, muss sie trotzdem weinen.

Der Hausgarten der Alemannin mit seinen schnurgeraden, von Buchsbaum eingefassten Wegen, den Rabatten, in denen Kräuter und Salat, Kohl und Rüben gedeihen, ist gewiss nicht zum Promenieren geschaffen, dazu ist er zu klein. Aber immerhin wächst eine Rose an der Mauer, Gelbveiglein, Küchenschelle und Balsamine blühen erfreulich in Tontöpfen, und um die kleine Laube mit der geschnitzten Bank rankt sich Geißblatt und Jelängerjelieber.

Nun jedoch ist der Platz hinter Alemanns Haus zum Flanieren erkoren worden, denn die Hausherrin und ihr Gast, der ehrenwerte Fernhandelskaufmann Philipp Gervinus, schreiten ernsthaft auf den sandbestreuten Wegen dahin, wohl gekleidet und ins Gespräch vertieft.

Gesine, ein spitzengesäumtes Taschentuch in Händen, sieht auf ihre Schuhe hinunter, während sie spricht. »Zwei Dinge sind es, um die ich Euch bitten wollte«, sagt sie mit leiser Stimme. »Verzeiht, wenn ich Euch lästig falle, aber es ist die Verzweiflung meines Herzens, die mich treibt. Zum Ersten – und fast schäme ich mich, es zu tun – dringe ich nochmals flehentlich in Euch: Werdet, sooft es geht, beim Bischof vorstellig! Beschwört ihn, überzeugt ihn von der Unschuld meines Gatten – Ihr seid der Einzige, der es tun kann.«

Gervinus schweigt, streicht sich den gepflegten Bart. »Wir sollten abwarten, bis die Ladung aus Hamburg eingetroffen ist«, erwidert er bedächtig. »Es kann ja nicht mehr lange dauern. Der Kurier, wie Ihr mir berichtet habt, hat ja Euren Sohn abfangen können, und Euer Gegenschwäher in Hamburg wird doch gewiss alles tun, was in seiner Macht steht. Also, teure Frau – wartet ab. Alles ruht und wird sicher demnächst zur Gänze niedergeschlagen werden. Nur eines kann ich kaum:

den Erzbischof von der Unschuld Eures Gatten überzeugen.« Er seufzt, sagt dann leise: »Dazu müsste ich erst selbst überzeugt sein. Und Ihr wisst, dass das unmöglich ist.«

Sie sind an der Laube angelangt bei ihrer Wanderschaft auf engem Raum, und Gesine lässt sich auf das Bänkchen fallen und atmet tief und stockend aus. »Gervinus!«, sagt sie, und ihr bleiches Gesicht rötet sich vor Eifer und Erregung. »Es kann und kann nicht sein. Irgendein Blendwerk hat unsere Augen getrogen an jenem unseligen Tag des heiligen Mauritius. Denn so wahr wir beide hier sitzen: Ich kenne meinen Marcus in- und auswendig. Und nie und nimmer wäre er in der Lage, etwas derart Teuflisches zu ersinnen, geschweige denn ausführen zu lassen. Dafür könnte ich meine Hand ins Feuer legen. Er ist eine geradlinige Seele, harmlos und ohne schwarze Seiten.« Sie zerknüllt ihr Tüchlein zwischen den Fingern. Und ihr fällt wieder das unglückselige Schnupftüchlein ein, in das der Mordzins gewickelt war. Irgendwer musste es von der Bleiche entwendet haben.

»Nun, dann hat er sich sehr gewandelt!«, entgegnet Gervinus lächelnd. »Immerhin kenne ich Euren Gemahl als einen gewieften Kaufmann, und damals, als er Euch mir ausgespannt hat, war er ja auch bereit, mit Nägeln und Zähnen zu kämpfen, und nicht ohne Tricks.«

Gesine streift ihn mit einem entsetzten Seitenblick, und er legt ihr beruhigend die Hand aufs Knie – nur für einen Atemzug lang – und lächelt. »Ein Scherz, verehrte Frau! Nein, seid versichert, dass ich meine Kräfte bündeln werde, um als Anwalt meines Freundes Marcus alles zu erreichen. Nur dass mich der Bischof im Augenblick nicht vorlässt.« Er zuckt bedauernd mit den Achseln. »Nicht bevor die Ware hier ist.«

»Und was ist mit diesem Ratgeber? Ihr erwähntet doch jemanden – einen Prälaten, nicht wahr? Von Angern?«

»Ich tue, was ich kann, und bin täglich bei ihm«, sagt der Kaufmann. »Seid beruhigt, liebste Gesine – die Zeit arbeitet für uns. Heut oder morgen werden die Pferde da sein. Dann ist die Sache ausgestanden.«

»Gott gebe es!«

»Ja. Gott gebe es.« Er nickt. »Ihr spracht von zwei Bitten. Jetzt habt Ihr erst eine hören lassen. Was kann ich sonst noch für Euch tun?«

»Versteht es nicht falsch, Gervinus. Aber ich sorge mich, dass Eure ständige Anwesenheit im Hause des Eingekerkerten ein schiefes Licht auf ...« – sie zögert –, »auf mich wirft ...« Sie zupft an den Spitzen ihres Taschentuchs. »Eine Frau, deren Mann unter Verdacht und gefänglich in Gewahrsam ist, sollte nicht unter einem Dach mit demjenigen wohnen, dem die Verteidigung dieses Mannes obliegt. Ich möchte nicht, dass irgendwelche bösen Zungen uns ins Gerede bringen. Nehmt es nicht krumm, wenn ich Euch bitte, Euer Quartier im Gasthof zu suchen.«

Endlich blickt sie ihn an, ihre großen dunklen Augen forschen ängstlich in seinem Gesicht – und siehe da, er lächelt. Mehr als das. Er strahlt geradezu.

»Das kommt Euch, wie's scheint, gelegen?«, fragt sie verwirrt.

»Nein, im Gegenteil, teure Frau. Ich würde gern so viel Zeit wie möglich an Eurer Seite verbringen, aber trotzdem werde ich unverzüglich Euren Wunsch erfüllen. Denn Ihr habt Recht. Es könnte uns beide ins Gerede bringen. Und nichts läge mir ferner, einer Person, für die ich so viel Wertschätzung hege, Ungelegenheiten zu bereiten. Nein, unser Verhältnis soll vor aller Welt so klar und rein sein wie ein Spiegel. Damit auch die Zukunft durch nichts getrübt werde.«

Er erhebt sich, und wieder zieht er Gesines Hand an die Lippen. »Könnt Ihr mir einen Knecht ausleihen, der mir hilft, mein Gepäck in den Gasthof zu bringen?«

Die Alemannin blinzelt. »Lukas vielleicht. Aber ich muss ihn fragen, kann nicht so über ihn verfügen. Er gehört eigentlich zum Gesinde meiner Schwiegertochter, ein Hamburger.«

»Der schweigsame Alte?«

Sie nickt.

»Er gehört nicht zu Eurem Haus?«

»Nicht eigentlich. Ich sagte doch: Er ist mit meiner Schwiegertochter gekommen.«

»Gut!«, spricht Gervinus fröhlich und reibt sich die Hände. »Alles wird nach Euren Wünschen geschehen, verehrte Frau.«

Gesine hat das Gefühl, als wenn sie in einem hohen Berg aus Daunen versinken würde – weich, sanft und zum Ersticken gefährlich. Und doch muss sie diesem Mann vertrauen. Was bleibt ihr?

HAMBURG, HAFEN

Zum Abend hat sich eine feine Nebeldecke über das Wasser des Hafens gelegt. Richard ist das nur recht. So verfolgen nicht allzu viele Augen die Ausfahrt des Prahms mit den Wasserfässern an Bord und ihm, diesem jungen Mann im dunklen Talar eines Magistrats, der da vorn am Bug steht. Für die Schiffsknechte ist einer vom Amt eben einer vom Amt, denen ist es gleichgültig, was die Obrigkeit sich ausdenkt, die nehmen ihn einfach mit. Und da keine andere Amtsperson in der Nähe ist, gibt es auch keine Rückfragen.

Es ist Flaute, die Segel all der Schiffe, die hier vor Anker liegen, hängen schlaff wie feuchte Laken an den Masten, und die Luft ist so still, dass man Geräusche und Gespräche von weit her hören kann. Richard sieht die mehrstöckigen Speicherhäuser und die Türme der Kirchen – zunächst der entfernteren von Maria Magdalenen, Johannis, Petri, Jacobi und des Doms, dann auch von Nikolai und der Katharinenkirche – nach und nach im Nebel verschwinden, als würden sie sich einen Schleier überziehen. Die Ruder der Männer tauchen klatschend ins Wasser, ein paar Möwen ziehen mit hässlichem Kreischen vorüber. Obwohl es warm ist, hüllt sich der junge Mann unwillkürlich enger in seinen Mantel. Auf einmal fühlt er sich beklommen, und dies Abenteuer, das er mit so viel frischem Mut angegangen ist, kommt ihm desto abwegiger vor, je mehr sich sein Kahn der »Santa Anna« nähert. Wie ein dunkler Koloss taucht die Kraweel aus dem Dunst auf, ihre geteerten Flanken glänzen. Ein ganz normales Schiff, und ein stattliches dazu, sagt sich Richard. Nur diese Geräusche. Dies Donnern und Rumpeln da drinnen. Die kehligen Rufe in fremder Sprache, beschwichtigend, wie ihm scheint. Wie aus einer Gruft hört sich das an … Gibt es nicht auch Schiffe, die man »schwimmende Särge« nennt?

Der eine Ruderknecht sagt zu ihm etwas in dieser merkwürdigen Sprache, diesem Platt, und er muss all seine Intuition zusammennehmen, um herauszubekommen, was der Kerl von ihm will. (Das hätte er nicht gedacht, dass er in der Heimatstadt seiner lieben Gattin einen Dolmetscher vonnöten hat!) Aber dann wird ihm klar, dass man von ihm als der Amtsperson erwartet, den Kontakt zur Mannschaft aufzunehmen. Der Prahm geht längsseits, und Richard legt den Kopf in den Nacken, formt die Hände zum Trichter und ruft: »Schiff ahoi! Frischwasser für Mensch und Tier!«, wobei er sich fragt, ob er sich wohl seemännisch korrekt ausgedrückt hat.

Aber das scheint den Männern, deren bärtige Gesichter da über der Reling auftauchen wie die Köpfe der Kasperlepuppen auf der Jahrmarktsbühne, völlig egal zu sein. Neben den Köpfen werden auch noch Arme sichtbar, und man gestikuliert so wild wie man in den unterschiedlichsten Sprachen durcheinander schreit, als sei man gerade mit dem Bau des babylonischen Turms befasst. Schließlich taucht ein weiterer Kopf mit einem Sprachrohr auf und vermag mittels dieses Instruments das Kauderwelsch der anderen zu übertönen. In für Richards Ohren durchaus verständlicher und von saftigen Flüchen durchwobener Diktion fordert man ihn und die gute Stadt Hamburg auf, unverzüglich Sorge zu tragen, dass die gottverdammten Gäule endlich von Bord kämen, denn die wären gerade dabei, den gesamten Kahn zu zerlegen. Außerdem, so erfährt er, wäre ein Mann über Bord, nämlich ausgerechnet der Käpten, und die gesamte »Santa Anna« praktisch führerlos, hätte nicht er (der Redende mit dem Sprachrohr) an Bord in des Wortes wahrstem Sinne die Führung übernommen.

Viel Gerede, findet Richard, immer noch den Kopf im Nacken. An ein schnelles Löschen der Ladung könne leider nicht so bald gedacht werden, entgegnet er und muss schreien, um sich verständlich zu machen. Die Mannschaft der »Santa Anna« solle also das angebotene Frischwasser einstweilen in Empfang nehmen und ihm als einen Beauftragten des Eigners, Philipp

Gervinus, Erlaubnis erteilen, aufs Schiff zu kommen, um bestimmte Dinge zu klären.

»Bestimmte Dinge« ist so ungenau wie verheißungsvoll, und also dauert es nicht lange, bis Bewegung in die Sache kommt. Zuerst werden Taue mit Haken herabgelassen, an denen man die mit Stricken verschnürten Fässer an Bord hievt. Sodann lässt man ein Fallreep herunter, und Richard schlägt sich seinen schönen Amtstalar über den Arm und beginnt todesmutig diese Strickleiter zu entern. Und als er gerade die Beine über das Dollbord der »Santa Anna« schwingt, wirft er kurz einen Blick zurück – und muss nach Luft schnappen. Die Schiffsknechte haben den Prahm gewendet und rudern von der Kraweel weg.

Er beugt sich vor. »He, wartet! Was soll das?«

Der Mann am Steuer hebt die Hand zum Mund: »Haben nur Order abzuliefern, nicht zu warten! Warten nicht bei einem Krankenschiff! Gott mit Euch!«

Der Nebel verschluckt das Fahrzeug.

Verdammt auch. Das hatte er allerdings vorausgesetzt – wenn er sich schon als Amtsperson einführt! Flüchtig fällt ihm ein, dass seine Regina ihm vierundzwanzig Stunden gegeben hat – nun, er wird schon Mittel und Wege finden, vorher von dem Pott wieder herunterzukommen. Es muss ja nicht gleich schwimmend sein … Zunächst einmal ist er da und sollte seine Aufmerksamkeit jetzt wohl diesem Seemann zuwenden, der hier die Sache in die Hand genommen hat. Er ordnet seine Kleidung und strafft sich.

Um ihn herum wuselt die aufgeregte Mannschaft, jetzt mit den Wassertonnen beschäftigt, und inmitten der Leute steht ein hoch gewachsener rotbärtiger Kerl, das Sprachrohr noch in der Hand, und versucht, das Durcheinander irgendwie zu entwirren und die Arbeit zu verteilen, was denn auch gelingt. Das also ist der Mann, der hier das Kommando übernommen hat. Richard beobachtet ihn, seine schnelle, bestimmte Art, Befehle zu geben, die Reaktion der Seeleute, die ihn respektieren und ihm gehorchen. Scheint ein fähiger Mann zu sein.

Erst als das ganze Hin und Her auf dem Deck irgendwie geregelte Formen annimmt, wendet er sich Alemann zu und versieht ihn mit einem kräftigen Händedruck. »Ich bin Jörn Vocke, der Steuermann, und, wie's aussieht, jetzt stellvertretender Kapitän der ›Santa Anna‹. Ihr kommt von Gervinus? Nun, mit diesem Durcheinander konnte keiner rechnen!«

Tiefblaue Augen – Augen, die bestimmt ihre Wirkung auf das Weibervolk nicht verfehlen – unter besorgt zusammengezogenen blonden Brauen; ein Hüne von Mann, nicht unsympathisch, urteilt Richard im Stillen. Er erwidert den Händedruck. »Richard Alemann, Stadtschreiber aus Magdeburg«, stellt er sich vor.

»Magdeburg?« Die blonden Brauen gehen in die Höhe. »Wieso Magdeburg?«

»Woselbst sich Herr Gervinus im Augenblick noch aufhält, als Gast meines Vaters!«, erwidert Richard. »Eigentlich bin ich nur hierher gesandt, die Verladung der kostbaren Fracht ein bisschen zu beschleunigen. Ich bin verschwägert mit einem der hiesigen Ratsherren und infolgedessen nicht ohne Einfluss hier!« Und er beglückwünscht sich zu dieser sowohl leicht geschönten als auch vereinfachten Version der Wahrheit, denn Vockes Gesicht hellt sich auf.

»Da seid Ihr offenbar der rechte Mann zur rechten Stunde!«, ruft er und hält immer noch Richards Hand in seiner Pranke fest. »Denn was uns diese Pfeffersäcke hier gerade zumuten, das ist wirklich ohne Beispiel. Dazu noch das Malheur mit unserem Kapitän, der abgängig ist.«

»Das eine hängt mit dem anderen zusammen!«, entgegnet der junge Alemann. »Denn durch den Fund der Leiche …«

»Wie denn? Edmundsen ist geborgen? Und seit wann?«, ruft der andere erstaunt, und Richard kommt es so vor, als wenn ein Schatten der Besorgnis über Vockes Gesicht huscht.

»Seit heute Vormittag«, gibt Richard zurück. »Verzeiht, ich wusste nicht, dass man Euch das noch nicht mitgeteilt hat. Tot geborgen, ja. Und das, was man an ihm entdeckt hat, ist leider

der Grund, dass die ›Santa Anna‹ hier draußen vor Anker liegen muss.«

Vocke sieht ihn unruhig an. »Ihr meint diesen Ausschlag?«

»Ich meine die Pocken«, erwidert Richard sachlich. »Ihr müsst es doch gewusst haben.«

Der Steuermann ächzt. »Die Pocken hat er ganz gewiss nicht gehabt!«

»So, und darf man fragen, woher Ihr diese Gewissheit nehmt?«, erkundigt Richard sich misstrauisch. »Seid Ihr ein studierter Medikus?«

Vocke wirkt ungehalten. »Natürlich nicht. Aber einer der Schiffsjungen, den ich in Genua wieder von Bord geschickt habe, litt unter Windpocken. Eine Kinderkrankheit, die man wohl gehabt haben sollte …«

Richard legt den Kopf schief. »Aber?«

»Nun, der Kapitän war seltsam erschrocken, als ich ihm den Kranken präsentierte. Ich hatte dafür keine Erklärung. Erst drei Wochen später stellte sich heraus: Edmundsen hatte die Kinderkrankheit nie gehabt – und sich prompt angesteckt. Wie Ihr vielleicht wisst, ist der Verlauf bei einem Erwachsenen leider ungleich schwerer …«

Richard denkt sich sein Teil und fragt: »So schwer, dass er daran gestorben ist?«

Vockes Augen verengen sich. »Wohl nicht.« Er schwenkt in seiner Rede um, will ablenken. »Ein Glück, dass Ihr Euch an Bord gewagt habt. Ihr könnt es gern überprüfen: Kein einziges Mitglied dieser Besatzung ist krank. Bitte gebt so rasch wie möglich der Hafenmeisterei Bescheid! Gut, dass Ihr das Risiko auf Euch genommen habt, auf dieses Schiff zu kommen. Ihr seid fürwahr Gervinus ein treuer Agent!«

Noch einmal wird Richards Hand geschüttelt, als wolle man sie an der Wurzel ausreißen. Seine Erwiderung, es sei für ihn kein Wagnis gewesen, da er sowohl Pocken als auch Feuchtpocken bereits durchlitten habe, wird gar nicht zur Kenntnis genommen.

»Kommt jetzt unter Deck in die Kapitänskajüte. Wir wollen bei einem guten Schluck Malvasier auf den glücklichen Ausgang dieser Unternehmung anstoßen, und danach nehmt selbst in Augenschein, dass alles auf dem Schiff hier seine Richtigkeit hat – abgesehen hiervon!« Er macht eine Handbewegung zu den Deckplanken, unter denen es gerade wieder Furcht erregend rumort.

»Die Pferde?«

»Die Pferde, ja. Sie gebärden sich wie die Teufel.«

Richard nickt. Überlegt, ob er schon jetzt damit herausrücken sollte, dass auf diesem Schiff ganz gewiss nicht alles seine Ordnung hat, wenn man den Kapitän beseitigt, aber er beschließt, mit dieser Enthüllung noch hinterm Berg zu halten. Er folgt dem blonden Hünen nach unten in die Kapitänskajüte.

»Frau, ich muss mit Euch reden!« Der stämmige Lukas aus Hamburg steht in der Tür zur Kemenate, die Arme verschränkt, und blickt düster. Lukas und reden! Das kommt einem Weltwunder gleich. Denn der Kerl ist maulfaul ohne Ende – vielleicht weil man sich hier zu Magdeburg so schwer tut, seine Mundart zu verstehen, und immer wieder nachfragt, falls man ihn nicht gleich auslacht. Das Bördeplatt, das man rund um die Stadt herum spricht, gleicht zwar bis zu einem gewissen Grad der Rede des Hamburgers, aber der Unterschiede sind auch viele. Und dass sie ihn im Haus »den stummen Fischkopp« nennen, trägt nicht dazu bei, ihn gesprächiger zu machen.

Sogleich wird Gesine bange zumute. Was ist geschehen, dass der Schweiger reden will?

»Lukas!«, sagt sie beklommen und bemüht sich um ein Lächeln, während sie ihre Handarbeit beiseite legt. »Komm herein. Hast du etwa Neuigkeiten aus Hamburg?«

Der Knecht schüttelt den Kopf. »Nee«, erwidert er. »Bloß aus Magdeburg. Und die solltet Ihr wissen. Einer muss es Euch ja sagen.«

Gesine nickt ihm aufmunternd zu.

»Da gibt's so Verschiedenes«, beginnt der Hamburger bedächtig. »Zum einen diesen Koopmann, dem ich sein Gepäck ins Quartier nachtragen musste.«

»Du meinst Gervinus?«

»Na, den Koopmann eben. Der kennt so Leute.« Lukas macht eine Pause.

»Was für Leute denn?«, fragt Gesine geduldig nach.

»Gesindel!«, sagt der Knecht barsch. »Kommen zu ihm, verlangen Geld. Scheint in irgend'nem krummen Ding drinzustecken, der Mann.«

Gesine zuckt die Achseln. »Das geht uns ja wohl nichts an!«, erwidert sie mit einer Spur Schärfe in der Stimme. »Außerdem hat der Kaufherr Gervinus unserem Haus den Rücken gekehrt, und so müssen wir uns nicht den Kopf heiß machen um sein Tun und Lassen. Also solltest du ihm nicht unbedingt nachschnüffeln.«

»Da gab's nichts zu schnüffeln. Das lag klar zu Tage«, erwidert Lukas stoisch. »Aber wie die Frau will. Da brauch ich ja wohl nicht weiter klönen. Ist ja man bloß geschnüffelt.« Er macht einen hölzernen Kratzfuß und dreht sich um.

»Lukas! Nun aber heraus mit der Sprache! Was wolltest du mir sonst noch sagen?«

»Och, eigentlich gar nichts. Vielleicht misch ich mich bloß ein in Dinge, die mich nichts angehen. Aber mir ist es wider den Strich, wenn die Frau nicht weiß, was in ihrem eigenen Haus passiert und was man über sie so redet.«

Stille. Dann sagt Gesine mit gepresster Stimme: »Also red schon!«

Lukas verbirgt ein Lächeln der Genugtuung hinter seinem Bart. »Ich find's nicht recht, dass Eure Elsabe sich auf dem Marktplatz mit Huren prügelt, und Ihr erfahrt's nicht. Und ich find's nicht recht, wenn man überall in den Schenken herumerzählt, da ist eine, die weiß ein Geheimnis über die Alemanns. Ansonsten geht mich das alles nichts an.«

Nun ist er wirklich draußen, und Gesine starrt zur Tür, als würde die stämmige Gestalt des Hamburgers immer noch da stehen. Dann hebt sie die Stimme und ruft nach Elsabe. Schrill und laut.

Ihre Magd ringt die Hände. »Aber Herrin! Ich wollte doch nur, dass Ihr Euch nicht noch zusätzlich aufregt – zu dem ganzen Kummer, den Ihr ohnehin schon habt. Und als ich diese unverschämte Göre da am Eierstand sah, so dreist, als wäre sie eine von uns, da ist mir halt das Schürzenband aufgegangen – bildlich gesprochen.«

Gesine ringt die Hände. »Wie konntest du nur! Wo die Alemanns ohnehin in aller Leute Munde sind – musst du der Schande auch noch den Spott hinzufügen!? Und anstatt gleich zu mir zu kommen und alles zu beichten, lässt du mich im Dunkeln sitzen. Das hätte ich nicht gedacht von dir!«

Die Magd schluckt schwer. Aber ihre Herrin fährt gnadenlos fort: »Und was hat das mit dem Geheimnis auf sich?«

»Geheimnis?«

»Die Spatzen sollen es von allen Dächern pfeifen, dass diese – diese Baderin irgendetwas gesagt haben soll, das unsere Familie angeht! Warum hast du mir's nicht gemeldet?«

»Weil ich's für dummes Geschwätz gehalten hab, eine Drohung, um sich wichtig zu machen, Frau! Darum!«

Elsabe ist nun auch laut geworden. Sie hat die Hände in die Hüften gestützt. Die beiden Weiber stehen sich wie ein paar aufgeplusterte Glucken gegenüber. Schließlich wendet sich Gesine ab, dreht sich zum Fenster. »Raus mit der Sprache!«, fordert sie, nun leise. »Was hat sie gesagt, diese Kathrine?«

»Wenn ich das nur noch zusammenbringen würde! Dass Ihr für jede Beule, die sie hat, ein Goldstück geben würdet, wenn Ihr wüsstet, was sie weiß, oder so.«

»Ist das alles, was du dir gemerkt hast?«

»Ich war so voller Wut – ich hab mir nicht so recht alles merken können …«

»Hattest du nicht die Spülmagd dabei? Vielleicht hat sie ein besseres Gedächtnis als du!«

So wird die kleine Mieke herbeizitiert und muss nun zu ihrer Verwirrung genau das herbeten, was ihr Elsabe unter Androhung des Ohrenlangziehens untersagt hatte auszuplaudern. Wie sich zeigt, ist ihr Gedächtnis entschieden besser als das der Magd – erstens weil sie die Szene auf dem Markt mit allen Sinnen gierig eingesogen hat und zweitens weil sie die ganze Geschichte inzwischen trotz des Verbots mit realistischer Detailtreue schon mehrfach ausposaunt hat. Dass sie es voller Genuss tut, ist nicht zu übersehen.

Frau Gesine hört sich das alles an, dann sagt sie müde: »Gut. Du kannst wieder an deine Arbeit gehen.«

Indes steht ihre Elsabe da herum wie durch den Regen gelaufen und zupft mit grimmiger Miene an ihrer Schürze. Und da Angriff bekanntlich immer die beste Verteidigung ist, holt sie denn auch tief Luft und legt los: »Das ist doch alles nur dummes Gewäsch, Frau, das hört Ihr doch selbst! Das Bademädchen will sich wichtig machen – so eine! Wo ich doch weiß, was Ihr von der haltet – warum hätte ich Euch damit belasten sollen? Außerdem ...«, sie senkt die Stimme, »... außerdem glaub ich, mit der stimmt was nicht.«

»Was meinst du denn damit?«, fragt Gesine. Sie hat es alles satt. Hätte sie sich nur nicht darauf eingelassen, diesem Klatsch nachzufragen!

Elsabe beugt sich vor und murmelt halblaut: »Ich will ja keinen Staub aufwirbeln – aber die kleine Hure ist ein Hexenweib.«

»Und wieso das?«

Die Magd raunt: »Sie hat ein Teufelsmal. Ich hab's mit eigenen Augen gesehen, als sie an der Erde hockte und ihr das Mieder halb aufgegangen war, der schamlosen Person.«

»Ein Teufelsmal? Was redest du?«

»Ja!«, flüstert Elsabe verschwörerisch und ist froh, dass sie mit dieser Geschichte ihre Herrin ablenken kann. Sie zeigt mit dem Finger bei sich selbst auf die Stelle kurz unter der Achselhöhle, seitlich am Brustansatz. »Hier! Ein feuerrotes Mal in Form eines Spatels! – Frau, was ist Euch?!«

Um Gesine dreht sich der Raum. Sie greift nach der Hand ihrer Vertrauten, hält sich an ihr fest, und Elsabe stützt sie. Der Traum! Sie hat es doch schon gewusst in diesem Traum, der auf den Abgrund zuführt ...

»Heilige Jungfrau Maria, steh mir bei!«

»Herrin, was ist Euch denn?«, wiederholt Elsabe erschrocken.

Gesine zieht sie mit sich. »Schwör mir bei deiner Seligkeit, keinem Menschen ein Sterbenswörtchen von dem zu verraten, was ich dir jetzt sage! Du bist die Einzige auf der Welt, der ich mich anvertrauen kann!«

Jörn Vocke hebt seinen schön geformten Zinnbecher. »Auf Kapitän Edmundsen!« Er grinst.

»Gott sei seiner armen Seele gnädig!«, erwidert Richard fromm und nimmt einen Schluck. Vielleicht ist jetzt die beste Gelegenheit, einmal über die Todesart des Mannes zu sprechen, überlegt er.

Der Steuermann mustert ihn forschend. »Wenn Euch Gervinus mit so einer wichtigen Mission betraut hat – kann ich annehmen, dass Ihr eingeweiht seid?«

»Selbstverständlich!«, sagt Richard Alemann und schlägt die Beine übereinander. »Er vertraut mir wie Euch.« (Er hat den Kaufmann noch nie gesehen, zumindest erinnert er sich nicht an ihn.)

Jörn Vocke nickt. »Das dachte ich mir.« Mit gedämpfter Stimme fährt er fort: »Ja, Edmundsen war ein genialer Navigator. Der Wahrheit die Ehre: Ohne ihn hätten wir den verdammten Pott nicht halb so elegant um Cap Finisterre herumgesegelt. Das war auch der Grund, weshalb Gervinus so lange an ihm festgehalten hat. Aber dies sollte nun seine letzte Fahrt auf der ›Santa Anna‹ sein. Die beiden sind eben einmal zu oft aneinander geraten. Und seit der Geschichte mit dieser vermaledeiten Kiste – Ihr wisst schon …« Er lächelt verschwörerisch, und Richard hat keine Ahnung. »Tja, seitdem stand fest, dass in Zukunft ein anderer das Kommando der Kraweel übernehmen würde.« So selbstgefällig, wie Vocke bei den Worten aussieht, ist Richard sofort klar, *wer* von Gervinus als nächster Befehlshaber des Schiffs vorgesehen war.

Richard nimmt einen Schluck Malvasier. »Ja-a!«, sagt er gedehnt. »Ich verstehe.« Er tastet sich weiter vor. »Trotz alledem: Glaubt mir, ich kenne die Sturheit der hiesigen Pfeffersäcke. Da wird wohl außer mir noch ein Arzt an Bord kommen müssen, und wenn der die Unbedenklichkeit bestätigt, guckt als Nächster noch der Hafenmeister persönlich in jede Ecke – also es dauert. Vielleicht nicht ganz die berühmten vierzig Tage, aber immerhin. Wäre natürlich besser gewesen, es hätte kein Aufsehen gegeben. Dann könnten wir schon die Fracht löschen und die Pferde umladen.«

Vocke schlägt mit der flachen Hand auf den Tisch. »Das sollte ja auch nicht so sein!«, sagt er ärgerlich. »Aber Edmundsen ist nun mal im Suff über Bord gegangen.« Vocke guckt betrübt in seinen Weinbecher. »Keiner hat's gesehen!«

»Aber es muss doch aufgefallen sein, dass er abgängig war!«, wirft Richard ein.

Vocke zuckt die Achseln. »Schon.« Er sieht ihn an, als wüsste er, Richard, schließlich ganz genau, was hier gespielt wird.

Richard Alemann spürt, wie sich die Haare auf seinen Unterarmen aufstellen. Hat dieser Kerl den Kapitän auf dem Gewissen? Und wie viel weiß Gervinus davon? Steckt er sogar dahinter, der Mann, der sich in Magdeburg jetzt so »selbstlos« für Marcus Alemann einsetzt …? Verdammt. Er hat sich, vorwitzig, wie er ist, hier womöglich mit dem nackten Hintern in ein Hornissennest gesetzt! Jetzt heißt es, vorsichtig sein.

Vocke wirkt wie die Ehrbarkeit in Person. Wenn er, Richard, sich vorstellt, dass diese Pranken da dem armen Kapitän irgendeine Schnur um den Hals gelegt und dann zugezogen haben – vielleicht sogar hier in dieser Kajüte, während der ahnungslos im Schlummer lag –, und nun trinken sie an seinem Tisch seinen Wein …

Richard ist unwillkürlich aufgesprungen. Ihm ist ganz übel.

»Was habt Ihr?«, fragt der Steuermann und kneift die Augen zusammen, diese redlichen Blauaugen …

»Macht Euch nur nicht allzu viele Sorgen!«, sagt Richard hastig. »Ihr habt das schon alles richtig eingefädelt. Ich werde es in diesem Sinne zu berichten wissen. Aber nun sollten wir in aller gebotenen Eile einen Schiffsrundgang hinter uns bringen, damit ich die Ängste der wackeren Hamburger möglichst schnell zerstreuen kann.«

Nie im Leben hätte sie sich träumen lassen, dass sie so einen Ort aufsuchen würde! Und wenn ihre Herrin sie nicht fast auf den Knien um diesen Dienst gebeten hätte, um ihrer Treue willen – vielleicht hätte sie lieber auf ihre alten Tage das Haus der Alemanns verlassen. Nicht nur dass sie das städtische Badehaus aufsuchen muss – ein Ding der Unmöglichkeit für eine ehrbare Dienstmagd –, nein, sie muss auch noch zu Kreuze kriechen vor ebendiesem Frauenzimmer, dem sie kürzlich erst auf dem Markt den Tort angetan hat – eine Kröte, so groß, dass man sie nur unter Würgen schlucken kann.

Und all das, was ihr die Frau da unter Heulen und Händeringen erzählt hat – das muss man nun wirklich ganz schnell untern Tisch kehren, wenn man nicht bis zu den Ohren in Schande versinken will. Ja, wenn's nicht, wie gesagt, um der alten Liebe und Treue willen wäre ... Dieser Auftrag ist eine bittere Pille.

Es dämmert schon, und Elsabe hat sich die Haube bis auf die Augenbrauen hinuntergezogen und das Führtuch hoch bis übers Kinn, damit sie bloß keiner erkennt, und wenn ihr wer in der Gasse entgegenkommt, dreht sie den Kopf weg. Zwei-, dreimal ist sie schon an der dunklen Eichentür des Badehauses vorbeispaziert, ehe sie sich denn ein Herz fasst. Es ist gerade niemand unterwegs.

Sie bewegt den Türklopfer, zwar sehr zaghaft, aber die verhängnisvolle Pforte öffnet sich sofort, und eine Frauenstimme sagt fröhlich: »Immer herein, wenn's kein Schneider ist! Zwei Zuber sind noch frei und ...« Die Pförtnerin unterbricht jäh ihre Rede und starrt mit offenem Mund auf Elsabe, als wäre sie ein Wundertier. Natürlich, alles hat sie erwartet, nur kein Weibsbild.

Gesines Abgesandte reckt das Kinn vor und betrachtet die andere verstohlen, dann senkt sie gleich wieder die Lider. Auch so eine Badeschlampe – was sonst? Eine Blonde mit üppigen Formen, nur mit Hemd und Rock bekleidet.

»Meine Meisterin schickt mich – ich hätt gern ein Wörtchen mit der schwarzen Kathrine gesprochen in ihrem Auftrag«, bringt Elsabe mit gepresster Stimme hervor.

»Mit der Kathrine?« Die Pförtnerin mustert sie von Kopf bis Fuß, dann dämmert in ihren mit schwarzer Schminke dick umrandeten Augen die Erkenntnis auf: »Du bist die vom Markt? Die mit den Eiern?«

Elsabe beißt sich auf die Lippen und nickt.

»Na, die wird sich ja freuen!«, verkündet die Blonde und lacht wiehernd. »Wart hier ein bisschen, die Kathrine ist noch mit einem Gast im Badezuber. Ich hol sie dir dann.« Sie schließt die Tür nach draußen und deutet auf einen samtbezogenen Schemel. »Einen Umtrunk zur besseren Einstimmung brauchst du ja wohl nicht«, bemerkt sie boshaft und wartet die Antwort nicht ab. »Ich sag der Kathrine Bescheid.«

Sie verschwindet durch die Tür zum eigentlichen Badehaus, und eine Woge feuchtheißen Brodems strömt nach draußen, zusammen mit Gelächter, Gequietsche und Lautenmusik. Elsabe bekreuzigt sich. Sie hockt nur auf der Kante des Warteschemels und würde am liebsten wieder weglaufen.

Da drinnen beginnt jemand zu singen, eine helle, hohe Frauenstimme: »Dort droben auf jenem Berge/da treibet das Wasser ein Rad/das mahlet nichts als Liebe/die Nacht bis an den Tag.« Jemand kreischt auf. Dann dröhnendes Gelächter.

Elsabe hingegen ist eher nach Heulen zumute.

Endlich, nach einer halben Ewigkeit, wie es ihr scheinen will, öffnet sich die Tür erneut, und auf der Schwelle, umgeben von einem weiteren Schwall feuchtheißer Luft, wie am Waschtag im Keller, erscheint die Person, auf die sie wartet.

Kathrine ist nass bis zu den Haarspitzen und nur mit einem Hemd bekleidet, das an ihrem zierlichen Leib klebt, als wäre es eine zweite Haut, und alles zeigt, was sie hat: die kleinen spitzen Brüste mit den dunklen Warzen, den leicht vorstehenden Bauch mit dem tiefen Nabel, den dicken Busch schwarzen Haars in ihrem Schoß. Und da oben zwischen Busen und Achselhöhle dies Muttermal, dieser Spatel, und Elsabe verflucht sich selbst tausendmal, dass sie ihrer Frau von diesem Zeichen erzählt hat.

Das Bademädchen verschränkt die Arme – nicht um ihre Brust zu verhüllen, sondern auftrumpfend. Es legt den Kopf zurück und sagt mit verächtlich hinabgezogenen Mundwinkeln: »Eigentlich verlass ich einen Gast im Zuber nicht, das ist wider den Brauch. Aber als ich gehört hab, *wer* mich hier erwartet, da bin ich aus dem Wasser gehüpft wie ein Hase aus dem Busch. Also, Alte, was willst du?«

Elsabe räuspert sich, um den Hals freizukriegen. »Mich schickt meine Frau …«, beginnt sie, aber das Mädchen unterbricht sie gleich.

»Nein, so billig kommst du mir nicht davon! Dich hinter deiner Frau zu verschanzen und so zu tun, als hätten wir beide nicht miteinander ein Hühnchen zu rupfen, das könnte dir so passen! Schon vergessen? Sie haben mich da auf dem Markt zusammengeschmissen deinetwegen! Und nun soll ich so tun, als wenn das alles nichts wäre? Bitte mich um Verzeihung, sonst kannst du gleich wieder verschwinden mitsamt der Botschaft von deiner Frau, die mir auch nicht viel lieber ist als du!«

Die Magd knirscht mit den Zähnen. Am liebsten würde sie dieser Dirne, die ihre Position so schamlos ausnutzt, mit beiden Händen in den Haarschopf fahren und ihr die feuchten Ringellocken gleich in Büscheln ausreißen … Steh's durch, Elsabe, redet sie sich selbst zu. Schluck deinen Zorn hinunter. Es geht vorüber. »Lass vergeben und vergessen sein, was da geschehen ist!«, sagt sie.

»Das heißt?« Kathrine lässt nicht locker.

»Das heißt, dass ich dir auf dem Markt Unrecht zugefügt habe.«

»Unrecht auch. Unrecht sowieso. Aber Brüschen und Beulen und eine Nase, die noch immer dick ist wie eine Knolle.« (Davon ist zwar nichts zu sehen, aber Elsabe nickt scheinbar reumütig.)

»Es tut mir Leid. Ich bitte um Verzeihung.«

Die junge Frau kneift die Augen schmal. »Das kommt nur von deinen Lippen, nicht vom Herzen!«, sagt sie geringschätzig. »Aber das soll mir egal sein, wenn du ein kleines Geschenk auf meine Wunden legst.«

»Das wird meine Frau machen!«, beeilt sich Elsabe zu versprechen. »Meine Frau sagt, sie wird dir mehr geben, als du erwartest. Sie möchte mit dir reden.«

»Sieh einer an! Das sollte mich nur freuen, wenn in ihrem Schädel ein Licht aufgeht und ich zu dem anderen auch von dieser Seite ein Zubrot verdiene.« (Elsabe weiß nicht, was sie meint, nickt aber eifrig.) »Sie will also mit mir reden? Gut. Aber das sollte in aller Heimlichkeit geschehen. Lauscher gibt's überall, und mit dem da ist nicht gut Kirschen essen.«

(Dem da? Die Magd schiebt so unverständliche Rede einfach beiseite, wie man eine Tasse an den Tischrand schiebt, aus der man gerade nicht trinken will.)

»Heimlich will's auch meine Frau. Und bald sollte es sein.«

»Von mir aus schon heute Nacht!«, erwidert Kathrine achselzuckend. »Mich freut's, wenn ich bald zu meinem Douceur komme. Müssen wir also einen Ort finden, wo wir einander ungestört begegnen.« Sie grinst, und einen Augenblick denkt Elsabe mit Schrecken, sie würde vielleicht vorschlagen, ins Haus der Alemanns zu kommen. Nie und nimmer würde Frau Gesine das zulassen, trotz allem, was sie zu wissen glaubt. »Meiner Herrin wär es lieb, wenn eine Kirche der Ort wäre!«, schlägt sie vor.

Das Mädchen grinst verächtlich. »Ja, und vielleicht gar noch der Beichtstuhl! Kirchen sind die unsichersten Orte der Welt, falls man nicht vorhat, zu beten oder mit dem Priester zu ...« Sie macht eine unzweideutige Geste, und Elsabe muss sich bekreuzigen. Was für ein gottloses Mensch! »Ich hab einen anderen Vorschlag. Deine Frau weiß doch gewiss um die Gewölbe unterm Alten Markt?«

»Die Gewölbe?« Natürlich kennt jeder diese Gewölbe. Unterirdische Portale und Gänge, Höhlen und Räume. Ehemals, als die Stadt noch enger war, dienten sie Kaufleuten als Lagerhallen, und sogar einen Ausgang direkt zum Fluss gab es – bis sich dann das Weichbild ausdehnte und man die praktischeren Speicherhäuser direkt an der Elbe errichtete, so wie es sie in Hamburg auch gibt. Seitdem liegen die Gewölbe verwaist, und alle Zugänge sind zugeschüttet bis auf einen hinterm Rathaus, und der ist mit einem Gatter verriegelt. Aber es heißt, lichtscheues Gesindel hätte einen Weg gefunden, dieses Gatter zu öffnen, und treibe da drinnen nun sein Unwesen – und einem hochmögenden Rat war es nicht einmal unlieb. Hauptsache war doch, diese finsteren Gestalten zeigten sich nicht in den Straßen der Stadt und verunsicherten ehrbare Bürger …

»In die Gewölbe soll meine Frau hinuntersteigen? Aber dort ist man seines Lebens nicht sicher!«

Kathrine zieht die Schultern hoch. »Die da unten sind ganz friedlich. Und sie muss ja nicht zeigen, dass sie einen dicken Geldbeutel dabeihat, das wäre allerdings ein bisschen heikel.« Sie grinst noch unverschämter als vorher.

»Aber …«

»Ohne Wenn und Aber«, sagt Kathrine, und jetzt klingt es scharf und bestimmt. »Sie will was von mir, und ich bestimme den Treffpunkt. Also aufgemerkt! Es geht so: Wenn der Nachtwächter die zweite Runde gedreht hat und vom Markt weg ist, soll sie am Gatter stehen. Ich werd sie da erwarten, und da unten haben wir Zeit und Ruhe und sogar Gemütlichkeit.« Wieder lächelt sie verächtlich. »Denn ihr Bürger von Magdeburg wisst überhaupt nicht, dass es unter eurer braven Stadt noch eine zweite gibt. Die ist nicht ganz so brav – aber sie ist nun einmal da. So, basta. Sie soll kommen, so wie ich's will. Und sie soll keinem etwas davon sagen. Du kannst ja mit ihr gehen, wenn du denkst, ihr würde sonst etwas zustoßen.«

Sie schlingt die Arme um die Schultern. »Puh, mir wird kalt. Bin ja frisch aus dem warmen Wasser geschlüpft und hüpf jetzt auch wieder hinein, einem dicken Kaufmann den Bauch zu kraulen. Geh nach Haus, Alte!« – Weg ist sie.

Elsabe drückt mit beiden Händen die schwere Tür nach draußen auf und atmet in tiefen Zügen die frische Luft. Es ist schon fast dunkel, und die rote Lampe vorm Badehaus brennt bereits. Ihr kommt es so vor, als wenn sie das alles nur geträumt hätte ... Und irgendetwas stimmt nicht an der ganzen Geschichte. Nein, es ist nicht bloß dieser abscheuliche Ort des Treffens, nicht die Unverschämtheit der Hure und ihre, Elsabes, Demütigung, als sie vor dem tropfnassen Weibsstück Abbitte leisten musste. Etwas anderes stimmt nicht, und sie weiß nicht, was. Aber vielleicht ist es auch nur, dass sie sich angesichts dieser Person so ganz und gar nicht vorstellen kann, dass wahr ist, was ihre Frau vermutet ...

Nein, sie wird es sich nicht nehmen lassen, mit Frau Gesine mitzugehen.

Die Pferde stehen in dem leicht zugänglichen Frachtraum im Achterschiff, unter dem Kastell der Kraweel. Es ist stickig hier drin und stinkt nach Ammoniak und Pferdemist. Richard greift unwillkürlich zum Schnupftuch und hält es sich unter die Nase. Der Lärm ist ohrenbetäubend. Und Vocke lacht bitter.

»Ja, da seht Ihr mit eigenen Augen, weshalb Herr Gervinus darauf bedacht ist, dass die Viecher hier so bald als möglich von Bord kommen.« Erklären muss er nichts. Und Richard hört und riecht mehr noch, als er sieht: zehn Pferde, seit vielen Tagen unter Deck eingepfercht und angebunden. Die Tiere sind halb wahnsinnig vor Bewegungsnot. Sie scharren, stampfen, schlagen gegen die Wände. Einige schwenken die Köpfe monoton hin und her, als hätten sie bereits den Verstand verloren. Eines, das getrennt von den anderen steht, gebärdet sich ganz besonders aufsässig. Obwohl die Pferdepfleger schon von einer Wand seines Ständers zur anderen einen Strick über seinen Rücken gebunden haben, um es am Boden zu halten, versucht es zu bocken und zu steigen. Seine Vorderhufe krachen immer wieder gegen die Planken. Zwei orientalisch aussehende Jungen schreien auf das Tier ein, und je lauter das Getöse wird, desto verstörter trampeln auch die anderen Pferde.

»Versteht Ihr jetzt?«, brüllt Vocke. »Macht den Hafenleuten um Himmels willen klar, dass wir unverzüglich löschen müssen!« Dann schreit er einen der Pferdepfleger an: »Wo zum Teufel ist Jussuf?«

Der Junge legt die Handflächen aufeinander und die Wange darauf.

»Wie kann einer bei dem Lärm schlafen?! Hol ihn, aber rasch!« Der Junge flitzt los, während der andere weiterhin erfolglos auf das tobende Pferd einbrüllt. Da geschieht es. Das

Tier landet trotz seiner Fesseln einen so gewaltigen Schlag, dass die Planke splittert. Durch das Leck schießt in dünnem Strahl, doch mit einigem Druck Wasser in den Frachtraum.

»Verdammt noch eins!« Vocke läuft zum Schott. »Alle Mann zum Kalfatern! Macht Pech heiß! Bringt Werg und Wolle!« Einen arabischen Jungen, der jetzt an ihm vorbei hin zu dem Pferd rennt, herrscht er an: »Beruhige mir diesen Satan!«

Der Junge zückt ein Messer, und Richard glaubt schon, dass er das Pferd abschlachten will – ein Ereignis, dem beizuwohnen er lieber vermieden hätte. Doch der Bursche durchtrennt mit raschem Schnitt erst das Seil über dem Rücken des Pferdes und dann – zu Richards Entsetzen – auch den Anbindestrick. Das Tier bäumt sich auf, knallt mit dem Schädel an die Decke, schlägt dann schnaubend nach hinten aus. Währenddessen redet der Pferdejunge unablässig in rollendem Arabisch auf ihn ein. Dabei gelingt es ihm, das verbliebene kurze Ende des Stricks zu packen und das Tier rückwärts aus dem Ständer zu manövrieren, sodass die zum Kalfatern herbeieilenden Männer an das Leck herankommen.

Kräftig über den Gestank fluchend, machen einige Seemänner sich daran, das Leck abzudichten, während andere eine Kette bilden, um das Wasser abzuschöpfen und eimerweise zum Schott durchzureichen. Und wie Richard feststellen muss, erfreuen sich all diese Männer bester Gesundheit!

Der Junge, der das Tier losgebunden hat, hält ihm die Hand unters Maul und füttert irgendetwas, wobei das Tier sich zunehmend beruhigt. Auch bei den anderen Pferden nimmt die Nervosität ab.

Vocke tritt zu dem Pferdejungen. »Wo hast du gesteckt? Dein Hengst wird noch mal das Schiff versenken!«

Der Junge – Richard schätzt ihn auf fünfzehn oder sechzehn Jahre – blickt Vocke ganz und gar nicht unterwürfig an und entgegnet in flüssigem Deutsch: »Ich habe geschlafen. Zwei Tage habe ich bei ihm gewacht. Ich bin auch nur Gottes Geschöpf und brauche einmal Schlaf!«

Vocke schluckt. Richard nimmt es wunder, dass er nicht ausholt und dem dreisten Bengel eins hinter die Löffel haut, aber offensichtlich ist er auf ihn angewiesen. Dass er den Hengst zur Räson bringen kann, hat er immerhin gezeigt. Womöglich ist er der Einzige, der das fertig bringt.

»Erhöhe seine Dosis an Opium!«, ordnet Vocke an.

»Das habe ich schon getan, wenn er noch mehr bekommt, vergiften wir ihn«, erwidert der Junge fest. Die schwarzen Brauen über den sanften braunen Augen sind zornig zusammengezogen.

»Und wenn schon!«, entgegnet Vocke. »Falls das so weitergeht, steche ich ihn eigenhändig ab.«

»Das werdet Ihr nicht tun!«, widerspricht der Junge ruhig. »Kapitän Edmundsen hat die ganze Reise über dafür gesorgt, dass die Pferde gut behandelt werden. Jetzt sind wir fast am Ziel, und Ihr werdet Ibn-Kaidaal kein Haar krümmen! Er war das wertvollste Pferd in der Herde meines Vaters!«

In Richards Kopf arbeitet es. Er verdaut die Informationen: So wie der sich aufführt und spricht, ist dieser Jussuf offenbar kein gewöhnlicher Stallbursche, sondern der Sohn irgendeines arabischen Pferdezüchters. Und dass er ihn mit auf die Reise geschickt hat, kann nur bedeuten, dass es sich um ein ganz besonderes Tier handelt. Neugierig wagt er sich näher heran. Der Hengst rollt zwar mit den Augen und stampft ungnädig auf, aber das ist kein Vergleich zu seinem vorherigen Toben. Das Pferd ist, wie die anderen auch, nicht besonders groß. Es ist feingliedrig und von erstaunlicher Eleganz. Richard versteht zwar nicht viel von Pferden, aber er kann sich durchaus vorstellen, dass diese hier eine hübsche Summe wert sind.

»Wie hast du ihn besänftigt?«, fragt er den Araberjungen.

»Er lässt sich von niemandem sonst beruhigen«, antwortet Jussuf beinahe hochmütig. »Ich war bei seiner Geburt zugegen und habe mit seiner Mutter und ihm in einem Zelt geschlafen. Ibn-Kaidaal sollte mein Pferd werden …« Er bricht ab und schaut trotzig zur Seite.

Richard spürt Vockes Hand auf der Schulter. »Ich denke, hier habt Ihr genug gesehen, kommt, ich möchte Euch noch etwas anderes zeigen.«

Bevor Richard dem Steuermann, der schon durch das Schott verschwindet, folgt, streckt er die Hand aus und berührt den seidigen Hals des Pferdes. »Ibn-Kaidaal ist sehr stolz und schön.« Er sagt es, um den Jungen, der ihm trotz seines Hochmuts plötzlich Leid tut, aufzuheitern.

Jussuf hebt den Blick und sieht ihn ernst an. Dann nickt er, und Richard deutet eine Verbeugung an, wobei er sich über sich selbst wundert. Aber dieser Araberjunge strahlt die Erhabenheit eines orientalischen Prinzen aus.

Der neue Nachtwächter heißt Hinnerk Zweikopp, und im Gegensatz zum alten Erdmann Eippe, der dies Amt jahrzehntelang gewissenhaft ausgeübt hatte, bis ihn ein mysteriöser Tod ereilte, ist er nicht der Gewissenhafteste. Er guckt gern ins Glas, und manchmal zu tief. Ein Glück, dass er seine Pike hat, sich daran aufrecht zu halten. Zum Tuten und Ausrufen der Stunden reicht's immerhin noch – dann schwankt seine Laterne, hin und her schaukelnd wie ein Schiff auf hoher See, mit Zweikopp weiter, und mancher fragt sich, wie lange sich ein hochwohllöblicher Rat das noch mit ansehen soll, denn dass der hier verdächtige Personen wahrnimmt, nun, das kann man wohl vergessen.

Den beiden zitternden Frauenzimmern indes, die sich da im Schatten der Ratswaage verborgen halten, soll's nur recht sein, dass dieser Nachtwächter so ein Trottel ist und sie nicht bemerkt hat in seinem Suff.

Die Kapuzen tief ins Gesicht gezogen, huschen sie weiter, nun, da Zweikopp weg ist, und nähern sich der Mauer, wo sich in halber Mannshöhe das Gatter zur Unterwelt befindet. Dass ihnen ein Schatten folgt, das bemerken sie nicht in ihrer Angst und Aufregung.

»Hier müssen wir rein?«, sagt Gesine, und ihre Stimme zittert unüberhörbar.

»Herrin«, erwidert Elsabe erbittert, »wir müssen überhaupt nichts! Ich beschwöre Euch, lasst es bleiben! Diese ganze dumme Geschichte wird auch auf eine andere Weise aus der Welt zu schaffen sein, ohne dass wir in diese Höhlen kriechen!«

Die Alemannin schüttelt den Kopf. »Es geht einfach nicht an! Die Ehre unseres Hauses liegt ohnehin schon im Schmutz – wie soll ich später einmal meinem Enkelkind, wenn Gott der Herr mir denn endlich eins gewährt, wie soll ich ihm in die Augen schauen? Nein, diese Sache muss bereinigt werden. Und außerdem …« Sie senkt ihre Stimme zum Flüstern: »Ich habe meine Schwester Helene sehr geliebt.«

»Ich halte es trotzdem für Wahnsinn. Aber Euer Wille gilt. Also in Gottes Namen!«

Die beiden Frauen schlagen das Kreuz, dann bückt sich Elsabe und drückt vorsichtig gegen das Gatter; leise quietschend öffnet es sich nach innen und gibt den Blick ins Dunkel frei. Mit gebeugten Knien und gekrümmtem Rücken schlüpfen sie ins Innere. Dumpfer, modriger Geruch schlägt ihnen entgegen.

»Elsabe, wo bist du?« Gesine tastet nach ihrer Magd, bekommt deren Hand zu fassen. »Wie geht es jetzt weiter? Wir hätten ein Licht mitnehmen sollen!«

»Wir hätten Lukas mitnehmen sollen!«, erwidert die alte Frau wütend und ängstlich zugleich. »Vielleicht ist das eine Falle? Man wird Euch ausrauben und …«

»Das wär ja schön dumm, eine Kuh zu schlachten, die Milch gibt!«, kommt eine spöttische Stimme aus der Finsternis, und gleich darauf flammt ein Licht auf. Die beiden fahren herum, drücken sich eng aneinander.

»Wer wird so ängstlich sein?« Die Gestalt hebt ihre Laterne, wirft ihre Kapuze zurück und lässt den Lichtschein aufs eigene Gesicht fallen: die schwarze Kathrine. »Willkommen in der Stadt unter der Stadt, hochgeborene Frau Alemannin!«, sagt sie und deutet eine Verbeugung an. »Schön, dass die Baderin, die Reiberin, die Hure auch einmal das Licht für Euch halten darf. Und du, Alte, hast es dir auch nicht nehmen lassen, mir noch einmal deine Aufwartung zu machen? Also dann – lasst uns gehen.«

»Wohin sollen wir gehen?«, fragt Gesine unsicher. Sie hält immer noch Elsabes Hand fest.

»Es ist die Stadt unter der Stadt!«, wiederholt die junge Frau. »Hier gibt's auch Wohnungen – wenn sie auch nicht so fein und schmuck sind wie die Bürgerhäuser der Patrizier Horn oder

Alemann. Und hier gibt's jemanden, der dafür sorgt, dass alles seine Ordnung hat. Ich hab mir ein Quartier ausbedungen für heut Abend, wo ich in Ruhe mit jemandem reden kann – bezahlen müsst Ihr es freilich. Folgt mir. Und habt keine Furcht – niemand wird Euch die Kehle durchschneiden. So ein törichtes Unterfangen würde ja nur zur Folge haben, dass man die ganze Unterstadt ausräuchert. Nein, man lebt hier in Frieden – außer man nimmt einen Auftrag an, der sich später als gefährlich erweist, wie jener Tropf, den ich besorgt habe, um einen Dolch zu werfen.«

Besorgt, einen Dolch zu werfen? Eine eiskalte Hand greift nach Gesines ohnehin von Furcht fast versteinertem Herzen, nimmt ihr die Luft. Hat dieses Mädchen zu allem anderen auch noch mit dem Attentat auf den Erzbischof zu tun? Mit tastenden Schritten folgt sie an Elsabes Hand dem vorantanzenden Licht; der Boden ist feucht und rutschig, und von den Wänden, die der Schein der Laterne kurz erhellt, tropft Wasser hinunter.

Der Schatten folgt ihnen.

Von dem Gang, dessen gewundenem Verlauf sie folgen, zweigen immer wieder andere Gewölbe ab. Gesine glaubt in ihnen schattenhafte Gestalten zu sehen, hin und wieder einen schwachen Lichtschein; Gemurmel, Schnarchen und Husten hört sie wie durch einen Filter, und Gerüche von bratendem Fisch und geröstetem Schinken scheint sie wahrzunehmen. Ja, hier wird gelebt. Wie entsetzlich – zu wissen, dass es unterhalb der guten und wohl bewachten Stadt Magdeburg, in der alles geordnet und übersichtlich ist, noch diese Schattenstadt gibt, mit denen hier, die wie Geächtete außerhalb der göttlichen Weltordnung hausen, mit diesen Kreaturen der Tiefe.

Indessen schlägt Kathrine einen Vorhang aus grobem Sackleinen zurück. Ihre Laterne erhellt spärlich einen der Kellerräume; alte Regale und verrottete Fässer zeugen davon, dass dies wohl früher einmal das Lager eines Weinhändlers gewesen sein mag, und für Gesines empfindliche Nase ist es so, als würde der Geruch des Weins noch immer in der Luft hängen. Ein roher Tisch ist da, zwei umgestürzte Bottiche dienen als Sitzgelegenheiten – Elsabe muss wohl wieder einmal stehen bleiben.

Kathrine setzt ihre Laterne auf dem Tisch ab und nimmt den Platz dicht beim Vorhang ein, mit dem Rücken zum Ausgang. Mit einer ironischen Geste weist sie der Alemannin den anderen Platz zu. Elsabe, Kummer gewöhnt, lehnt sich mit dem Rücken an den rissigen Stein.

»Ich hoffe, Ihr habt den dicken Geldbeutel dabei!«, sagt Kathrine mit verzogenen Lippen.

Gesine ringt die Hände. »Wie soll ich nur beginnen!« Ihre Stimme klingt erstickt. »Dass ich dich an jenem verhängnisvollen Tag so beschimpft habe – das kam sicher daher, weil dein Gesicht …« Sie stockt, setzt erneut an. »Nein, so ist es falsch. Ich frag dich einfach einmal: Hast du es schon immer gewusst? Ist das der Grund, warum du hierher nach Magdeburg …«, sie schluckt, dann beugt sie sich vor und sagt leise und dringlich: »Kathrine, was ist mit deiner Mutter?«

Auf dem Gesicht des Mädchens spiegelt sich grenzenlose Verblüffung. »Meine Mutter?«, wiederholt sie gedehnt. »Was soll mit meiner Mutter sein? Sie ist tot seit vielen Jahren, kam gerade noch dazu, mich ins Bordell zu stecken, zu einer befreundeten Hurenwirtin, damit ich ein Auskommen hätte, und dann ist sie an den Franzosen gestorben.«

»Helene ist tot?«

»Aber gewiss doch. Als Marketenderin ist sie in Italien mit Francesco Sforza gegen den Kirchenstaat gezogen, und dort hat sie mich aufgefangen – wohl zugleich mit der Krankheit.« Sie mustert Gesine misstrauisch. »Was soll das jetzt alles? Und woher kennt Ihr ihren Namen?«

»Bist du denn wirklich ganz ahnungslos? Wozu wolltest du mich denn treffen?« Die Alemannin starrt sie an. Das Mädchen wartet ab, belauert sie. Aus den Augen der Frau stürzen plötzlich Tränen. »Kathrine! Dein Muttermal! Elsabe hat es gesehen! Das gleiche, wie es deine Mutter hatte! Helene – Helene war meine Schwester.« Sie flüstert fast.

Das Licht wirft ungewisse Schatten über das schmale Gesicht des Mädchens. »Eure Schwester?«, fragt sie ungläubig. »Meine Mutter war Marketenderin und Hure – wie ich! Was soll das alles?«

»Und sie hatte das Muttermal wie du?«

»Schon. Und ...?«

»Helene ist damals durchgebrannt. Mit einem Soldaten. Sie wollte mit einem Hauptmann der Landsknechte nach Italien ziehen, und weil wir ihr die Zustimmung zur Ehe verweigerten – lief sie einfach fort ...«

»Na, so was«, sagt die schwarze Kathrine, fährt sich mit der Hand ins Haar und beginnt sich Löckchen zu drehen. Man sieht, sie denkt gewaltig nach ...

»Vielleicht«, fährt die Alemannin fort, »hat sie dich ja nach Magdeburg gebracht, weil sie wollte, dass ich dich entdecke – nur, warum hat sie mir keine Botschaft hinterlassen? Ich hätte dich doch errettet!«

»Errettet!«, wiederholt das Mädchen und schnaubt durch die Nase. »Das sind ja Aussichten!« Plötzlich schlägt sie mit der flachen Hand auf die Tischplatte, dass die Laterne hüpft, und bricht in schallendes Gelächter aus. »Ich bin also eine Verwandte! Eine Nichte! Ja, liebe Tante, und wie denkt Ihr Euch, dass das weitergeht? Soll ich bei Euch einziehen und demnächst meinen Vetter Richard und seine feine Hamburgerin begrüßen?«

Gesine fühlt, wie ihr die Röte ins Gesicht steigt. »Kathrine – die Bande des Blutes sind das eine. Die Honorigkeit, die ich meinem Gatten und dem Haus Alemann schulde, ein zweites. Versteh, dass nichts geht, was dich mit uns in Verbindung bringt. Der Skandal wäre nicht auszudenken. Ich möchte dich im Gegenteil bitten, Magdeburg zu verlassen, und werde dich so ausstatten, dass du woanders, in einer anderen Stadt, ein neues, ein gottgefälliges und ehrbares Leben beginnen kannst. Gott wird dir vergeben, was du bisher gesündigt hast. Und mit dieser Mitgift wirst du einen guten Mann finden, und niemand wird sich jemals an deine Vergangenheit erinnern.« Sie schlägt ihren Mantel zurück und nestelt an ihrer Gürteltasche. Dann zieht sie einen prallen Lederbeutel hervor. »Dies hier dürfte ausreichend sein für deine Zukunft«, sagt sie und atmet stockend aus.

Von Elsabe an der Wand, die bisher stumm wie eine Statue das Gespräch verfolgt hat, kommt ein unterdrücktes Stöhnen des Unmuts.

»So also seht Ihr das!«, bemerkt die schwarze Kathrine. Es klingt gleichmütig. Sie schüttet den Inhalt des Beutels auf die Tischplatte und beginnt in aller Ruhe das Geld zu zählen, kleine Häufchen zu jeweils fünf Talerstücken aufzuschichten. Sie bewegt lautlos die Lippen. »Hm«, sagt sie dann. »Für den Anfang könnte das sogar reichen.«

»Eine Mitgift!«, drängt Gesine. »Vielleicht beziehst du zunächst als alleinstehendes Mädchen Quartier in einer Nonnenabtei und ...«

»In einer Nonnenabtei?!« Die junge Frau bricht in schallendes Gelächter aus. »Oh, Frau Tante, allerehrenwerteste Frau Alemannin, was für eine Unschuldslilie Ihr doch seid! Vorhin hatte ich von einer Kuh geredet, die man melken kann. Aber Ihr seid ja eine ganze Herde! Kein Sterbenswörtchen hat mir meine Mutter jemals von ihrer würdigen Verwandtschaft erzählt, dass Ihr's nur wisst, und dass sie mich hier in Magdeburg abgeladen hat, das war wohl nur Zufall. Ihr ging's schon so dreckig, die Nase war ihr abgefault, und ihr Gehirn aufgeweicht von der Lustseuche. Und vielleicht war sie ja auch anders als ich, hat aus lauter Rücksicht mir nichts verraten von ihrer noblen Herkunft. Weil sie wusste, ich würde es ausnutzen.«

Sie holt tief Luft. »Also lasst uns das Geschäft machen. Ich tu Euch die Liebe, geh aus der Stadt fort, um Eure ach so empfindliche Ehre nicht zu beschmutzen. Von dem Geld hier kann ich mir woanders wirklich eine Zukunft aufbauen, nur nicht so, wie Ihr denkt: ein eigenes Frauenhaus mit mir als Meisterin und anderen Mädchen dazu. Das für den Anfang. Aber so leicht kommt Ihr mir nicht vom Haken, Alemannin, die Ihr mich auf der Straße beschimpft habt und deren Magd mich auf dem Markt hat beschmeißen lassen. Jederzeit, wenn mir danach ist, wenn mich nach einem neuen Kleid oder einem Schmuck gelüstet, werde ich vor Eurer Tür stehen mit ausgestreckter Hand: *Frau Tante, helft! Sonst sag ich's Eurer Familie, dass wir Verwandte sind.*« Sie beginnt in aller Ruhe, die Silbermünzen Häufchen für Häufchen wieder in den Beutel zu füllen. Das Metall glänzt im Lampenlicht.

Von Gesine kommt ein zitternder Seufzer, sonst nichts. Man hört nur das Klingeln der Geldstücke.

Elsabe löst sich von ihrer Wand, macht einen Schritt auf den Tisch zu und sagt: »Frau, das lassen wir uns nicht bieten!«

»Das lasst Ihr Euch nicht bieten?«, äfft Kathrine sie nach. »Ja, was habt Ihr denn vor, alte Frau?«

Elsabe beachtet sie gar nicht. »Wir lassen diese Hure von Magistrats wegen mit Ruten aus der Stadt peitschen, weil sie Eure Familie verleumdet, und die Sache ist ein für alle Mal aus der Welt! Und dies ehrlich verdiente Geld, das kommt nicht in deine Klauen!« Sie packt mit beiden Händen zu, will dem Mädchen den Beutel entreißen, und die fährt mit einer katzenhaft geschmeidigen Bewegung mit der Hand zur Hüfte – aber Frau Gesine sagt entschieden: »Lass das, Elsabe!« Die Magd lässt von der anderen ab, und Kathrine zieht sich, den Beutel fest an sich gepresst, zum Türvorhang zurück.

»Ich kann doch nicht so an ihr handeln«, murmelt Gesine matt. »Sie ist doch trotz allem mein Fleisch und Blut!«

»Das bin ich nun mal, wie's scheint!«, bestätigt Kathrine höhnisch. »Gottes Wege sind unerforschlich. Wenn ich mir überlege, dass ich hierher mit einem ganz anderen Plan gekommen bin …«

»Was für einen Plan dann?«, fragt Gesine hilflos.

»Den hab ich dann erst mal hintangestellt, als Ihr so unerwartet anfingt, von unserer erfreulichen Verwandtschaft zu plaudern. Und da wir nun so gut im Geschäft sind, verrat ich Euch gratis, weswegen ich eigentlich hierher gekommen bin, und hoffe, Ihr werdet's mir danken, Frau Tante, wenn ich das nächste Mal nachfrage wegen etlichen Silbers.«

»Ich versteh dich nicht«, sagt die Alemannin und presst die Hände gegeneinander. Auch sie ist aufgestanden. Kathrine steht am Vorhang, bereit zu gehen, und Elsabe hat die Laterne in die Hand genommen und hält sie hoch, beleuchtet die Szene …

»Es geht um die Geschichte mit Eurem Mann«, sagt das Mädchen lässig. »Er war ja immer mal wieder Kunde bei mir, und ich mochte ihn eigentlich ganz gern.«

»Was sagst du da?«

»Nun, da gibt's ein übles Ding, und wenn ich gewusst hätte, dass es ihn trifft, so hätte ich nie und nimmer …« Sie bricht mitten im Satz ab, steht erstarrt, als würde sie auf etwas lauschen, offenen Mundes, die Augen weit aufgerissen. Dann verzerrt sich ihr Gesicht, der Geldbeutel entfällt ihren Händen, und mit einem gurgelnden Laut fällt sie vornüber, genau in die Arme Gesine Alemanns.

Elsabe schreit erstickt auf; es klingt dumpf in dem kleinen Raum. »Frau, um Gottes willen, sie blutet!«

Die schwarze Kathrine sackt an Gesines Schulter zusammen, rutscht ihr buchstäblich aus den Händen, und voll Grausen sieht die Alemannin, dass ihre Hände, die sie unwillkürlich um den Körper des Mädchens geschlungen hatte, dunkel von Blut sind.

Schritte da hinten im Dunkeln. Ein lauter Schrei.

Der Vorhang fliegt zur Seite. Im Lichtschein taucht das schöne, bärtige Gesicht von Philipp Gervinus auf, seine Gestalt im dunklen Mantel. In der Hand hält er den kleinen Dolch, mit dem er kürzlich erst auf dem Domplatz den Meuchelmörder des Bischofs zur Strecke gebracht hatte. Er lächelt.

»Dem Herrn sei Dank, dass ich rechtzeitig gekommen bin, Frau Gesine!«, sagt er mit einem tiefen Seufzer der Erleichterung. »Ihr wäret sonst bestimmt auch das Opfer dieser Schurken gewesen!«

»Wovon redet Ihr?«

»Hier bringt eins das andere um. Als Nächstes wäret Ihr selbst an der Reihe gewesen!«

Gesine zittert am ganzen Leib. Sie starrt von dem Mann auf den leblosen Körper am Boden und wieder zurück. »Was habt Ihr getan, Gervinus?« Ihre Zähne schlagen aufeinander.

»Euch das Leben gerettet, Gesine! Der Meuchelmörder, der dies Mädchen erledigt hat, ist vor meinem Dolch davongerannt. Wie konntet Ihr nur diesen Ort aufsuchen! Wenn Ihr nicht mich als Euren Beschützer hättet, teure Frau – unausdenkbar!«

»Sie ist tot!«

»Beruhigt Euch, Frau Gesine! Nach allem, was ich da mithören konnte im Schatten – der Schurke hat Euch in gewisser Weise einen Gefallen getan. Er hat Euch von einer üblen Erpresserin befreit!«

»Sie war meine Nichte!«

»Sie war eine Hure«, erwidert Gervinus kalt, »und durch und durch verdorben. Ihr Lebenswandel hat sie weit von ihren Wurzeln entfernt. Glaubt mir, Frau Gesine, sie hätte Euch wie ein böser Geist im Nacken gesessen, hätte Euch das Blut aus den Adern gesaugt, niemals gestillt, immer mit neuen Forderungen Euch zum Weißbluten gebracht.« Er steckt seinen Dolch weg und legt schützend den Arm um die Alemannin, die zu schwach und zu aufgewühlt ist, um sich zu wehren.

Nun lässt sich Elsabe vernehmen – sie hat das Licht wieder abgestellt und macht sich gerade daran, den Beutel mit dem Silber aufzuklauben: »Er hat Recht, Frau. Nichte hin, Nichte her: Diese hier wollte nichts als Geld, und ihren Lebenswandel ändern – daran dachte sie gar nicht.«

»Hört auf Eure Magd!«, bestätigt Gervinus. »Manchmal geht es einfach nicht an, eine Sache in Güte aus der Welt zu schaffen. Da muss man tätig werden. Wo das Weibervolk noch versucht, einen Knoten mühsam zu entwirren, muss manchmal ein Mann auftauchen und ihn einfach mit der Waffe durchschlagen. Im Übrigen: Glaubt Ihr, dass Ihr hier heil wieder herausgekommen wäret? Weiber wie diese da sind nicht unbewaffnet.«

»Gervinus – wieso seid Ihr hier?«

»Ich bin an Eurem Haus vorbeigekommen – nennt es Zufall, nennt es Ahnung – und sah Euch mit Eurer Magd zu unchristlich später Stunde das Haus verlassen. Dann bin ich Euch einfach gefolgt.«

Gesine nickt benommen. Dann beleben sich ihre Augen. »Sei es, wie es sei – ich bin Euch zu Dank verpflichtet. Aber das arme Mädchen dauert mich.« Sie blickt schaudernd hinunter auf die Leiche, unter deren Körper sich eine dunkle Blutlache gebildet hat – im Tode wirkt sie zerbrechlich und zart, sie ist ja fast noch ein Kind, denkt Gesine, nicht älter als vielleicht siebzehn Jahre ... »Und sie wollte mir noch irgendetwas sagen. Etwas über meinen Mann.«

Gervinus lacht auf. »Santa Simplicitas! Das hat sie doch schon getan! Nichts weiter als zum Abschied noch einmal Gift verspritzen, indem sie Euch mitteilte, dass Euer Gatte sie immer heimlich besucht hat. Solche Wesen haben eine verderbte Seele. – Kommt, Frau Gesine. Elsabe und ich bringen Euch fort von hier.«

»Was wird mit der Toten? Wir können sie doch hier nicht einfach liegen lassen!«

»Sorgt Euch nicht. Die heimlichen Bewohner dieses Ortes werden sich um sie kümmern und sie in aller Stille beiseite schaffen. Die brauchen kein Aufsehen. Und oben wird sie keiner vermissen. Eine Baderin mehr oder weniger – wird sie eben weitergezogen sein ...« Er zuckt die Achseln.

»Wenigstens ein Vaterunser will ich noch an der Leiche sprechen«, erwidert Gesine ernst. Sie kniet nieder und betet, schlägt das Kreuz über das bleiche Gesicht und schließt dem Kind ihrer Schwester die Augen. Dann läst sie sich fortführen von den beiden anderen, still und bebend wie im Fieber.

Als er neben Vocke an Deck steht, atmet Richard tief durch. »Der Gestank da unten ist ganz unerträglich.«

Vocke stützt sich auf die Reling. »Nicht wahr? So lange wir auf hoher See waren, haben wir den Mist einfach über Bord geworfen. Aber hier im Hafen? – Ich sage Euch was: In vierzig Tagen sind wir entweder im Pferdemist erstickt oder aber an Ort und Stelle abgesoffen, weil dieser Ibn-Quatschwas-Zosse meine Kraweel kurz und klein geschlagen hat.«

Richard ist der Anspruch »meine« nicht entgangen. »Ich werde das Hafenamt von der Dringlichkeit unterrichten«, verspricht er scheinheilig, wobei er fieberhaft überlegt, wie er von dem Pott wieder runterkommen soll.

»Wenn Ihr Gervinus berichtet, solltet Ihr nicht unerwähnt lassen, dass sein … äh … Kleinod die Reise unbeschadet überstanden hat.«

Richard hat keine Ahnung, was der andere meint, aber der winkt ihn zu einer Luke im Mittelschiff. Über einen Niedergang gelangen sie in einen tiefer gelegenen Frachtraum, wo das Stückgut gelagert wird. Im Halbdunkel macht Richard Getreidesäcke und Kisten aus. Du meine Güte, denkt er, will er mir jetzt jeden einzelnen Sack vorführen? Ehe seine Augen sich an das Zwielicht gewöhnt haben, ist er schon gegen eine Truhe gerannt und hat sich äußerst schmerzhaft das Schienbein gestoßen. Das bringt ihn ein wenig um die Beherrschung, und da ihm kein Schuldiger sonst zur Verfügung steht, grummelt er in Vockes Richtung: »Verdammter Mist, was soll mir das Getreide!«

Vocke lacht auf. »Ja, ja, das Wunderfutter für die Zauberpferde!« Es klingt höhnisch, und Richard hat mal wieder keine Ahnung – in diesem Falle, worauf der Spott des Mannes denn nun abzielt.

»Ja also, was wolltet Ihr mir zeigen?«, fragt er, die Stimme noch immer unbeherrscht vor Schmerzen.

»Aber Ihr seid doch bereits darüber gestolpert!«, entgegnet Vocke heiter.

»Die olle Kiste da?« Richard tritt mit dem unversehrten Bein danach. »Was soll damit sein?«

Vocke breitet verschwörerisch die Arme aus. »Das ist sie, die *Futterkiste*, besagte *Kiste.*« Und da Richard sich immer noch mit einer Hand das lädierte Schienbein reibt und sich verständnislos zeigt, fügt er hinzu: »So öffnet sie, dann wisst Ihr schon Bescheid, und gebt Herrn Gervinus Bericht, dass die *Futterkiste* unversehrt ist und ich meinen Mann gestanden habe, Edmundsen davon abzuhalten, sich näher mit ihr zu befassen.«

Richard betrachtet die Truhe argwöhnisch. Vielleicht ein ganz besonders wertvolles Stück, irgendwo gestohlen, das man zur Täuschung als Futterkiste benutzt hat? Aber nein, das Ding hat schlichte Eisenbeschläge und sieht ganz und gar nicht edel aus. Er öffnet den Deckel und sieht ein laienhaft ausgeführtes Gemälde. »Also, ich weiß nicht«, sagt er abfällig, denn insgeheim macht ihn die Kiste immer noch wütend, wo sie doch seinem empfindlichen Schienbein im Wege gestanden hat. »Wenn Gervinus erwartet, mit diesem Schund Geld machen zu können, so hat ihn sein sonst so unfehlbarer Geschäftssinn diesmal getrogen!«

»So, meint Ihr das?« Aus Vockes Stimme ist jede Heiterkeit verschwunden. Er klingt plötzlich argwöhnisch.

Aber Richard beschließt, bei seiner Meinung zu bleiben, selbst falls er ins Fettnäpfchen getreten sein sollte. Herumgerede, befindet er, würde auch kein besseres Licht auf ihn werfen.

»Nun ja, also das ist eine ganz ordinäre Kiste mit einem wertlosen Bild auf dem Deckel …« Er bricht erschrocken ab, denn Vocke fixiert ihn jetzt mit düsterem Blick.

Da rede ich mich wohl gerade um Kopf und Kragen, denkt Richard. Doch statt den Mund zu halten, schwenkt er um. »Ah, nun ja, dieser orientalische Hafer« (es handelt sich im Übrigen um Gerste) »ist natürlich ein sehr wertvolles Saatgut. Wenn man bedenkt, wie es auf unseren Böden gedeihen würde …«

»Genug!« Mit einem Sprung ist Vocke bei ihm und mit einer Hand an seiner Kehle. Richard bekommt weiche Knie. Wenn dies der Mörder des Kapitäns ist, dann hat jetzt wohl sein letztes Stündlein geschlagen! »Ihr seid überhaupt kein Vertrauter von Gervinus!«, zischt Vocke. »Ihr habt keine Ahnung, dass ich auf die Kiste aufpassen sollte wie auf meinen Augapfel und dem Käpten auf die Pfoten hauen, sobald er sich daran zu schaffen macht?«

Richard beschließt – etwas zu spät leider –, gar nichts zu sagen. Offenbar hat Vocke seinem Vorgesetzten nicht nur auf die Pfoten gehauen.

»Gervinus hat Euch auch nicht in seine Pläne eingeweiht! Ihr schnüffelt hier herum und stellt Fragen über den Tod des Kapitäns …«

»Der hat nun mal Aufsehen erregt«, erwidert Richard mit aufkeimendem Trotz, da der andere offenbar nicht vorhat, ihn auf der Stelle zu erwürgen, denn Vockes Griff lockert sich schon.

»Wer seid Ihr?«, fragt der Steuermann.

»Richard Alemann, genau der und tatsächlich hier, um das Verladen der Pferde zu beschleunigen.«

»Was mir bei alldem spanisch vorkommt: Wie wollt Ihr denn zurück ans Ufer gelangen, um mit den Hafenleuten zu verhandeln, wo der Prahm doch gleich wieder abgedreht hat? – Wisst Ihr, was ich glaube? Ihr seid ein verdammter Hamburger Spitzel, darauf angesetzt, Edmundsens Tod aufzuklären oder irgendwem die Schuld daran in die Schuhe zu schieben, während wir hier bis zum Sankt-Nimmerleins-Tag im Hafen liegen!« Mit Seemannsgriff packt er Richard bei den Schultern und schleudert ihn in die Tiefen des Frachtraums. »Solange Ihr hier auf meinem Schiff seid, werde ich dafür sorgen, dass Ihr keine Gelegenheit mehr zum Schnüffeln bekommt!«

Während Richard sich noch aus den Getreidesäcken hervorarbeitet, auf denen er rücklings gelandet ist, hört er, wie Vocke die Treppe hochstapft, die Luke zuschlägt und irgendetwas Schweres darüber schiebt. Das war's dann also. Er sitzt fest. Auf diesem gottverdammten Pott!

Sie munkeln in der Stadt, sie tuscheln und raunen.

Wie eine Spinne in ihrem Netz sitzt der junge Ernst in seinem bischöflichen Haus und muckst sich nicht. Was nur hat er vor? Was wird mit Magdeburg geschehen, wie wird er die Stadt strafen, in deren Mauern man gewagt hat, ihm an seinen geweihten Leib zu gehen? Was brütet der unberechenbare junge Mann aus? Keine der Abordnungen einer ehrbaren Bürgerschaft hat er vorgelassen. Und in seinem Verlies sitzt der Schöffe Marcus Alemann, angeklagt, ohne Prozess, ohne Verhandlung, und niemand weiß, was der Seltsame mit ihm vorhat.

Die einzige Person, die im Bischofshaus ein und aus geht, ist dieser stadtfremde Kaufherr Philipp Gervinus. Aber wenn ein hochwohllöblicher Rat ihn zu sich bittet, um aus seinem Munde zu erfahren, was der geistliche Herr wohl plant an Strafen oder Zwangsmaßnahmen, lächelt er nur, hüllt sich in seinen Zobelpelz, den er auch im Sommer mit sich schleppt nebst der goldenen Ehrenkette, und erklärt beschwichtigend, alles würde gut – sobald er nur endlich seine Ware für den hohen Herrn aus der werten Partnerstadt Hamburg bekäme. Dann hätte der Erzbischof, so wie er ihn verstanden hat, keinerlei Interesse mehr daran, den Magdeburgern irgendeine Buße aufzuerlegen. Im Übrigen bekomme er im Moment nur seine Räte zu Gesicht.

So wie er ihn verstanden hätte ... Wenn man's nur glauben könnte! Die Härte und Strenge des jungen Geistlichen sind ja nur allzu bekannt ...

Die Bürgerschaft ist voller Unruhe. Seltsame Zeichen gibt es. Ein Elbkahn soll stromaufwärts gefahren sein, ohne dass man jemanden am Ruder erblickt hat, wie von Teufels Hand gezogen – eine Reihe ehrenwerter Anwohner kann es bezeugen. Nachtwächter Zweikopp berichtet von Stimmen unter der Erde, die er gehört haben will, ein Klagen und ein Heulen. Und tags darauf hat man die Leiche einer jungen Frauensperson aus der Elbe gefischt, die eine Dolchwunde im Rücken hatte. Da es sich, wie feststellbar war, dabei um ein liederliches Frauenzimmer aus dem Badehaus handelte, gab es für den Magistrat keine weiteren Fragen – so eine! – und die Geistlichkeit entschied, das Weibsstück als ein infames und außerhalb der Reputation stehendes Subjektum hinter den Friedhofsmauern bei den Selbstmördern und ungetauften Kindern beizusetzen.

Jeden Morgen, so wissen die alten Weiber zu berichten, die keine Messe auslassen, kommt neuerdings die Gesine Alemann in die Mattutin, um täglich eine Seelenmesse lesen zu lassen und inbrünstig zu beten, und man tuschelt, dass sie es wohl im Voraus für ihren Eheherrn tut, dessen baldigen Tod niemand wird abwenden können. Wenn schon die eigene Gattin ihn aufgegeben hat! Überhaupt sieht die Alemannin zum Erbarmen aus, bleich, als wär sie einem Geist begegnet, und mit ständig rot geweinten Augen. Mitleid mit der armen Frau hat man schon – aber dass ihr Mann sie alle, die ganze Stadt, in so eine prekär schwebende Lage gebracht hat, das nimmt man ihm ziemlich krumm.

»Herrin!«, sagt Elsabe, »hört um Himmels willen auf, Euch so zu grämen. Der Herr Gervinus hat doch Recht. Mag sie tausendmal Eure Nichte gewesen sein – das dreiste Geschöpf hatte doch für Euch nur Spott und Hohn übrig, und auf ewig hätte sie Euch und die Geldtruhe des Hauses geschröpft wie der Blutegel den Kranken.«

»Ich denke, ich hab es falsch angestellt«, erwidert Gesine und schüttelt eigensinnig den Kopf. »In meinem Hochmut hab ich unchristlich gehandelt an diesem Mädchen, hab nur gedacht, dass ich sie möglichst weit weg von hier bringe, damit wir nicht noch mehr durch die Mäuler der Leute gezogen werden. Wäre ich es nicht meiner armen Schwester, Gott hab sie selig, schuldig gewesen, sie liebreich in mein Haus aufzunehmen und aus ihr einen anderen Menschen zu machen?«

»Einen anderen Menschen?« Elsabe schlägt die Hände überm Kopf zusammen ob so großer Einfalt. »Aus Dreck kann man kein Gold machen, Frau, und aus einer früh verdorbenen kleinen Hure keine brave Jungfer. Selbst ein Haushund, der unter Wölfen lebt, wird zum Wolf. Ich an Eurer Stelle wäre dem Kerl dankbar, der zugestoßen hat – und dem Herrn Gervinus noch mehr.«

»Ich muss ihm allzu sehr dankbar sein, dünkt mich«, entgegnet finster die Alemannin. »Für seine Fürsprache beim Bischof, und nun auch noch für die Rettung aus den Fängen einer Erpresserin. Aber mir wird beklommen zumute, wenn ich denke, wie schnell er doch mit seinem Dolch bei der Hand ist. Und was mich beunruhigt: Der Stoß dieses Mörders da unten – der traf an der gleichen Stelle, wie der Stoß des Herrn Gervinus den Mann vor dem Domplatz traf.«

»So machen sie es doch alle. Ist eben rasch entschlossene Männerart«, bemerkt Elsabe. »Wir zögern und warten und machen hundert Winkelzüge und Umwege, um ans Ziel zu gelangen. Ein Mann strebt geradenwegs aufs Ziel zu.«

»Und wenn es der Leib eines Menschen ist, auf den er losgeht!«, ergänzt die Alemannin. »Ich hoffe bei Gott, dass mein Richard nicht zu dieser Sorte von Kerlen gehört und sein Geschäft ohne Gewalttaten erledigt. Und im Übrigen mache ich mir Sorgen über Sorgen, dass wir so gar nichts aus Hamburg hören. Müsste nicht diese Fracht längst elbaufwärts befördert worden sein? Und was ist mit meiner Schwiegertochter? Sie dürfte jeden Tag niederkommen.«

»Vielleicht verhindert ja das ganze Hin und Her und die Aufregung um die Entbindung, dass die anderen Geschäfte vorangehen«, versucht Elsabe, einen Grund zu finden.

Gesine atmet tief und stockend aus. »Ach, Elsabe, mir ist so bange«, murmelt sie. »Mir ist zumute, als wenn ich in einem Raum gefangen bin, dessen Wände immer enger zusammenrücken. Und die ganze Zeit muss ich nachdenken über die letzten Worte dieses Mädchens, meiner unglücklichen Nichte. Wenn ich nachts wach liege, geht es mir wie ein Mühlrad im Kopf herum. Was kann sie damit nur gemeint haben: dass es ihr Leid wäre um meinen Mann. Und dass sie nicht gewusst habe, dass er in eine andere Sache verstrickt ist. Schließlich hat sie mich ja nicht in den Katakomben treffen wollen wegen unserer Verwandtschaft. Das hat sie ja dann erst von mir erfahren. Aber bei mir war das so fest in meinen Gedanken, dass ich gleich davon begonnen habe, blind wie ein Pferd mit Scheuklappen. Nein, sie wollte mir etwas anderes verkaufen. Ein anderes Wissen.«

Die alte Magd seufzt. »Frau, ich weiß es nicht. Ich hab nicht so darauf geachtet, was die gesagt hat. Alles war so verworren, und ich hab mich gefürchtet für Euch und für mich und gar nicht so recht hingehört auf die dreisten Worte dieser geldgierigen H… – verzeiht, dieses geldgierigen Wesens. Aber vielleicht solltet Ihr den Herrn Gervinus fragen. Der muss doch diese letzte Rede auch mit vernommen haben da hinter dem Vorhang.«

Die dunklen Augen Gesines sind nachdenklich. »Ja, das muss er wohl. Aber ich glaube, *ihn* werde ich nicht fragen.«

»Ihr wisst, dass er täglich zum Kontoristen unseres Herrn kommt und sich besorgt nach dem Verbleib der Pferde für den Bischof erkundigt?«

»Nein, das wusste ich nicht.«

»Ein so fürsorglicher Herr!«

»Sehr fürsorglich!«, bestätigt Gesine und nickt. »Und nun sei doch einmal so gut und schick mir den Lukas herein.«

»Was wollt Ihr denn vom Lukas?« Elsabe klingt beleidigt. Seit sie weiß, dass der ihrer Herrin die Sache mit der Keilerei auf dem Markt gesteckt hat, ist sie ihm noch weniger grün als vordem. »Der gehört doch gar nicht zu uns, ist einer von der jungen Frau ihren Bediensteten.«

»Ebendarum.«

»Und man versteht ihn kaum.«

»Das wird schon werden. Geh nur.« Gesine berührt ihre alte Vertraute sanft am Arm. So hilfreich Elsabe ihr auch ist – an diesem Punkt ist mit ihr nicht zu rechnen. Da hat sie ein Brett vorm Kopf.

Lukas lässt auf sich warten. Zum Hafen soll er gegangen sein, sagen die anderen, nachsehen, was für Elbprahme von Hamburg her eingelaufen sind. Das macht er jeden Tag so. Und da er ja ein Knecht von der jungen Frau ist, gibt es auch niemanden hier im Haus, der ihn kommandieren kann. Lukas, der »stumme Fischkopp«. Gegen Mittag endlich klopft es an die Tür zu Gesines Frauengemach, und der stämmige Kerl steht auf ihr »Herein« hin schweigend auf der Schwelle.

Die Hausherrin bedeutet ihm ohne Worte, näher zu kommen und sich zu setzen – fast scheint es, als wäre die Schweigsamkeit dieses Mannes ansteckend –, und Lukas nimmt auf dem Schemel neben dem kalten Kamin Platz.

»Du warst am Hafen, hat man mir gesagt?«, beginnt Gesine zögernd das Gespräch. »Es ist löblich, dass du Ausschau hältst nach der ersehnten Fracht aus Hamburg.«

Lukas nickt bedächtig. »Ich sperr auch die Ohren auf, Frau!«, sagt der Knecht. »Frag alle Skipper, die von der Waterkant kommen, ob sie was von der Pferdekraweel gehört haben. Aber da schütteln sie alle den Kopf. Gibt andere aufregende Geschichten vom Hamburger Port. Soll 'n toter Kapitän im Wasser gelegen haben mit den Pocken am Leib. Das ist, was sie so erzählen.«

Gesine schüttelt ungeduldig den Kopf. »Als wenn uns das was anginge! Darum werden sie ja nicht alle anderen Schiffe, die ankommen, am Umladen hindern.«

»Nö, eigentlich wohl nicht«, gibt Lukas zu. Und schweigt wieder.

Gesine gibt sich einen Ruck. »Als du damals dem Gervinus die Bagage nachgetragen hast«, sagt sie, »da hast du mir doch was gesagt.«

Sie macht eine Pause, und der Mann hebt ausdrucksvoll die Schultern. »Da hab ich viel gesagt!«, bemerkt er schließlich. Was ja wohl für seine Verhältnisse stimmt.

»War es nicht irgendetwas von dunklen Gestalten?«, hakt Gesine nach.

»Dunkle Gestalten?« Lukas dehnt die Worte. »Hab ich was von dunklen Gestalten gesagt?«

»Ich weiß nicht, ob das so der Wortlaut war«, bemerkt die Alemannin ungeduldig und zerrt am Zipfel ihres Brusttuchs. »Aber dem Inhalt nach hast du mir doch zu verstehen gegeben, dass der Herr Gervinus einen Umgang hat, der ihn nicht gerade – nicht gerade auszeichnet.«

»Ach, *das* meint Ihr. Nun ja. Ich hab doch damals die Bagage von dem Koopmann eingeräumt. Eigentlich hatte ich sie ja nur hintragen sollen, aber wie es dem Herrn Gervinus so seine Art ist – der kommandiert, und man muss spuren. Also hab ich ihm die Sachen in die Truhen gelegt. Und da kamen zwei Kerls – Frau, die sahen nicht aus wie ehrliche Leute. Kamen und sagten, sie wären ihm nachgestiegen, damit sie endlich zum Rest von ihrem Geld kommen könnten. Dann hat der Herr hastig die Tür zugemacht, damit ich nichts mehr hören konnte. Aber sie wurden sehr laut. Es gab Streit. Und dass so ein Herr solchem Nachtgesindel Geld schuldet und dann noch mit ihnen herumschreit, das fand ich doch sehr merkwürdig. Was hat der denn für ein Geschäft mit denen zu vollbringen?«

»Das ist alles?«, fragt Frau Gesine scharf.

»Das ist alles«, sagt Lukas, der »stumme Fischkopp«, und presst die Lippen aufeinander. Aber vorher hat er noch mal so tief Luft geholt, als wenn es vielleicht doch nicht alles war ... Bloß wenn die Frau ihm so kommt ... Und wenn eins klar ist, dann, dass er nach dieser langen Rede erst einmal wieder eine Weile schweigen wird.

»Willst du noch was sagen?« Gesine ist ungeduldig.

»Nee. Muss woll nich sin«, erwidert der Knecht grämlich. »Wat geht mich dem seine Kledasche an.«

»Gut«, sagt Gesine. »Dann kannst du dich jetzt wieder an deine Arbeit machen, und halt mich auf dem Laufenden über das, was du an Nachricht von Hamburg hörst da am Hafen.«

»Woll, Frau!« Der Knecht erhebt sich und geht mit bedächtigen Schritten zur Tür. Dreht sich noch einmal um und macht tatsächlich ein weiteres Mal das Maul auf. »Wär schon gut, wenn die jungen Leut auch bald wieder hier sein könnten, mitsamt 'nem Kleinen.«

Gesine nickt und schluckt.

Sie bleibt noch eine Weile auf dem Stuhl sitzen und versucht, das alles auf die Reihe zu kriegen. Die Männer, die Gervinus da bezahlt hat – war einer davon der Zeuge, der gegen ihren Eheherrn aussagen wollte? Hatte Philipp ihn bestochen, den Mund zu halten, und der forderte nun noch mehr? Aber hatte er nicht berichtet, der Junge sei auch in Gewahrsam?

Und dann fällt ihr noch etwas ein. Hat Gervinus damals im Gespräch nicht gesagt, dass ihm der Bischof eine Frist gesetzt hat, binnen derer er diese Wunderpferde beschaffen soll – eine Frist von einer Woche? Sie beginnt an den Fingern abzuzählen. Diese Woche ist morgen um.

Gesine springt auf wie gehetzt. Es gilt, keine Zeit zu verlieren.

HAMBURG, JESSENS HAUS

»Den Doktor, du musst den Doktor holen!« Diese dringlichen Worte ihrer Herrin Regina noch im Ohr, rennt die kleine Margrete an Dom und Petrikirche vorüber zum »Gasthof am Berge«, wo Doktor McPherson Quartier genommen hat. Sie hält sich nicht lange damit auf, dem Gastwirt den Grund ihrer Eile zu erklären – der gesegnete Zustand ihrer Herrin erlaubt schließlich jede noch so unschickliche Hast. Mit kurzem Gruß durchmisst sie die Gaststube, welche zu dieser Vormittagsstunde ohnehin kaum besucht ist, nimmt jeweils zwei Stufen der Treppe ins Obergeschoss und trommelt schließlich mit beiden Fäusten an McPhersons Zimmertür.

Der Doktor öffnet mit fragendem Blick.

»Meine Herrin, die Frau Alemannin, lässt Euch rufen.«

»Das Kind kommt?« Der Arzt greift nach Mantel und Tasche, während Margrete die Hände ringt. »Oder ist ihr nicht wohl?«

Margrete zerrt noch immer an ihren Fingern. Die Wahrheit ist, dass sie nicht weiß, weshalb ihre Herrin sie mit solcher Eile nach dem Doktor geschickt hat. Die ersten Wehen, eine plötzliche Schwäche … Nun, eigentlich hatte sie recht bestimmt geklungen. Wie dem auch sei. Der Doktor ist ebenfalls kein Freund von Zeitvergeudung. Vor dem Wirtshaus hält er ein Brauereigespann an, das in Richtung St. Jacobi unterwegs ist, und so gelangen er und die Magd auf schnellstem Wege in das Haus des Senators Jessen.

»Jesus!«, ruft der Mediziner aus, als Regina ihnen selbst die Haustür öffnet, den Bauch vorgewölbt, eine Hand in den Rücken gestützt und sichtlich in Erregung. »Jesus! Wie könnt Ihr laufen herum! Jetzt Ihr solltet hineingehen ins Bett unverzüglich, Frau Alemann!«

»Oh, das ist es nicht, Doktor, nicht das Kind.«

»Nicht das Kind.« Der Doktor hebt fragend die Augenbrauen.

»Vielmehr dessen Vater.«

Sie haben sich in Reginas Stube zurückgezogen, der Doktor und die junge Alemannin. Jessen hat seiner Tochter ein gemütliches Zimmer herrichten lassen mit allen Bequemlichkeiten für die Hochschwangere, darunter ein Sofa, das mit so vielen Kissen ausstaffiert ist, dass sie halb liegend, halb sitzend darauf Platz nehmen kann, um Bauch und Rücken zu entlasten.

»Well, also ist Euer Gemahl gekommen in Schwierigkeiten«, kommentiert McPherson und streicht sich nachdenklich mit der Hand über den hohen rötlichen Haaransatz. »In meiner Rolle als Mediziner ich habe zu verurteilen, dass er aufregt seine hochschwangere Frau.«

Regina breitet die Arme aus. »Es ist nun einmal geschehen. Er ist ein rechter Dickschädel und hat einiges Geschick darin – oder ich sollte besser sagen Ungeschick –, sich selbst in Schwierigkeiten zu bringen.«

»Aus denen seine kluge Frau muss herausholen ihn wieder?« Der Doktor legt die Hände aneinander und stützt das Kinn darauf.

»Er ist seit vierundzwanzig Stunden auf diesem unglückseligen Schiff, und ich habe ihm gleichwohl versprochen wie angedroht, dass ich Alarm schlagen würde.«

»Alarm, bei mir?« Der Doktor schmunzelt. Es ist ein warmes, einnehmendes Lächeln. »Wäre da Euer Herr Vater nicht die bessere Wahl?«

»Behüte! Der Senator Jessen weiß ja nicht einmal, dass mein Gemahl sich auf diesem Schiff befindet. Unter uns: Er hält seinen Schwiegersohn für ein rechtes Leichtgewicht, und solch eine Torheit würde ihn aufs Höchste erzürnen. Nein, nein, der Senator Jessen wäre alles andere als eine Hilfe, und ich bin froh und dankbar, dass er heute nicht im Hause ist, sondern auf der

Ratssitzung seines Amtes waltet. Hier …« Sie reicht ihm einen handtellergroßen Metallgegenstand.

Der Doktor wendet ihn hin und her. »Eine Gürtelschnalle.«

»Richards Gürtelschnalle.«

Der Doktor neigt den Kopf zum Zeichen, dass er ganz interessiert ist.

Regina stopft sich mit der Faust die Kissen unter dem Rücken zurecht und erzählt: »Die ›Santa Anna‹ hat heute früh geflaggt, dass sie leck gegangen sei. Das alles weiß ich von meines Vaters Adlatus Kirstensen. Natürlich hielt man es für eine Finte, für einen billigen Trick. Aber welches Hafenamt will schon eine gesunkene Kraweel nebst einigen auftreibenden Besatzungs- und Pferdeleichen im Hafenbecken riskieren.«

(Der Doktor verzieht schmerzlich das Gesicht bei der plastischen Vision seitens dieser handfesten Schwangeren.)

»Also schickte man in den Morgenstunden einen Kahn mit Flickmaterial. Ich war voller Hoffnung, dass mein Richard mit dem Prahm zurückkäme. Schließlich hatte Kirstensen den beiden Ruderern auf mein Geheiß zwei Geldstücke zugesteckt, damit sie ihn zurückbrachten. Aber – und jetzt kommt es – sie haben meinen Richard nicht einmal zu Gesicht gekriegt! Versteht Ihr, er war nicht da, ist nicht aufgetaucht! Stattdessen ein arabischer Schiffsjunge. Er hat die Gürtelschnalle hier ins Boot geworfen und ›Kirstensen‹ gerufen. ›Gebt das Kirstensen!‹«

»Ein Hilferuf?« Der Arzt klopft auf die Schnalle.

»Da bin ich mir ganz sicher. Einer der Ruderer hat die Schnalle dem Adlatus abgeliefert – in der Hoffnung auf weitere Dukaten. Nun, und der brachte sie mir.«

»Es war kein ausgemachtes Zeichen?«

»Nein.«

MAGDEBURG

Das Hochamt, das der Prälat Gotthold von Angern im Dom zelebriert, ist proppevoll bis auf die letzte Kirchenbank. Patrizier und gemeine Bürger sind herbeigeströmt, den Intimus des Bischofs Ernst predigen zu hören – erhofft sich die gebeutelte Stadt doch von der Ansprache dieses Würdenträgers nun endlich etwas über die Pläne des jungen Herrn zu erfahren, und sei's nur in Andeutungen.

Aber weit gefehlt. Der weißhaarige Gottesmann nutzt wohl nur einmal die Gelegenheit, seine rhetorischen Fähigkeiten vorm Verrosten zu schützen. Er predigt so ganz allgemein über Psalm zweiundneunzig: »Das ist ein köstlich Ding, dem HERRN zu danken und zu lobsingen deinem Namen«, und die frohe Botschaft, die er da blumenreich verkündet, kommt den guten Magdeburgern fast ein bisschen wie Hohn vor, denn sie haben im Moment ja nun wirklich der Gründe, den Herrn zu lobpreisen, nicht allzu viele.

Man entfernt sich nach dem »Ite, missa est« mit hängenden Köpfen und in großer Ratlosigkeit. Und unter strengster Bewachung – man weiß ja in dieser Stadt nie, ob nicht ein Dolch fliegt – kehrt der Prälat zum bischöflichen Haus zurück.

Aber irgendwo muss seine Leibwache nicht aufgepasst haben – beziehungsweise das zierliche Weib nicht wahrgenommen haben, das sich nun im Kreuzgang aus dem Schatten löst und vor dem geistlichen Herrn in die Knie geht. Der Prälat schreckt zunächst zurück, aber als er die bittend gefalteten Hände sieht, die zu ihm aufgehoben sind, hält er mit einer Handbewegung die vorstürmenden Wachen zurück, die die Person schon an den Schultern gepackt haben, willens, sie grob fortzuschaffen.

»Lasst einmal!« Er wendet sich an die Kniende. »Meine Tochter, wenn es dir schon gelungen ist, bis hierher vorzudringen, um mich zu sprechen, muss deine Sorge groß sein – denn gewiss willst du nicht, dass ich dir die Beichte abnehme. Die Absolution könnte dir ein jeder erteilen.«

»Herr Prälat! Gestrenger und gütiger Herr! Nein, es geht nicht um die Beichte. Hört mich an! Meine Name ist Gesine Alemann.«

Der Geistliche tritt einen Schritt zurück, und zwischen seinen Brauen bildet sich eine Falte. »Die Alemannin! Bedauernswertes Weib! Ich werde für dich beten.«

Er will vorbeigehen, aber Gesine wirft sich nach vorn und umklammert seine Füße, bringt ihn fast zu Fall. »Hochwürdiger Herr! Ich flehe Euch an – gewährt mir die Gunst eines Gesprächs! Ich bin am Ende, ich verzweifle an Gott und der Welt. Und Ihr seid der Einzige, der mir helfen kann.«

»Lass mich los, Frau!«, sagt der Geistliche streng. »Und steh endlich auf.«

Gesine erhebt sich und stellt sich nun vor von Angern auf, die Hände gefaltet, aber ihre dunklen Augen sind groß und fordernd auf den anderen gerichtet. Der Prälat betrachtet die kleine, zierliche Frau, nicht mehr jung, mit verhärmten Zügen, und ihre Haltung zwischen Demut und Mut – und er seufzt tief auf. »Was erwartest du von einem Gespräch mit mir, meine Tochter? Wenn dein Mann schuldig ist, wird ihn die gerechte Strafe treffen. So will es die göttliche Gerechtigkeit. Ich kann nur für ihn beten. Ich bin weder ein Richter noch ein Fürsprech.«

»Nein, Herr, das seid Ihr nicht. Aber Ihr habt das Ohr des hochwürdigen Bischofs, so heißt es. Und bisher liegt mein Mann in dessen Gewahrsam, ohne Verhandlung und Rechtsspruch. Man hat ihn ja wohl noch nicht einmal angehört. Herr Prälat! Ich baue auf Eure Hilfe!«

Gotthold von Angern winkt mit einer kleinen Bewegung die Wachen beiseite. »Ich sehe deine Verzweiflung, meine Tochter«, sagt er, »aber Gott allein kann dir und deinem Mann Hilfe gewähren.«

Gesine holt Luft zu einer Entgegnung, doch der Prälat hebt

beschwichtigend die Rechte. »Lass uns hier einmal um den Kreuzgang herumwandeln. Ich will dir ausnahmsweise so lange Gehör schenken. Die Zeit müsste reichen, damit dir klar wird, dass du bei mir an der falschen Stelle bist, um für deinen Mann um Gnade zu bitten.«

»Gnade? Gerechtigkeit, Hochwürdiger!«

»Trumpfe nicht auf, meine Tochter, sondern übe dich in Unterwerfung!«, sagt Angern tadelnd.

Er schreitet mit den langsamen, vorsichtigen Schritten eines Menschen, den sein Amt den Sinn für würdevolles Auftreten gelehrt hat, zwischen den Säulen entlang, die Hände in den Ärmeln der Soutane verborgen, und die Alemannin geht neben ihm her. Der Prälat hat den weißhaarigen Kopf zu der viel kleineren Frau hinuntergeneigt und redet leise auf sie ein. »Du meinst sicher, mein Wort würde das Ohr des bischöflichen Hirten erreichen, nicht wahr?«

»Und so ist es!«, sagt Gesine schnell. »Jedermann weiß das.«

Angern seufzt. »So war es wohl einmal, als Ernst noch jünger war und ich sein Erzieher. Aber längst haben sich zwischen ihn und mich eine Reihe anderer Ratgeber gedrängt – Ratgeber, denen er williger sein Ohr lieh als mir. Meine Lehren waren nicht immer bequem. Andere schmeichelten seinem Stolz, weckten seine Hoffart und vor allem seine Leidenschaft für weltliche Schätze. Gott behüte, dass ich schlecht von ihm spreche! Er ist unser geistliches Oberhaupt, und ich schulde ihm Gehorsam. Ich will nur sagen, Frau, dass Bischof Ernst von Wettin ein junger Mann ist, der sehr auf seinem eigenen Kopf beharrt. Und manchmal habe ich den Eindruck, dass er das Gegenteil davon tut, was man ihm empfiehlt – oder was ich ihm rate.«

»Was ist mit den Ratschlägen des Kaufmanns Gervinus?«, fragt Gesine rasch und leise.

»Gervinus?« Der würdevolle Pass des Prälaten gerät für einen Augenblick ins Stolpern. »Nun, Gervinus besorgt dem jungen

Herrn manchmal Dinge, die er gern möchte. Ratschläge erteilt er wohl kaum.«

Die Alemannin bemerkt das Zögern in der Stimme von Angerns. »Aber er spricht doch für meinen Mann bei seiner bischöflichen Gnaden vor, nicht wahr?«

»Mag sein, dass er das tut. Auch er hat nicht täglich das Ohr des hochmögenden Herrn.« Zwei Drittel des Kreuzgangs sind durchmessen. »Ich werde für dich beten, meine Tochter«, sagt der Prälat. »Mehr kann ich nicht für dich tun.«

»Doch. Verschafft mir eine Audienz bei Ernst von Wettin.«

Die ausgestreckte Rechte des Mannes, mit der er gerade das Kreuzeszeichen über das Gesicht der Frau schlagen wollte, bleibt unbeweglich in der Luft. Dann sagt der geistliche Herr: »Frau, du weißt nicht, was du da sagst. Eine Audienz beim Bischof? Was bildest du dir ein? Meinst du, jeder kann daherkommen und mit dem bischöflichen Herrn reden? Außerdem ist es – es ist eine heikle Sache, sich ihm zu nähern. Immer mehr mit der Zeit. Er könnte dich aus einer Laune heraus behandeln wie eine Fliege auf dem Suppenrand. So etwas bereitet ihm manchmal Spaß.«

»So verschafft ihm diesen Spaß. Ich will gern die Fliege sein, wenn er denn eine braucht. Aber ich halte es nicht mehr aus, nur hingehalten zu werden, und alles, was um mich herum geschieht, ist, als ob ich in einem Netz verstrickt bin, und je mehr ich versuche, mich zu befreien, desto enger ziehen sich die Maschen zusammen. Wenigstens will ich Klarheit haben. Ist das so vermessen? Ich bin nur ein Weib, aber mein Ehegemahl liegt ohne Schuldspruch und Verhandlung in Banden. Erwirkt mir, dass ich diesen jungen Mann, diesen Kirchenfürsten, spreche. Sagt ihm, ich weiß etwas über – über den Verbleib seiner Ware in Hamburg.«

In ihrer Herzensangst hat Gesine sich irgendetwas einfallen lassen – etwas, womit sie voranzukommen hofft. Nichts weiß sie von diesen Pferden – aber sie will endlich von Angesicht zu Angesicht mit dem Mann sprechen, der das Schicksal ihres Gemahls in Händen hält.

Der Prälat sieht sie an. Dann fragt er abwägend: »Etwas, das der Kaufherr Gervinus nicht weiß?«

»Etwas, das der Kaufherr Gervinus nicht weiß!«, bestätigt sie entschlossen – ohne die leiseste Ahnung, was das wohl sein könnte. Sie merkt nur: Dieser Mann da vor ihr ist Gervinus nicht allzu wohlgesinnt. Vielleicht ist er daran interessiert, Gervinus in den Augen des Bischofs herabzusetzen? Und es scheint ja auch zu stimmen. Sie hat offenbar den richtigen Punkt getroffen.

»Es könnte sein, dass bischöfliche Gnaden ein Ohr dafür haben, etwas zu erfahren, das über Gervinus' Wissen hinausgeht«, sagt von Angern zögernd. »Etwas, das hilft, Licht ins Dunkel dieses Vorfalls zu bringen. Gut, ich werde mein Möglichstes versuchen. Du hörst von mir, Frau.«

»Wie soll ich Euer Gnaden danken?« Gesine küsst den Ring des Geistlichen.

»Dank mir, wenn du alles heil überstanden hast!«, sagt von Angern rätselhaft. Er schlägt nun endlich das Kreuz über sie, winkt seiner Wache, gibt einen leisen Befehl. Einer der Bewaffneten packt die Alemannin am Ellenbogen, um sie aus dem Gang hinauszubringen, während der Prälat sich mit den anderen entfernt.

Gesine steht auf der Straße, und ihr wanken die Knie. Falle ich jetzt Philipp und seinen Bemühungen in den Rücken?, fragt sie sich, tue ich Unrecht an ihm und seiner Hilfe? Ich werde ja nichts sagen, was ihm schadet – falls es diesem hohen Herrn denn wirklich gelingt, mir die Audienz bei dem Knabenbischof zu erwirken. Und gebe Gott, dass mir einfällt, was ich dem eigentlich sagen will …

Richard verliert allmählich jegliches Zeitgefühl. In dem Frachtraum, wo er festsitzt, ist es zappenduster. Er kann sich von Kiste zu Kiste, von Sack zu Sack tasten. Aber viel Bewegungsfreiheit bleibt ihm dabei nicht. Er hat sich zwischen Getreidesäcken ein leidlich bequemes Lager eingerichtet und war anfangs noch ganz froh gewesen mit der Gewissheit, nicht verhungern zu müssen. Aber das Kauen ungemahlenen Getreides erweist sich doch als recht mühsam, und außerdem verstopft es den Bauch, von dessen Inhalt er sich in diesem miefigen Verlies aber auf keinen Fall trennen will. Genug der Schande, dass er eine Ecke zum ... nun ja ... Wasserabschlagen verwenden muss. Inzwischen hat er erkannt, dass der gleichermaßen einfache wie teuflische Plan Vockes darauf hinauslaufen sollte, ihn nicht etwa verhungern, sondern verdursten zu lassen.

Er lauscht den Geräuschen im Bauch des Schiffs. Jedes Mal, wenn er Hufe in die Planken krachen hört, durchfährt ihn ein Schauder. Seiner Überzeugung nach ist es nur noch eine Frage der Zeit, bis einer der Gäule das Schiff versenkt. Mit ihm, eingesperrt in diesem Frachtraum. Keine berauschende Aussicht.

Immerhin hatte er in den langen Stunden seiner Gefangenschaft Gelegenheit genug, sich Gedanken über die Vorkommnisse auf der »Santa Anna« zu machen. Dass Vocke ein übler Mordbube und Meuterer gegen seinen Kapitän obendrein ist, daran besteht für ihn kein Zweifel mehr. Aber noch immer rätselt er an Vockes Motiven herum – und an der Frage, wie man ihn überführen kann. Und neben all den Sorgen, die ihn quälen – die des eigenen Fortkommens und Überlebens ebenso wie die Aufklärung des Kapitänsmordes –, trägt er besonders schwer an *einer* Bürde: Wie es wohl seiner hochschwangeren Eheliebsten jetzt ergehen mag, da sie sich doch gewiss verzehrt in der

Ungewissheit um ihn. Nicht dass, Gott bewahre, am Ende das Kind – das ungeborene oder gar schon das Neugeborene – unter seiner Torheit leide!

Und diese Unbeweglichkeit, diese Unfähigkeit zu handeln und irgendetwas in Bewegung zu setzen, während er auf Getreidesäcken liegt, raubt ihm fast den Verstand!

Ein Kratzen am Schott zum benachbarten Frachtraum. Einmal. Zweimal. Dreimal. Richard schwingt die Beine vom Getreidesack und eilt zu der Trennwand hinüber. Dabei muss er die Hose mit der Hand zusammenhalten, weil er sich doch vorhin seiner Gürtelschnalle entledigt hat.

»Salaam, Meister Richard!«

»Salaam, Prinz Jussuf!«, erwidert Richard den geflüsterten Gruß. »Hattet Ihr Erfolg, konntet Ihr mein Lebenszeichen auf den Weg bringen?«

»Ich habe die Gürtelschnalle ins Boot geworfen und Kirstensens Namen genannt. Wie viel die Männer sich daraus zusammenreimen, vermag ich nicht zu sagen.«

Unter dem Schott werden ein flacher Bocksbeutel mit Wasser, ein Stück Dörrfleisch und ein paar Zitronenscheiben hindurchgeschoben.

»Wie geht es Ibn-Kaidaal?«, erkundigt sich Richard.

Der Araberjunge mag annehmen, dass sich die Sorge des Magdeburgers vor allem auf das Wohlergehen des edlen Tiers richtet. Dem Fragenden selbst geht es dabei jedoch vielmehr um die Sicherheit des Schiffs.

»Ich habe ihm Opium gegeben. Wenn die Wirkung nachlässt, muss ich wieder zu ihm hin, um mit ihm zu reden.«

Während der Nachtstunden hat Richard von den gleichermaßen abenteuerlichen wie traurigen Lebensumständen des Araberjungen erfahren: Als zweitgeborener Sohn eines syrischen Scheichs hatte er immer im Schatten des älteren Bruders gestanden. Als dieser aber sechzehnjährig mitsamt seinem Hengst in einem Sandsturm verscholl und ein Jahr später für tot erklärt wurde, trat Jussuf hervor. Man berief ihn von der Universität in Damaskus, wo er Wissenschaft und westliche Sprachen studierte, zurück in die heimatliche Oase. Nun wurde er zum Stammhalter, zum Erben seines Vaters Scheich al Bilhab. Er, Jussuf ibn Bilhab, beschenkt mit einem wertvollen Hengst – eines rechten Bruders des im Sandsturm verloren gegangenen Pferdes übrigens –, mit Ehrenbezeigungen überschüttet und mit der Aussicht auf eine sorglose Zukunft als Bewahrer der väterlichen Pferdezucht (und des väterlichen Harems). Das Studium in Damaskus war ihm zwar leicht gefallen, doch das Leben in Bequemlichkeit, welches nun vor ihm lag, war noch weitaus verlockender. Immerhin hatte sich der pfiffige Knabe während seines Damaskus-Aufenthalts schon einiges Wissen und vor allem Sprachgewandtheit angeeignet.

Nach drei Jahren geschah das Unerwartete: Der Bruder tauchte wieder auf. Vielmehr der Botschafter eines verfeindeten Beduinenstamms, dem der Erstgeborene nach seinem Herumirren im Sandsturm in die Hände gefallen war. Man verlangte eine hübsche Auslösesumme für den Prinzen und beinahe genauso viel für sein Pferd.

Vorbei die hochfliegenden Träume des Jussuf ibn Bilhab. Der Bruder wurde ihm wieder vor die Nase gesetzt, Jussufs Privilegien beschnitten und sein Hengst Ibn-Kaidaal für eine erkleckliche Summe an den Fernhändler Gervinus verkauft, um das Loch in der Kasse des Scheichs zu stopfen, das die Forderungen der Beduinen gerissen hatte.

Verbittert war der junge Jussuf ibn Bilhab nun seinem Pferd auf dem Weg in den Westen gefolgt, in der Hoffnung, hier Möglichkeiten für die eigene Zukunft aufzutun, die ihm im Orient versagt waren. Allerdings ließ sich das mit einer Karriere als Pferdebursche auf einer Magdeburger Kraweel nicht gerade großartig an … Aber vielleicht kann man sich ja verbessern, wenn man sich den richtigen Leuten anschließt.

»Ihr seid in Gefahr«, flüstert Jussuf.

»Das kann man wohl sagen.« Zu dieser Erkenntnis ist Richard auch schon gelangt.

»Vocke will Euch umbringen, er hat mir befohlen, Euch Opium ins Essen zu geben.«

»Nun, würde mich das tatsächlich töten?«

»Nein, so viel haben wir nicht mehr. Außerdem weiß Vocke ganz genau, dass wir es aufsparen müssen für die Pferde. Aber auch eine geringe Menge würde Euch willenlos machen und Euren Verstand trüben, und dann hätte er leichtes Spiel ...

»Es wird ihm aber Ärger einbringen, wenn man meine Leiche findet.«

»Er wird Euch umbringen und verschwinden lassen.«

»Wie soll das gehen?«

»Er hat vor, Euch zur Nacht mit Blei an den Füßen ins Hafenbecken zu stoßen.«

Richards Rücken überzieht eine Gänsehaut. »Ist es das, was er mit dem Kapitän getan hat?«

»Ich musste ihm dabei helfen. Daher bin ich mir ganz sicher, dass er auch versuchen wird, mich umzubringen, sobald er Erlaubnis zum Löschen bekommt. Aber noch kann er es nicht, denn er braucht mich für Ibn-Kaidaal. Niemand sonst kann den Hengst besänftigen.«

»Blei an den Füßen. Und dann ist etwas schief gegangen, und die Leiche ist aufgetrieben«, schlussfolgert Richard. »Aber warum musste Edmundsen sterben?«

»Das, Meister Richard, werdet Ihr nur herausfinden, wenn Ihr am Leben bleibt. Seid wachsam! Ich muss zurück zu Ibn-Kaidaal.«

Blei an den Füßen, denkt Richard, welch eine Aussicht!

MAGDEBURG, ALEMANNS HAUS

»Botschaft aus Hamburg, Frau!«

Gesine schreckt auf aus ihren fruchtlosen Träumereien. Ihre treue Elsabe steht in der Tür, einen versiegelten Umschlag aus gewachster Leinwand in der Hand.

»Der Kurier ist eben gekommen. Sie haben mit Pferdewechsel und verschiedenen Posten gearbeitet. Die neue Art, eine Nachricht zu übermitteln, wenn es schnell gehen soll.«

Gütiger Himmel! Hast du ein Einsehen? Werde ich nun wirklich, wie ich so kühn behauptet habe, etwas erfahren, das weder der Bischof noch Gervinus wissen? Denn so viel ist der Alemannin klar: Wäre der Elbkahn mit diesen Wunderpferden unterwegs, hätte man nie und nimmer so einen Eilkurier losjagen müssen.

Der Alemannin zittern die Hände, als sie den Umschlag in Empfang nimmt, und sie segnet sich dafür, dass sie, obgleich das nicht unbedingt Weiberding ist, irgendwann einmal in ihrem Leben das Lesen gelernt hat und nicht nur ihr Rechnungsbüchlein gut führen kann, sondern auch täglich im Gebetbuch blättern.

»Geh, Elsabe!«, sagt sie mit versagender Stimme. Die Handschrift auf dem Brief erkennt sie, das sind die großzügigen und schön geschwungenen Schriftzüge ihrer Schwiegertochter.

Warum schreibt Richard nicht? Wenn etwas mit dem Kind wäre – was Gott verhüten möge –, so hätte gewiss ihr Sohn zur Feder gegriffen. Also schlussfolgert das besorgte mütterliche Gemüt: Es ist etwas nicht in Ordnung mit Richard.

Sie nimmt sich Zeit, den Brief zu öffnen ...

Gesine sitzt da, und sie hat gelesen. Den Brief ihrer Schwiegertochter in der Hand, starrt sie mit blicklosen Augen vor sich hin.

Ach, ihr wäre lieber gewesen, sie hätte das alles nicht erfahren. Was soll sie beginnen mit diesem Wissen? Zeit gewinnen ist alles, natürlich hat Regina Recht. Philipp Gervinus sollte den Bischof beschwichtigen? Nein. Der Wahrheit die Ehre, Gesine hat keine Lust, ihm diese Merkwürdigkeiten darzulegen. Besser, er wird in dem Glauben gelassen, dass seine Fracht schon unterwegs ist.

Und bei allem bleibt die bange Frage: Was ist mit Richard? Denn dass Reginas dürre Worte: »Mein Eheliebster ist wohlauf und lässt dich grüßen« irgendetwas verschleiern und verhüllen sollen, das ist ihr nur allzu klar.

Der Bischof? Gestern ist die Frist verstrichen, und der Bischof hat sich nicht gerührt. Er mag vielleicht Tag und Stunde vergessen haben, jedoch nicht die Sache an sich, nicht das Spiel an sich. Man hält nicht eine ganze Stadt hin, freut sich womöglich noch daran, wie die Bürger in Erwartung und Furcht erstarren, und verliert das Ganze einfach aus dem Blick.

Er spielt, denkt Gesine, und die Verzweiflung über ihre Hilflosigkeit verleiht ihren Gedanken Tiefe und Hellsicht. Er sieht aus wie ein Kind, und er benimmt sich wie ein Kind, wie ein grausames Kind, das seine Haustiere und Diener schindet. Und wie einem Kind müsste man ihm eine Ablenkung geben, etwas, das für ihn spannender und genussreicher ist als sein augenblickliches Spielzeug.

Wenn ich denn zu ihm gelange, müsste ich das parat haben – das neue Spielzeug für den Bischof. Nur was? Meinem Kopf fällt nichts ein, was so einen Menschen mehr reizen könnte als Macht ausüben und zuschauen, wie andere darunter leiden.

Wenn ich denn zu ihm gelange …

Aber wenn die Dinge einmal in Bewegung geraten, scheint es, als ob eines das andere anstößt. Bereits am gleichen Abend stehen die Diener des bischöflichen Hauses vor ihrer Tür und fordern sie vor das Angesicht des Herrn.

HAMBURG, JESSENS HAUS

Der ehrenwerte Herr Senator Jessen ist aufgebracht. Man könnte auch sagen, er tobt, wüssten wir nicht, wie ein Tobsuchtsanfall bei diesem cholerischen Mann aussieht. Daher ist festzustellen, dass er sein überschäumendes Temperament durchaus im Zaume hält. Das ist auch richtig so, denn eine Hochschwangere sollte man nicht mit allzu groben Anwürfen aufbringen.

Seine Tochter Regina sitzt vor ihm auf diesem ihrem Schwangerensofa, leicht zurückgelehnt, sodass es beinahe ungeniert wirkt. – Doch natürlich muss ihr auch der Senator Jessen zugestehen, dass es ihr in ihrer jetzigen körperlichen Verfassung kaum möglich ist, eine andere Haltung einzunehmen.

»Hinter meinem Rücken, schon wieder hinter meinem Rücken …!«, donnert Jessen.

»Nicht hinter Eurem Rücken, Herr Vater, vielmehr vor Euren Augen, wenn Ihr sie in dieser Sache denn offen gehalten hättet, so wie Ihr es meinem Schwiegervater versprochen habt. Mein Gemahl hat nichts anderes getan, als der Bitte seines Vaters nachzukommen und sich um die Kraweel und ihre Fracht zu kümmern.«

»Indem er selbst auf dieses Seuchenschiff geht, das ist doch wohl die Höhe!«

Regina stopft sich die Kissen zurecht. »Wie dem auch sei! Jetzt ist Euer Handeln und Einfluss gefragt. Setzt alle Hebel in Bewegung! Man muss herausfinden, was auf diesem Schiff vor sich geht. Bringt mir meinen Gemahl zurück, Vater!«

Jessen schnauft mühsam beherrscht. »Als ob es denn meine Lebensaufgabe wäre, die Alemann'sche Sippe aus Schwierigkeiten herauszuhauen!«

»Die Alemann'sche Sippe ist jetzt auch die Eure!«, versetzt Regina heftig und legt die Hände auf den gewölbten Bauch.

»Herr im Himmel!« Jessen schreitet auf und ab. »Ich werde sehen, was ich in der Sache unternehmen kann. Aber versprechen will ich nichts.«

»Nur eilt Euch, Vater!« Vor Aufregung spürt sie ein Ziehen im Bauch.

»Eilt Euch, eilt Euch! Dass du aber auch immer die Gangart festlegen möchtest, Regina!«

Regina sagt nichts und lauscht in sich hinein. Jessen wertet ihr Schweigen als kindliche Demut, so wie es sich gehört.

Mit großen Schritten geht er zur Tür, reißt sie auf und brüllt: »Sendeke, wir müssen ohne Verzug zum Hafen!«

Regina lächelt schwach. »Kirstensen«, sagt sie leise.

Richard wiegt den Dolch in seiner Hand. Einerseits ist es natürlich von Vorteil, dass Vocke ihn nicht nach Waffen durchsucht hat. Andererseits: Wäre es wirklich klug, davon Gebrauch zu machen? Wenn er Vocke damit niederstreckte, wäre der Mord an Edmundsen zwar gesühnt, aber nicht bewiesen. Und wer würde schon einem arabischen Pferdeburschen glauben? Am Ende würde die Tat ihn selbst noch in den Hamburger Kerker bringen! Er hat ja ein Talent darin, in solcherart Schwierigkeiten zu geraten.

Opium ins Essen! Er lutscht an einer Zitronenscheibe. Vielleicht wäre das ja gar keine so schlechte Idee gewesen. – Besser jedenfalls, als hier zu versauern.

Ihm bleibt keine Zeit, einen Plan für Vockes Erscheinen auszuarbeiten. Schon wird die Last, mit der die Luke beschwert war, beiseite geschoben. Die Scharniere knarren, Dämmerlicht fällt herein.

Immerhin hat Vocke unter diesen Umständen nicht die Chance, sich heimlich anzuschleichen, denkt Richard.

»Alemann, ich möchte mit Euch reden«, lässt Vockes Stimme sich vernehmen, »ich muss mich bei Euch entschuldigen. Das Ganze war ein furchtbares Missverständnis. Alemann?«

Richard schlägt einen Ton an, von dem er hofft, dass er gleichermaßen unbeschwert wie schläfrig klingen möge. »Ah, Vocke, das ist schön. Ah ja. Wusste ich doch. Missverständnis. Schön, Vocke. Aber ich weiß nicht …«

Er hört den Niedergang unter Vockes Fuß knarzen, direkt über seinem Kopf, und hofft, dass der andere seine Position nicht gleich bemerkt.

»… ich weiß gar nicht, ob ich hier überhaupt weg will, hmm …«

»Schön, Alemann, wir sollten einen guten Krug Wein auf unsere Aussöhnung trinken.«

Aus den Lichtverhältnissen droben schließt Richard, dass es Abend sein muss. Vocke will sein Werk also in der Dämmerung vollbringen, um sich im Dunkeln der Leiche entledigen zu können.

Vocke sieht keinen Grund, seinen Blick nicht mit Muße durch den Frachtraum wandern zu lassen, um die Augen an das Zwielicht zu gewöhnen. Und während er noch nach seinem Opfer Ausschau hält, tritt dieses ihm ganz gewaltig zwischen die Beine. Mit einem Quieken sackt der Steuermann der »Santa Anna« in sich zusammen. Und gerade nachdem Richard noch einmal tüchtig nachgelegt hat, erscheint ein riesiger Vogelkopf oben in der Luke, ein so garstiger Schädel, dass Richard plötzlich glaubt, doch von der Droge genossen zu haben, zumal das Schnabelvieh spricht: »Ich vermute recht, gefunden zu haben Richard Alemann?«

Vocke ist an Deck gezerrt und mit einigen Eimern Wasser wieder halbwegs zur Besinnung gebracht worden. Zwischen den Fingern seiner Hände, die seine lädierte Männlichkeit umklammern, hängt noch die Drahtschlinge, die er für Richard bereitgehalten hatte. Inzwischen werden sie von der Mannschaft umringt: Richard mit verschränkten Armen an der Reling lehnend, Vocke in Embryohaltung auf den Planken und über ihm kauernd wie eine Riesenkrähe das Vogelwesen, welches sich als Doktor McPherson vorgestellt hat – der zur Vermeidung etwaiger Infektionen eine Pestmaske trägt.

»Well, dieser Mann ist gesund auch«, stellt der Arzt jetzt fest, »abgesehen von … well … Zeit heilt alle Wunden, wie man so sagt. Und Euren Kapitän betreffend, so ist er an keiner Seuche gestorben, sondern daran.« Er zerrt Vocke die Drahtschlinge aus den Fingern und hält sie hoch, während er mit der anderen Hand die Pestmaske abnimmt. »Kein längerer Grund für diese Maskerade.«

Plötzlich macht sich Unruhe breit unter den Männern. Sie stoßen einander gegenseitig an, deuten aufs Wasser.

Auch Richard dreht sich um und stützt die Hände auf die Reling. Da kommt ein Ruderboot schnell vom Hafen her auf den Ankerplatz der »Santa Anna« zu. Darin ist die massige, aufrechte Gestalt eines Mannes zu erkennen – der Einzige, der nicht auch rudert.

Gott sei's gedankt, der Senator Jessen hat sich endlich selbst auf den Weg gemacht, denkt Richard. Aber beim Näherkommen des Bootes wird er enttäuscht: Nicht Jessen sitzt dort wichtig und erhaben in der Mitte, sondern ein Mann im Priestergewand. Das Boot geht längsseits. Ein Fallreep wird hinuntergelassen, und mit erstaunlicher Behändigkeit klettert der Geistliche an Bord.

»Erst wagt sich niemand auf dies Schiff, und nun herrscht ein reges Begängnis«, bemerkt Richard, während er dem frommen Mann die Hand reicht und ihn an Bord zieht.

»Ich hoffe nicht, Ihr seid geschickt, die letzte Ölung zu erteilen«, mischt McPherson sich ein. »Die Männer auf diese Schiff sich erfreuen alle bester Gesundheit.«

Der Geistliche sieht auf Vocke hinab und wackelt mit dem Kopf.

»Ein Unfall«, bemerkt Richard.

Der Priester nickt zufrieden. »Selbstverständlich erfreuen sich die Männer auf diesem Schiff bester Gesundheit«, wiederholt er im Brustton der Überzeugung und mit rollendem R. »Davon habe ich bereits das Hafenamt informiert.«

McPherson hebt eine Augenbraue. »Aber Hochwürden hatte keinen medizinischen Befund.«

»Dieser war nicht vonnöten. Ein Schiff, das die wundertätige Madonna zu Lari an Bord führt, ist gegen jegliche Krankheit gefeit.«

Die Männer beginnen zu tuscheln und zu brummen.

»Die wundertätige Madonna zu Lari?«, wiederholt Richard befremdet.

Der Geistliche neigt den Kopf. »Gestattet – Don Francesco della Chiesa delle Vigne zu Genua. Seid Ihr der Befehlshaber dieses Schiffes?«

»Nun, tut mir Leid, Hochwürden, aber dem Befehlshaber dieses Schiffes kann wohl auch eine wundertätige Madonna nicht mehr helfen, und was seinen Stellvertreter angeht ...« Richard stößt Vocke mit der Stiefelspitze an. »Seht selbst.«

Der Geistliche nickt und nimmt Vocke gar nicht zur Kenntnis. »Wie dem auch sei, ich bin hier, um das Eigentum der Kirche nach Italia zurückzuholen. Das Heiligenbild, dessen Übergabe Herr Gervinus mir für hier in Hamburg zugesichert hat, nachdem die Kraweel schon auf hoher See war in Genua.« Und auf Richards ratlosen Blick hin setzt er hinzu: »Es ist im Voraus bezahlt.«

Richard blickt erst zu McPherson, dann auf Vocke hinab. »Wisst Ihr wohl, wovon Hochwürden spricht?«

Vocke umklammert sein Geschlecht und wimmert: »Ich weiß von nichts, ich schwöre, dass ich es nicht weiß. Edmundsen sollte sterben, weil er etwas wusste. Aber ich weiß es nicht.«

Richard hockt sich nieder. »Wie, Edmundsen sollte sterben?«

»Ich hatte den Auftrag, den Kapitän zu töten, weil er etwas wusste ...«

»Auftrag von wem?«, hakt Richard nach.

»Gervinus.«

»Gervinus selbst?«

Vocke beginnt ruhiger zu atmen, sein Klammergriff am Unterleib löst sich. Offenbar wiegt die allmählich einkehrende Überzeugung, keine weiteren Tritte an besagter Stelle zu empfangen, die Schwere eines Mordgeständnisses auf. »Gervinus sagte, der Käpten muss weg, weil er in Genua etwas gesehen hat, das nicht für seine Augen bestimmt war. Aber erst in Hamburg, nachdem die Pferde sicher in den Hafen gebracht wären.«

»Das wundertätige Bildnis der Madonna zu Lari«, sagt Don Francesco andächtig.

»Aber auf diesem Schiff ist keine Madonna zu Lari!«, knurrt einer der herumstehenden Maate.

Jemand zupft Richard am Wams. – Es ist Jussuf. »Ich habe nie verstanden, weshalb unsere Pferde die Gerste aus jener Kiste bekommen sollten. Eine Anweisung von meinem Vater war es jedenfalls nicht. Daher habe ich sie untersucht. Kommt mit, ich möchte Euch etwas zeigen.«

So stehen denn wenig später Don Francesco aus Genua, Richard Alemann aus Magdeburg, Doktor McPherson aus Newmarket und die gesamte Mannschaft der »Santa Anna« mit Kerzen im Frachtraum versammelt, während ein arabischer Prinz die Futterkiste öffnet. Mit schmalen, geschickten Fingern drückt er gegen zwei Nute im Deckel, sodass das unsäglich kitschige Drei-Vier-Königs-Gemälde herausspringt und den Blick freigibt auf ein Werk in Gold und Blau und Rot.

Nun mögen die Kunstsinnigen sich streiten, welches der beiden Gemälde dilettantischer gemalt ist: Don Francesco sinkt vor der Wunderheiligen mit gefalteten Händen nieder und versenkt sich ins Gebet. Die Mannschaft schließt sich ihm an, und verlegen lassen sich auch Richard und McPherson auf den Knien nieder, während Jussuf kleinlaut murmelt: »Ich wusste wirklich nichts damit anzufangen.«

Ein aufgebrachtes Wiehern, zwei heftige Schläge, Krachen und Splittern schrecken die im Gebet vor der Madonna Versammelten auf.

Schrille Schreie in rollendem Arabisch dringen den Betenden ans Ohr: »Ibn-Kaidaal!« Jussuf bahnt sich seinen Weg durch den Frachtraum und den Niedergang hinauf.

Richard stürzt ihm nach, gefolgt von McPherson und den anderen Männern.

Im Frachtraum unter dem Achterdeck, wo die Pferde untergebracht sind, gerät er in knöcheltiefes Wasser. Die Tiere trampeln, wiehern in Panik und zerren an den Stricken. Dort, wo

Ibn-Kaidaal gestanden hat, an der vielfach kalfaterten Stelle, klafft ein riesiges Leck, durch das eine Wasserfontäne in den Schiffsbauch schießt. Jussuf hat den Strick, mit dem der Hengst angebunden war, bereits durchgeschnitten und brüllt den anderen Pferdeburschen etwas zu.

»Was tust du, Jussuf, was ist hier los?«, ruft Richard ihm über das Getöse zu.

»Schwimmen!«, brüllt Jussuf. »Wir können alle nicht schwimmen, aber die Pferde können es.«

Blitzschnell begreift Richard: Jussuf hat die Ausweglosigkeit der Situation erkannt und versucht, seine Landsleute und die Pferde zu retten. Denn die Kraweel sinkt.

Erzbischof Ernst, der Wettiner. Ein bleiches, kränkliches Kindergesicht mit einer Schnupfennase und rot entzündeten Augen – wie kann man mitten im Sommer unter Verkühlung leiden? –, gekleidet in Weiß und Violett, und um ihn herum, als wären sie das Laub um eine Blume, die Herren Kleriker in Schwarz und Rot. Vier Männer zählt Gesine, während sie in eine tiefe Verbeugung versinkt, vier Gesichter, bleich oder gerötet, hager oder aufgedunsen, mit steinkalten Blicken. Der Prälat von Angern ist nicht unter ihnen.

Das sind sie, die diesen jungen Mann am Bandel haben, die ihn dazu bringen, Zwingburgen zu errichten und Steuern zu erheben, Gerechtsame und Freiheiten einzuschränken und mit den Menschen umzuspringen, als wären sie Vieh; denen alles gelingt in diesem Bistum, wenn sie ihn nur bei Laune halten und ihm gewähren, was er wünscht.

So hat ihr Sohn Richard es ihr erklärt, bevor er fortgereist ist in den Norden. Aber wenn Gesine diese geistlichen Hirten vor sich sieht und den jungen Mann mit dem hochmütig erhobenen Haupt vor ihnen auf dem Thronsessel, da weiß sie gar nicht so genau, ob das richtig ist. Sie hat so ein Gefühl, als wenn Ernst alles andere ist als ein Spielball in den Händen seiner Berater. Er weiß genau, was er will, und diese Männer erfüllen seine Wünsche.

Was hat sie nur hierher geführt? Hier gibt es keine Gnade.

»Steh auf, Frau!«, sagt der junge Mensch in Weiß und Violett. Seine Stimme klingt hohl und hoch aus dem schmächtigen Körper. Er streckt die behandschuhte Hand mit dem prunkvollen Ring aus, und Gesine, als sie sich zum angedeuteten Kuss darüberbeugt, bekommt einen Duft von Ambra und Moschus in die Nase. Der Bischof ist parfümiert wie ein Freudenmädchen.

»Der Prälat von Angern hat diese Audienz für dich erwirkt. Der Prälat hat ein Herz voller Güte. Ich aber bin gehalten, das Bistum streng zu regieren. Ich weiß, dass du gekommen bist, an meine christliche Barmherzigkeit zu appellieren und Gnade für deinen Mann zu erflehen. Aber wo kämen wir hin, wenn wir Anstiftung zu einem crimen lasae majestatis – und ein solches ist es, die Hand gegen ein geistliches Oberhaupt zu erheben! –, wenn man so ein Verbrechen ungesühnt ließe? Sag selbst!«

»Bischöfliche Gnaden!« Gesines Stimme zittert. »Gewiss muss jedes Verbrechen gesühnt werden. Aber Marcus Alemann ist unschuldig!«

Schweigen. Die vier Würdenträger hinter dem Thronsitz des jungen Mannes mustern sie, ohne eine Miene zu verziehen. Das blasse Gesicht des Knaben überzieht ein höhnisches Grinsen. »So unschuldig wie Judas vielleicht, als er hinging in Gethsemane und unserem Herrn den Friedenskuss gab?« Er kichert, und nun lachen die Männer im Hintergrund pflichtschuldig mit.

»Warum gebt Ihr meinem Ehegemahl nicht Gelegenheit, vor einem Tribunal seine Unschuld zu beweisen? Warum sitzt er ohne Gericht im Kerker?«, fragt Gesine tapfer. Ob des Hohns der abweisenden Mauer von Gesichtern da vor ihr ist ihr die Röte in die Wangen gestiegen.

»Weil es nichts gibt, was er zu seiner Verteidigung vorbringen kann!«, mischt sich jetzt einer der Räte ein, der mit dem vollen, teigigen Gesicht und dem goldgesäumten Kragen. »Alle Notabeln im Dom haben gesehen, dass er sich während des Hochamts kurz entfernt hat, um den schändlichen Anschlag vorzubereiten! Und wie es heißt, hat man einen Zeugen, der ihn im Gespräch mit dem Mietling beobachtet und gehört hat.«

(Ja, denkt Gesine. Ich hab ihn ja selbst da draußen gesehen. Das rote Barett hab ich gesehen und die Fuchspelzschaube. Und mit mir hat sie Philipp Gervinus gesehen. – Und nun lassen die Hamburger sein Schiff nicht löschen, und irgendetwas stimmt da nicht ... mit Richard ...)

»Euer verbrecherischer Ehegemahl hat einen Fürsprech«, sagt

der gleiche Ratgeber, der eben zu ihr gesprochen hat, »und dank der unerschöpflichen Güte unseres bischöflichen Herrn fand der bisher ein geneigtes Ohr. Noch ist nichts entschieden über deinen Mann. Unser Herr wird den Fürsprech bald anhören. Wie es dann weitergeht, zeigt sich demnächst.«

»Herr! Wenn Ihr dem Biedersinn des Kaufmanns Gervinus so vertraut und seine Meinung zu der Euren machen wollt – warum lasst Ihr meinen Gatten nicht frei, und zwar jetzt gleich? Es ist ja an Euch, zu richten und zu begnadigen, wie es Euch von Gott dem Herrn eingegeben wird!«, sagt Gesine und sinkt wieder vor dem Bischofsstuhl in die Knie. Ihr ist wie im Fieber. Gibt es denn nichts, was durchdringen kann zu diesem kaltherzigen Knaben?

Bischof Ernst sieht sie mit großen Augen an. »Aber ich vertraue dem Kaufmann Gervinus und seinem Zeugnis ja!«, erwidert er, und urplötzlich bricht er in wieherndes Gelächter aus.

Er vertraut seinem Zeugnis ... Um Gesine dreht sich der Raum. Was hatte Gervinus gesagt: *Es gibt nur einen Zeugen, und ich kenne ihn ...* Barmherziger Gott! Wofür legt Gervinus Zeugnis ab?

»Herr Bischof – um Gottes willen, sagt mir nur eins: Ist der Kaufmann Gervinus mir wohl gesinnt?«

»Ob er dir wohl gesinnt ist, das weiß ich nicht. Ich weiß nur, wie er zu deinem Gemahl steht.«

Und auf einmal begreift Gesine Alemann alles. Alles passt auf einmal zusammen. Die schnellen Dolchstöße in den Rücken derer, die in der Lage gewesen wären, gegen ihn auszusagen, auf der Folter oder gegen Geld. Der gedungene Mörder, der sein Opfer verfehlte und schnell niedergemacht werden musste. Die unglückliche Kathrine, die dank ihrer Bekanntschaft mit den Leuten in den Katakomben jenen Mann angeheuert hatte, der sterben musste, und die bereit war, Gesine die Wahrheit zu verkaufen – wenn sie selbst nicht ganz und gar mit der Tatsache beschäftigt gewesen wäre, eine verlorene Verwandte wieder zu finden und das Mädchen gar nicht zum Reden kommen ließ, bis zu es spät war, denn Gervinus hatte den Braten gerochen und war ihnen gefolgt. Das, was Lukas zu berichten wusste – dass das lichtscheue Volk, die Gesetzlosen von da unten unterm Markt, Gervinus offenbar erpressten, womit auch immer –, Gott allein weiß, wie es ihm gelungen war, ihren Gemahl kurz aus dem Dom zu locken, damit die anderen auch ja seine Abwesenheit bemerkten und bezeugen konnten. Und dann der Auszug des Kaufmanns aus dem Alemann'schen Hause – um ihn in ihren Augen als wahrhaft Unparteiischen erscheinen zu lassen – und schließlich sein Werben um sie!

Sie ringt nach Luft. Ganz gleich, ob die Pferde des Bischofs zur rechten Zeit ankommen oder nicht – für Marcus Alemann wird es keine Rettung geben. Denn Philipp Gervinus will seinen Tod. Er wird einfach behaupten, der launische Bischofsjunge hätte sein Versprechen nicht eingehalten und den Schöffen bei Nacht und Nebel hinrichten lassen, und dann wird er Krokodilstränen vergießen in Gesines Hausgärtlein.

Nichts, gar nichts kann sie für ihren Mann noch tun. Der Gang hierher war vergebens. Nur dass sich ihr endlich die Augen geöffnet haben. Dass nun die Mauern gefallen sind in ihrem armen verwirrten Kopf, die sie die ganze Zeit daran gehindert haben, klare Sicht zu bekommen.

»Was stehst du wie angenagelt, Weib, und glotzt mich an?« Ernst hat neckisch den Kopf schief gelegt und lächelt ein bisschen. Die offensichtliche Verwirrung dieses Frauenzimmers bereitet ihm wohl Vergnügen.

»Gnädiger Herr!«, sagt Gesine und spürt, dass ihr Mund ausgetrocknet ist. »Ich sehe wohl, dass ich von Euch nimmermehr Pardon für meinen Mann erflehen kann. Sein Schicksal ist schon besiegelt. Aber ich habe hier in dieser Stunde einiges begriffen. Und so sage ich Euch: Hütet Euch vor falschen Freunden. Manch einer, der Euch treu ergeben scheint, hat in Wahrheit den Dolch unterm Gewand.«

Ernst lächelt überheblich. »Das fehlt noch«, sagt er, »dass ich mir von dummen Weibern Ratschläge und Warnungen erteilen lassen muss! Geh jetzt. Von Angern hat uns einen schlechten Vorschlag gemacht, als er darum bat, dich anzuhören. Ich dachte, man könnte sich an dir amüsieren – so ein Wesen im Staub, gekrümmt wie ein Wurm vor den Mächtigen. Stattdessen hältst du den Nacken steif! Hüte dich, Frau! Hochmut kommt vor dem Fall!«

Wohin soll ich wohl noch fallen?, denkt Gesine, als sie sich rückwärts entfernt, mit allen Knicksen und Bekreuzigungen, die vorgeschrieben sind.

Sie geht durch die langen Flure des Bischofshauses. Fackeln erleuchten die dämmrigen Gänge auch am Tage, bischöfliche Wachen stehen in Abständen, breitbeinig, die Pike in der Hand, die Augen starr geradeaus gerichtet, als wären sie Statuen. Gesine geht an ihnen vorbei, ohne sie eigentlich wahrzunehmen.

Unten im Vestibül vertritt ihr ein junger Diakon den Weg. »Ihr seid die Alemannin?«

Sie bejaht ruhig.

»So folgt mir.«

Was mag man von ihr wollen? Sie auch in den Kerker stecken, vielleicht zu ihrem Mann? Das wäre ihr sogar willkommen. Einfach ihn sehen, ihn trösten, bei ihm sein, bei diesem dicken, fehlbaren, ganz und gar prosaischen und zu nichts Höherem fähigen Kerl, mit dem sie nun so viele Jahre Bett und Tisch und Haus geteilt hat, den sie umsorgt hat und für den sie da war, dem sie einen Sohn geboren hat, der nun vielleicht auch verloren ist …

Eine Tür wird geöffnet. Der Raum dahinter scheint ihr verschwommen – wieso nur? Sie blinzelt.

»Frau, du weinst ja!« Das ist die Stimme des Prälaten von Angern.

Ich weine? Sie fährt sich mit der Hand über die Augen. Ja, ich weine. »Verzeiht, gütiger Herr. Es ist schon vorbei.« Der Raum wird klar vor ihren Blicken.

Der Prälat sitzt an seinem Lesepult. Unter seinen buschigen Brauen hervor mustert er die zierliche Person. »Ich hätte dir sagen sollen, dass es nicht nur nutzlos sein wird, vor ihn hinzutreten, sondern für dich nichts weiter als Pein und Seelenqual bringen wird, meine Tochter«, sagt er sanft. »Aber ich hatte einen Hoffnungsfunken, dass seine Seele nicht ganz verhärtet ist. Schließlich ist auch er von einer Mutter geboren worden. Und du siehst aus wie eine gute Mutter. Und eine gute Gattin.«

»Ich danke Euch von ganzem Herzen!«, erwidert Gesine und versucht unter Tränen ein Lächeln. »Nein, ich weine nicht, weil ich gekränkt worden bin. Gekränkt und betrübt bin ich schon die ganze Zeit. Mir kam nur die Erinnerung an meinen Eheliebsten in den Sinn und an sein unschuldiges Leiden. Deshalb musste ich weinen.«

»Du vertraust auf seine Unschuld?«

»Herr, ich weiß um sie.«

Der Prälat seufzt. »Nichts kann ich für dich tun. Schon länger hört der Bischof seinen Beratern nur zu, wenn ihm gefällt, was sie ihm sagen. Ich hätte dir das ersparen sollen.«

»Nein, Herr. Ich habe da drin etwas begriffen, das so klar war wie das Licht der Sonne. Nur meine Augen waren verblendet. Es war ein einziger Zungenschlag des Herrn Bischofs, der mir etwas verständlich gemacht hat.«

»Ich weiß nicht, was du meinst – aber wenn diese Audienz dir irgendwie hilfreich war, so bin ich froh. Gottes Wege sind unerforschlich. Geh hin und sei gesegnet.«

Gesine beugt sich unter die Hand, die das Kreuzzeichen über ihr schlägt.

Der Geistliche hat sich schon abgewendet, als Gesines leise Stimme noch einmal an sein Ohr dringt: »Herr Prälat, eines muss ich Euch noch sagen – der Kaufherr Gervinus ist kein Freund des Bischofs Ernst. Ich weiß nicht, ob das für Euch von Wichtigkeit ist.«

Von Angern sieht nicht auf. »Das ahne ich längst«, entgegnet er. »Aber wer sollte das beweisen?«

»Ich komme mir vor wie an meinem Stickrahmen«, sagt die Alemannin. »Hier ein blutroter Faden und dort eine dunkle

Linie und eins nach dem anderen zusammengefügt – und plötzlich ist das Bild fertig. Aber was nützt mir das alles? Die Verknüpfungen sind unter der Erde. – Habt Ihr von diesen Pferden gehört?«, fragt sie plötzlich.

»Ja, gewiss. Sie sollten dieser Tage eintreffen.«

»Das werden sie wohl nicht. Im Hafen zu Hamburg gibt es Schwierigkeiten.«

Gotthold von Angern hebt den Kopf. »Nun«, sagt er, »bis Mariä Himmelfahrt werden sie ja wohl da sein.« Er lächelt ein bisschen und wendet sich endgültig ab.

Mariä Himmelfahrt? Das ist der fünfzehnte August. Das sind nicht mehr viele Tage ... Aber was haben denn diese Pferde mit Mariä Himmelfahrt zu tun? Dann erinnert sie sich dunkel, dass irgendwann einmal, in einer Zeit, die ihr vorkommt wie in einem anderen Leben, davon die Rede war, dass Bischof Ernst zu diesem Zeitpunkt wieder in Halle sein sollte, um eine große Prozession anzuleiten und ein Muttergottesbild einzuweihen.

Mariä Himmelfahrt – vielleicht ist das ja die eigentliche Galgenfrist, die ihrem Mann eingeräumt wird ...

Wie sie nach Haus gekommen ist – sie weiß es nicht.

Aber dann rafft sie sich noch einmal auf. Ihr geht noch etwas im Kopf herum. Lukas, wie er dastand und schluckte und dann sagte: »Ach, nee, muss nich sin.«

Sie klingelt. Und als die kleine Mieke in der Tür erscheint, befiehlt sie matt: »Bring mir den Lukas, aber schnell.«

Mieke sieht sie mit offenem Mund an. »Frau, wie seht Ihr aus? Soll ich Euch eine Honigmilch bringen oder ein Warmbier? Ihr ...«

»Du sollst mir nur den Lukas bringen.«

Der Hamburger steht kurz darauf im Raum, die Mütze in der Hand, den Blick geradeaus, eher störrisch als willig.

»Als du damals dem Herrn Gervinus beim Umzug geholfen hast – da wolltest du mir doch noch irgendetwas sagen, nicht wahr?«

Lukas nickt. Und sagt erst einmal nichts.

»Lukas!« Sie ist zu erschöpft, diesen Klotz zu bitten …

»Hm.« Der Knecht kratzt sich am Kopf. »Frau, als ich dem Koopmann seine Sachen eingeräumt hab, da war ganz zuunterst was. Wusstet Ihr, dass dieser Mann justament so einen Fuchspelz in seiner Bagage hat und so ein rotes Barett, wie es der Baas immer trägt, wenn er zur Kirche geht?«

Ein letztes Steinchen im Mosaikspiel. Im grausigen Mosaik. »Dergleichen gibt's viel in Stadt und Land«, sagt sie matt.

»Das ist wohl so. Bloß dass er diese Sachen so ganz zuunterst in seinem Mantelsack hatte, eingewickelt in eine alte Leinwand, und sind doch gute Gewänder – wo er alles andere so akkurat hält. Es war ihm woll auch gar nicht recht, dass ich so weit ausgepackt habe. Nur durch das Zackerieren mit den Kerls vor der Tür hat er's verpasst, und ich war schon fertig, als er wieder in das Zimmer kam. Er hat einen Schreck gekriegt, das hab ich gesehen. Und er hat mir schnell ein Douceur gegeben und mich weggeschickt.«

»Danke, Lukas. Das ist alles.«

»Das ist alles?«

»Ja. Von mir kriegst du auch ein Douceur. Morgen. Geh jetzt.«

Mit versteinerter Miene steht Senator Jessen am Kai des Hamburger Hafens, die Hand in die Schulter seines Adlatus Kirstensen gekrallt, und betrachtet das Schauspiel: Drei voll besetzte Boote – ein Beiboot der vor wenigen Stunden unter Genueser Flagge eingelaufenen »Santa Maria di Lari« und die beiden Rettungsboote der »Santa Anna« – kommen heran, während vor dem Hintergrund der untergehenden Sonne die drei Masten der stolzen Kraweel im Hafenbecken versinken. Noch skurriler ist der Anblick der zehn Pferde- und Menschenkopfpaare über dem Wasser. Die Fracht, der so viele Tage nun schon der Zugang zum Hamburger Hafen verwehrt wurde, paddelt mitsamt ihrem Pflegepersonal ans Ufer.

Das ganze Personaggio des Hamburger Hafens, vom Schiffsknecht über den Schauermann, von der Fischhökerin bis zum Hafenmeister, ist zusammengelaufen und begafft mit offenem Mund dies Wasserballett.

»Legt endlich Hand an!« Der Hafenmeister – ins Wasser zurückschubsen kann man dies Sammelsurium von Mensch und Tier ja wohl kaum mehr – gibt mit donnernder Stimme Anweisung. Wenn man was nicht verhindern kann, muss man eben so tun, als habe man es angeordnet. »Fischt das alles raus!«

Kähne werden klar gemacht, Enterhaken geschultert, Netze ausgebreitet, um das schwimmende orientalische Pferd-und-Mensch-Gemisch an Land zu ziehen. Die Boote landen, und Jessens grimmiger Blick wird nicht gerade milder, als er außer seinem Hallodri von Schwiegersohn auch noch den Arzt erblickt, der sich seiner Regina annehmen sollte und der auch nichts Besseres zu tun hatte, als sich auf diesem Unglücksschiff herumzutreiben.

Richard hält es für angebracht, der Autorität Jessens mit allem gebührenden Respekt entgegenzutreten. Mit tief gesenktem Kopf nähert er sich, und auf seinen Wink hin schleifen zwei der Seeleute von der dahingegangenen »Santa Anna« den gefesselten Vocke hinter ihm her.

»Herr Schwiegervater! In Eurer Eigenschaft als Senator der Hansestadt und stellvertretend für den gesamten Magistrat bitte ich Euch, diesen Gefangenen in Empfang zu nehmen. Der Mann ist ein Mörder. Er hat den Kapitän des gesunkenen Schiffs auf dem Gewissen und wollte auch mir ans Leben.«

»Was zum Teufel …«, will Jessen anheben, als ihn ein markerschütternder Schrei unterbricht:

»Ecco! Eccolà! Ich wusste es! Die wundertätige Madonna von Lari kann nicht untergehen!« Don Francesco kniet am Kai, und während er sich mit der Rechten unentwegt bekreuzigt, weist seine Linke hinaus aufs Wasser. Da dümpelt im Schein der Abendsonne doch tatsächlich die Holzkiste im Wasser – welche Auswirkungen Nässe auf Gemälde hat, wagt sich Richard im Moment nicht vorzustellen. Aber sie schwimmt – die Madonna!

Während man das kostbare Gut mit Netz und Stangen birgt, versucht Richard, seinem Schwiegervater zu erklären, was es nun damit wieder auf sich hat, aber der winkt ab. Das alles ist ihm viel zu kompliziert. In diesem ganzen Gewusel von Tieren und Seeleuten und vor allem braunhäutigen Ausländern ist er eigentlich heilfroh, dass er sich erst einmal an seinen Magistratspflichten festhalten kann, und gibt strengste Anweisungen, wie mit dem Delinquenten verfahren werden soll. Währenddessen regelt Richard, ebenfalls heilfroh, dem Zorn des aufgebrachten Senators fürs Erste entgangen zu sein, gemeinsam mit dem Hafenmeister und mit Kirstensen alles, was nötig ist: Weiden für die Pferde, trockne Kleidung für ihre Hüter, damit sich alles erholen kann, bis es denn weitergeht nach Magdeburg.

»Ich würde dich gern schon jetzt zu mir bitten«, wendet er sich an Jussuf, »aber ich bin hier nur als Eidam geduldet.« Er wirft einen Blick zu Oswald Jessen. »Wenn wir jedoch wieder in meiner Heimatstadt sind, bitte ich dich, mein Gast zu sein. Nicht nur dass du mir das Leben gerettet hast – ich denke, für den Sohn eines Scheichs ist die Position des Pferdewärters vielleicht auf die Dauer doch etwas zu tief gegriffen.«

Der junge Mann lächelt ihn mit seinen weißen Zähnen an, obwohl er bibbert in seinen nassen Kleidern. »Allah akbar! Freundschaft unter Männern ist wie eine Oase in der Wüste!«

»Dominus vobiuscum!« Don Francesco tritt an Richard heran. »So ist denn doch alles noch gut geworden. Ich werde mich nun auf den Heimweg machen und hoffe, bei gutem Wind das wundertätige Bildnis vielleicht doch noch bis Mariä Himmelfahrt nach Lari zurückzubringen!«

Richard sieht den Geistlichen verwundert an. »Ich glaube nicht, dass das geht!«, erklärt er kopfschüttelnd. »Schließlich ist dies Bild für den Erzbischof Ernst von Wettin bestimmt. Und dort werde ich es gemeinsam mit den Pferden abliefern.«

»Aber ich habe bereits bezahlt!« Don Francesco läuft fast so rot an wie sonst immer Jessen.

»Gervinus ist ein Betrüger und Mörder! Mit ihm habt Ihr Geschäfte gemacht?!«

»Der Zweck heiligt die Mittel!«

»Streiten wir nicht. Es geht um die Freilassung meines Vaters! Die Kiste muss nach Magdeburg.« Richard bleibt eisern. Als er die entsetzte Miene des Geistlichen sieht, legt er dem Mann die Hand auf die Schulter. »Hochwürden, glaubt mir, ich verstehe ein bisschen mehr vom Reisen und von Weglängen als Ihr. Das Bild bis Mariä Himmelfahrt zurückzubringen ist ohnehin eine Illusion. Ich mache Euch einen Vorschlag. Begleitet Eure Madonna nach Magdeburg. Dortselbst könnt Ihr – von Geistlichem zu Geistlichem – die Angelegenheit mit dem Bischof regeln. Die heilige Kirche kommt zu ihrem Wunder – ob in Lari, Magdeburg oder in Halle, wird sich zeigen. Und das Geschäftliche – nun, das lässt sich dann gewiss auch regeln und aus der Welt schaffen.«

Richard wendet sich an den Adlatus. »Kirstensen, bitte veranlasst, dass diese – Futterkiste wieder in die Obhut der arabischen Pferdewärter kommt und dort verbleibt.«

Francesco wendet sich brüsk ab.

Nun aber, nachdem er Vocke den Händen der Stadtbüttel übergeben hat, kommt Jessen angestapft, und Richard kann sich schon denken, was er jetzt zu hören bekommt. Aber der Himmel hat ein Einsehen. Rettung naht in Gestalt der kleinen Margrete, die mit bis zu den Knien hochgeschürzten Röcken und klappernden Holzschuhen völlig außer Atem angerannt kommt. »Ihr Herren! Ihr Herren! Es ist da!«

»Was ist da?«, fragt Jessen, ungehalten über die Störung.

Margrete japst. »Das Kind! Der Sohn! Der Junge!«

»Wieso? Der Arzt steht doch hier!«, protestiert der Senator. »*Er* sollte doch der Geburtshelfer sein!«

McPherson verkneift sich ein Grinsen. Er kratzt sich am Kopf. »Manchmal little Babys nicht warten auf Doktor!«, murmelt er, und Margrete ergänzt, irgendwie schuldbewusst: »Was sollten wir denn machen? Der Doktor war ja fort! Und als Frau Regina merkte, ihre Stunde ist da, da hab ich eben die Wehmutter geholt.«

»Und? Alles in Ordnung?«, fragt Richard beklommen.

»Es wiegt neun Pfund«, berichtet die Magd, »und es kam so schnell, als wenn die Frau Regina eine Katze wäre, die niederkommt.«

»Rede nicht so despektierlich von deiner Herrin!« Endlich hat Jessen jemanden, an dem er sich abreagieren kann.

Margrete schlägt sich die Hand vor den Mund, aber dann quiekt sie los: »Huch! Jesses und Maria! Nicht doch, Herr Richard!« Denn der junge Vater hat sie herumgewirbelt und ihr einen herzhaften Kuss gegeben. Und dann sieht man von ihm nur noch die Rockschöße. Nichts wie hin zu Mutter und Kind!

Aber so schnell wird der Zutritt nicht gewährt. Denn der Doktor hat den Vortritt.

»Wenn Ihr meinen Eheliebsten dort nicht herausgeholt hättet …« Regina lässt den Satz unvollendet. Sie sitzt aufrecht im Bett, verklärt lächelnd, ihre Finger gleiten sanft über den blonden Flaum des Köpfchens in der Wiege neben ihr. Ihr Sohn schläft satt und zufrieden, nachdem er noch ein wenig gekräht hatte, während McPherson ihn examinierte, nur um festzustellen, dass mit dem Knaben alles zum Besten bestellt sei.

Jetzt sitzt der Doktor auf einem Stuhl neben dem Bett der Wöchnerin. Selbst die treue Margrete haben sie hinausgeschickt, auf dass er seines Amtes als Mediziner walten und sowohl Mutter wie Kind untersuchen könne. Natürlich fand die Kleine das unschicklich. Er attestierte beiden beste Verfassung, was eigentlich klar war. Aber nun haben sie Muße, ungestört miteinander zu reden.

Krähenfüße bilden sich in seinen sommersprossigen Augenwinkeln, als er zu lachen beginnt. »Aber ich nicht habe ihn herausgeholt. Der Pott ist gesunken!«

Reginas Augen weiten sich.

»Well, diese Version Eure Zofe Euch erzählt hat: dass Master Richard wohlbehalten an Land ist, war all right, da Ihr doch eben erst entbunden hattet.« Er legt die Fingerspitzen aneinander, presst die Lippen dagegen und sieht sie spitzbübisch an.

»Wie – der Pott ist gesunken?«

McPherson blickt sie noch einen Moment lang mit funkelnden Augen an. Offenbar macht es ihm Spaß, sie schmoren zu lassen. Schließlich gibt er seine angespannte Haltung auf, lehnt sich locker zurück, schlägt die Beine übereinander und lässt die ganze Geschichte raus: wie er dank der von Regina empfangenen Geldkatze mit Hilfe eines Fischerboots an Bord gelangt sei, wie er dort allerlei Durcheinander und Unmut, jedoch keinen einzigen Kranken vorgefunden habe. Wie er Richard und den in seiner Männlichkeit schwer angeschlagenen Vocke überrascht habe. Und wie dann, nachdem alles aufgedeckt und Vocke als Kapitänsmörder überführt war, eines der Pferde mit mächtigem Tritt das Schiff endgültig und unrettbar Leck geschlagen habe.

»Und wo ist mein Richard jetzt?«, entfährt es Regina.

»Well, er bringt sich recht in Schick und Schale, zu zitieren Euren Herrn Vater«, sagt der Doktor lächelnd, »um Euch angemessen zu treten unter die Augen. And I suppose so, dass die beiden Herren haben eine kleine Unterredung.«

»Ist Jessen sehr erzürnt wegen Richards Eigenmächtigkeit?«

McPhersons Grinsen wird immer breiter. Jetzt mischt sich noch eine Spur Verwunderung in seine Miene: »Nun, war es Eigenmächtigkeit? Ihr selbst doch drängtet ihn zu gehen! Und Ihr mich gebeten, zu folgen ihm!«

»Das ist wohl wahr, aber Jessen …«

McPherson hebt die Hände, um sie zu unterbrechen. »Wir haben gewusst, uns zu ziehen aus der Affäre, und Euch die Schuld zugeschoben.« Er zuckt entschuldigend die Achseln. »Euer Herr Vater wird es doch wohl nicht wagen, Euch zukommen zu lassen ein böses Wort!«

Jetzt muss auch Regina grinsen. »O nein, gewiss, das wird er ganz sicher nicht tun.«

Der Doktor erhebt sich, tritt an das Bett heran und ergreift Reginas Hand. »Ihr seid eine kluge und mutige Lady. I wish you all the best in your life. Und Eurem kleinen Sohn as well. Auf dass Ihr werdet noch viele ebenso kluge und wunderbare Kinder zur Welt bringen!«

Regina sieht den Doktor ernst an. Ihre großen grauen Augen leuchten. »Und ich wünsche mir, immer so einen klugen und besonnenen Helfer zur Hand zu haben, wenn es einmal wieder darum geht, dass mein Gemahl etwas zu unbesonnen handelt.«

McPherson nickt. »Eigentlich ich bin surgeon und nicht detective – aber für eine Frau wie Euch könnte ich alles tun! Ich erlaube mir jetzt, Vater und Großvater hereinzubitten.« Er verbeugt sich, küsst Regina die Hand und verabschiedet sich mit einem verschwörerischen Augenzwinkern.

Keinen Lidschlag später drängen sich Kindesvater und Großvater ins Zimmer, und Richard rempelt den Herrn Senator Jessen respektlos mit dem Ellenbogen. Trotzdem ist Oswald Jessen als Erster zur Stelle bei der Wiege und dröhnt: »Ja, wo ist denn mein kleiner *Oswald*?«

»Ja, wo ist denn mein kleiner *Marcus*?«, echot der Ehemann.

Regina lächelt. »*Oswald Marcus* schläft – aber nicht mehr lange, wenn ihr weiter so laut herumkrakeelt, meine Lieben.«

Von der salomonischen Doppelnamen-Entscheidung seiner Frau einmal mehr beeindruckt, sinkt Richard neben dem Wochenbett in die Knie und küsst Regina hingebungsvoll Hand und Arm und Ellenbogen – und selbst ein so poltriger Kerl wie Jessen räuspert sich verlegen und merkt, dass er im Augenblick fehl am Platz ist.

»Ich gehe also mal!«, schlägt er vor.

»Herr Vater!« Regina lächelt ihr strahlendstes Lächeln. »Könntet Ihr wohl Margrete hereinschicken, damit sie das Kind wiegt – aber nach einer geraumen Weile, bitte.«

MAGDEBURG, ALEMANNS HAUS

Seit drei Tagen schon ist Frau Gesine nicht einmal mehr zur Frühmesse gegangen. Zwar steht sie des Morgens auf, um nach dem Rechten zu sehen, wie es sich für eine gute Hausmutter geziemt, aber schon bald zieht sie sich wieder zurück ins eheliche Schlafzimmer mit der unbenutzten Betthälfte, hockt auf dem Schemel, auf den sich damals Elsabe tröstend an ihre Liegestatt gesetzt hat, lässt den Rosenkranz durch die Finger gleiten, bewegt die Lippen im Gebet. Kaum dass sie einen Bissen Nahrung zu sich nimmt. Ihre Magd muss sie förmlich füttern – hier ein paar Löffel Hirsebrei mit Honig, da eine dünne Scheibe Gerstenbrot – und in den Grenzen des Respekts streng auf sie einreden, damit sie wenigstens einen Schluck Warmbier zu sich nimmt.

Im Haus herrscht Grabesstille. Wie anders?! Die Herrin hat aufgegeben, das spüren sie alle. Und immer, wenn Elsabe wieder einen besorgten Blick in die Schlafkammer geworfen hat und die kleine, in sich zusammengesunkene Gestalt unbeweglich auf ihrem Schemel sitzen sieht, seufzt sie tief auf, schlägt ein Kreuz und murmelt ein Stoßgebet zum Himmel. Denn was soll werden, wenn der Frau, was Gott verhüte, etwas zustößt? Der Sohn und die Schwieger in der Fremde, wer weiß, ob die wiederkommen, der Baas im Kerker … Die gesamte Dienerschaft des Hauses Alemann macht sich große Sorgen. Sie sieht sich schon in alle Winde verstreut.

Sonnenlicht zieht seine streifige Bahn durch den Raum, Donner grollt, Regen prasselt aufs Dach. Aber was auch immer da draußen vor sich geht – Gesine nimmt es nicht mehr wahr. Ihr ist, als würde sie immer tiefer versinken in jenes Dunkel, das sie im Traum heimgesucht hat. Sie kann nicht einmal mehr weinen.

Als sich daher am hohen Mittag des vierten Tages – Elsabe hat vergeblich versucht, ihr eine Hühnerbrühe einzuflößen – im Haus Getümmel regt, Türen schlagen, Füße trappeln, Rufe laut werden, zieht sie nur den Kopf ein, wie sich eine Schildkröte in ihrem Panzer verbirgt. Sie will nichts hören, nichts sehen.

Die Tür fliegt polternd auf.

»Lasst mich in Ruhe!«, sagt Gesine matt.

»Sinchen! Sineken!«

Diese Stimme! Gesine dreht langsam den Kopf, dann springt sie auf, der Schemel kippt um, und die Frau weicht langsam zur Wand zurück.

»Ja, willst du mich denn nicht begrüßen?«

»Gütiger Gott! Kommst du, Abschied zu nehmen?«

Gestützt auf zwei Stadtknechte, steht Marcus Alemann im Türrahmen, Haar und Bart ein wenig verwildert, das Hemd nicht mehr so ganz sauber nach den Tagen, und abgenommen hat er auch (was ja kein Schade ist).

»Abschied nehmen? Ich bin frei, Sinchen!«

Die Alemannin schüttelt den Kopf. »Nein«, sagt sie matt. »Nein, Marcus. Aber wie denn? Du – du warst verloren! Verloren!« Plötzlich schluchzt sie auf, schlägt die Hände vors Gesicht. »Gütiger Gott, mach, dass es wahr ist, dass ich nicht träume!«

Alemann geht auf sie zu, schließt sie sanft in die Arme. »Kein Traum und keine Täuschung, wenn ich auch bis jetzt noch nicht so recht verstanden habe, wieso ich frei bin – so wenig, wie ich begriffen habe, warum sie mich eingesperrt hatten.«

»Halt mich fest!«, murmelt Gesine. »Was gibt es da zu begreifen. Gott hat uns nicht verlassen, das ist alles, was ich weiß!«

»Richard wird in Kürze auch hier sein, wenn er alles erledigt hat – er bringt gute Kunde aus Hamburg. Unser Enkel ist da. Ein Sohn.«

»Wo kommt Richard her – ich – ein Sohn …« Und plötzlich rutscht sie in den Armen ihres Mannes zusammen wie ein Bund Garben.

»Um Himmels willen! Elsabe, Marei, Mieke!«

Er muss nicht lange rufen. Das Hausgesinde hat sich vollständig auf der Treppe versammelt, und Elsabe drängt sich energisch nach vorn, klopft ihrer Frau die Wangen, rüttelt sie.

Nein, Gesine Alemanns Ohnmacht ist nicht von langer Dauer. Es war nur ein Moment, ein Moment, in dem alles auf Neuanfang ausgerichtet wurde. Sie erhebt sich, rückt die Haube zurecht und löst sich aus den Armen des besorgten Hausgesindes. »Marcus, du musst ins Bad. Geschwind, Wasser heiß gemacht, bereitet dem Herrn den Zuber. Mieke, hol frische Wäsche und schickt nach dem Bader, damit dem Baas eine reputierliche Haartracht verpasst wird! Ich gehe in die Küche – eine gute Fleischbrühe ist ja wohl im Haus, nicht wahr, Elsabe …«

»Willst du nicht wissen, was geschehen ist?«

»Eins nach dem anderen. Erst die Sorge um dein Wohl, Liebster. Und dann werdet Ihr mir schon berichten.«

Sie eilt an dem verblüfft murmelnden Ingesinde vorbei nach unten, mit ihren kleinen, schnellen, energischen Schritten, greift im Vorübergehen das Schlüsselbund, das sie neben dem Bett abgelegt hatte – Zepter ihrer hausfraulichen Gewalt. Ist wieder die, die sie war.

Marcus richtet ein bisschen betäubt den Schemel auf, auf dem sie bis eben noch gehockt hatte wie eine kranke Taube. Er setzt sich hin und wartet. Alles ist ihm ja auch noch nicht klar …

ELBAUFWÄRTS. EIN RÜCKBLICK

Was war geschehen?

Richard war nicht viel Zeit geblieben, sich am Anblick seines Sohns und seiner jungen Frau zu ergötzen. Unverzüglich wurde er losgeschickt als Bevollmächtigter des Hamburger Senats und als Anführer des Geleitzugs, der den Elbkahn flussaufwärts im Auge behalten sollte – die Gegend war zwar nicht unbedingt unsicher, aber ein bisschen Imponiergehabe hatte noch keinem geschadet.

Und so findet er sich denn, versehen mit allen möglichen Schreiben und Urkunden, an der Spitze einer Reitergruppe wieder, die – höchst verkehrte Welt – ein Flussschiff mit ein paar anderen Reittieren begleitet, die so wertvoll sind, dass man sie vielleicht beim Überlandtransport stehlen könnte, und einer Futterkiste, von der nun einige Leute wissen, dass sie mehr enthält als einen Rest Gerste und ein scheußliches Bild. Und zumindest einem von denen läuft die Zeit davon, denn bis Mariä Himmelfahrt kommt das Ding ja wohl kaum mehr nach Welschland. Richard ist schon gespannt, was dem einfallen wird …

Nun gut, eilig haben sie es alle. Jussuf aus Sorge um die Tiere, Richard aus Sorge um den Vater. Also tut man alles dafür, so schnell es geht, von der Stelle zu kommen.

Richard ist in seinem Element. Dergleichen zu planen und zu richten, das hat er in seinen weitläufigen Reisen gelernt. Er reitet vor, kümmert sich um Proviant und Quartier, mietet Allmenden, damit die Tiere zwischendurch ein- oder zweimal grasen, besorgt Treidler oder Gespanne, das Schiff zu ziehen, falls Flaute einsetzt – aber bisher bläst ein braver Nordwestwind und bläht die Segel, sodass es auch gegen den Strom gut vorwärts geht.

Und als schließlich in befriedigend kurzer Zeit die Umrisse der guten Stadt Magdeburg am Horizont auftauchen, ist er voller Hochgefühl. Schade, dass gerade am letzten Tag das Wetter umschlägt. Der schöne Nordwestwind flaut ab, und die letzten Meilen muss das Schiff von Treidlern gezogen werden.

Während sie näher kommen, baut sich hinter den Türmen der Stadt eine blauschwarze Gewitterwand auf, und Richard kann sich nicht verhehlen, dass es ihm ein gewisses Hochgefühl bereitet, mit Donner und Blitz als der Richter und Rächer daheim einzuziehen.

Ihre Ankunft bleibt nicht unbemerkt; vor allem die donnernde Kavalkade des Geleitzugs zu beiden Uferseiten erregt die Aufmerksamkeit der Städter. Und während der Lastkahn mit aller gebotenen Vorsicht ins Hafenfahrwasser manövriert und sich der Himmel über der Stadt verdunkelt, versammelt sich immer mehr Volk am Elbkai.

Richard, der abgesessen ist und die Landung vom Ufer her überwacht, stellt befriedigt fest, dass er nicht allzu große Anstrengungen wird unternehmen müssen, das in die Wege zu leiten, was notwendig ist, denn das gesamte Personaggio findet sich am Hafen ein: Richter Thalbach und Bürgermeister Horn samt einigen Schöffen und Stadtwache eilen herbei – in der Hoffnung, dass denn endlich der Zwist mit dem hochwürdigen Herrn Bischof ein Ende findet, so oder so! Und natürlich die gebieterische Gestalt des Hallenser Kaufherrn Gervinus in seinem Zobelpelz, der sich rücksichtslos einen Weg durch die Menge bahnt, das Gesicht glühend vor Ungeduld.

»Endlich!«, herrscht er Richard an. »Für jemanden, der das Leben und die Freiheit seines Vaters in Händen hält, habt Ihr Euch allerdings erstaunlich viel Zeit gelassen, junger Herr Alemann!« Der Wind, der jetzt aufkommt, zerzaust sein Haar. Groß und breit und stattlich steht er da und späht mit gerecktem Hals hinüber zum Schiff, wo die Knechte gerade die Planken auslegen.

»Es gab Umstände, Herr Gervinus!«, sagt Richard gelassen

und nähert sich den Notabeln der Stadt, um ihnen seine Dokumente zu übergeben. Redet weiter über die Schulter hinweg: »Pocken an Bord, verehrter Herr, die sich dann nur als Feuchtblattern herausstellten. Und ein toter Kapitän.«

»Bedauerlich.« Gervinus zuckt mit den Schultern. »Aber ich habe einen fähigen Nachfolger an Bord der ›Santa Anna‹.«

Thalbach hat das Siegel der Hamburger Papiere erbrochen und studiert jetzt mit gerunzelter Stirn den Inhalt, und der Bürgermeister sieht ihm über die Schulter. Eine Windbö rüttelt an dem Dokument.

Richard behält die Herren im Auge, während er Gervinus antwortet: »Falls Ihr Euren Steuermann Vocke meint – der liegt gefänglich zu Hamburg im Stockhaus.«

»Junger Mann, Ihr faselt!« Gervinus wendet sich mit einer hochfahrenden Bewegung ab.

Inzwischen ist der Steg ausgelegt. »Bringt die Tiere von Bord!«, ruft Richard, die hohlen Hände als Sprachrohr an den Mund gelegt. Er lässt den Kaufmann nicht aus den Augen.

Staub wirbelt auf, und von fern grollt der erste Donner. Die Leute sehen sich nach einem Unterstand um oder ziehen sich schon mal vorsichtshalber Schürzen, Tücher, Mützen über den Kopf.

Ein Ruf von hinten. »Wartet noch!« Im Laufschritt nähert sich die bischöfliche Leibwache, in ihrer Mitte eine geschlossene Sänfte – der hohe Herr will es sich einerseits nicht nehmen lassen, der Ankunft der begehrten Ware beizuwohnen, hat aber andererseits keine Lust darauf, sich irgendwelchen bösen Attacken aus der Bevölkerung auszusetzen. Drei seiner Berater sind bei ihm, darunter auch von Angern.

Die Sänfte wird direkt an der Hafenmauer abgestellt. Das bleiche, spitznasige Gesicht des jungen Bischofs zeigt sich zwischen den Vorhängen.

»Vorwärts!« Die nächsten Donnerschläge.

Der Erste, der über den schwankenden Laufsteg gewatschelt kommt, ist ein Priester – Richard hört den unterdrückten Ausruf von Gervinus, er steht so nah bei ihm, dass er sieht, wie dessen Wangenmuskeln zu zucken beginnen. Der geistliche Herr wirft dem Kaufmann einen vernichtenden Blick zu, nähert sich der Sänfte des Wettiners und küsst die dargebotene Hand mit dem Hirtenring. Was er mit den Männern um den Bischof redet, kann man im Fauchen des Sturms nicht verstehen.

»Die Ware!« Das ist die schrille Stimme des jungen Bischofs.

»Herr!«, schreit Richard gegen den Sturm an. »Wartet, bis das Gewitter vorüber ist. Nicht dass die Tiere nun zum Schluss noch scheuen …«

»Die Ware!«

In dem Augenblick bricht der Regen los. Es schüttet wie aus Kannen, kaum dass man die Hand vor Augen sehen kann. Richard stürmt den Steg hoch, vorbei an den Schiffsknechten. Das ist Wahnsinn! Jussuf und die anderen arabischen Pferdewärter können unmöglich diese nervösen Tiere jetzt von Bord bringen! Ihm dicht auf den Fersen sind vier der Waffenknechte des Bischofs. Offenbar sind sie angehalten, den Befehl ihres Herrn durchzusetzen, auch wenn er wider alle Vernunft ist!

Unterm Grollen des Donners und dem Zucken der Blitze eilt Richard mit wehendem Mantel zu dem jungen Scheichsohn, der sich mit Ibn-Kaidaal abmüht. – Man hatte den Hengst als Ersten an Bord gebracht, was nun zur Folge hat, dass man ihn als Letzten vom Schiff führen will. Das aber passt dem Herrn der Herde überhaupt nicht, dass man seine Stuten von ihm fortschafft, während er sich noch gedulden soll. Und da ist selbst Jussuf überfordert, den bockenden, schlagenden Hengst unter Kontrolle zu halten. Schließlich ist der Gang über den Steg an Land unter solchen Umständen ein recht heikles Geschäft.

Im trüben Licht des Gewitters, von peitschendem Regen fast geblendet, tappt Richard über die klitschnassen, glitschigen Planken des Schiffsdecks, rutscht aus, stürzt beinahe hin. Die verdammte Kiste! Offenbar der Weisung des geistlichen Herrn gehorchend, haben die Beschützer des Bischofs dies Ding an

Bord gehievt – aber da sie nichts von seiner Bedeutung wissen, es erst einmal am Dollbord gegenüber dem Steg abgestellt.

Mühsam rappelt Richard sich auf, will weiter – aber plötzlich ist da vor ihm der sich aufbäumende Hengst, die durch die Luft wirbelnden Hufe sind bedrohlich dicht vor seinen Augen. Jussuf kann das Tier nicht mehr halten. Richard taumelt rückwärts, rudert mit den Armen – und verliert völlig das Gleichgewicht. Er greift nach irgendetwas, um sich festzuklammern, aber dies Etwas gibt nach.

Inmitten strömenden Regens stürzt Stadtschreiber Richard Alemann in die Elbe, und ihm hinterher klatscht die berühmte Kiste ins Wasser und treibt auf den Wellen, um dann mit glucksendem Geräusch zu sinken. – Zum Glück kann Richard schwimmen.

Als er prustend und japsend an Land klettert, sieht er Don Francesco am Ufer knien. Der Bischof schreit einen Befehl, aber der Geistliche winkt ab.

»Sorgt Euch nicht, Eminenz!«, ruft er gegen das Tosen der Elemente an. »Die wundertätige Madonna von Lari kann nicht untergehen!«

Aber wie sich herausstellt – sie kann.

Während alle wie gebannt auf die Fluten der Elbe starren und auf das Wiederauftauchen der Kiste warten, tritt Jussuf an seinen pudelnassen Freund heran. »Richard!«, sagt er leise. »Diesmal kommt sie nicht wieder hoch. Sie ist ja voll.«

»Was meinst du mit voll?«

»Ich habe sie bis zum Rand mit Gerste gefüllt. Für Ibn-Kaidaal.«

»Aber das Wunderbild ...«

Jussuf macht eine verächtliche Gebärde. »Allah ist groß – aber Bilder von Christen, die Wunder tun – die gibt es nicht auf Gottes Erde.«

Richard legt den Finger auf den Mund. »Verrate das nicht mit der Gerste – du könntest Ärger bekommen.«

Jussuf grinst. Die beiden jungen Männer stehen nebeneinander und beobachten, wie zwei geistliche Herren auf das Auftauchen einer Kiste warten, die unwiederbringlich im trüben Schlamm des Elbgrunds versunken ist …

Und noch jemand starrt mit zunehmender Nervosität aufs Wasser. Philipp Gervinus. Gervinus, der begreift … Er windet sich aus den Händen der Stadtknechte und bahnt sich hastig einen Weg zur bischöflichen Sänfte. Im strömenden Regen kniet Gervinus vor Ernst von Wettin.

»Gnädiger Herr! Ihr werdet nicht zulassen, dass ich der Willkür dieser Krämer ausgeliefert werde! Alles das sind schändliche Lügen! Ich habe Euch treu gedient!«

Wettins Augen gehen hin und her zwischen von Angern und Don Francesco. Er zögert mit der Antwort. Dann sagt er kalt: »Ihr habt mit unredlichen Mitteln gearbeitet. Wir alle werden nun Mariä Himmelfahrt nach altgewohnter Weise feiern müssen – und Gott wird das Fest uns segnen. Ihr, Gervinus, seid aus meinem Dienst entlassen. Für Eure Verfehlungen verantwortet Euch vor dem weltlichen Gericht.«

Er will den Vorhang seiner Sänfte schließen, aber von Angern beugt sich zu ihm und tuschelt etwas an seinem Ohr.

Der Bischof wirkt indigniert. Aber dann nickt er und verkündet zwischen zwei Donnerschlägen: »Ich lasse diesen Magdeburger frei. Man sagt mir, er war's nicht. Ich reise morgen ab und verzeihe der Stadt.«

Der aufbrausende Jubel ist echt – ob er der Tatsache der Freilassung gilt oder der Abreise, bleibt ungewiss.

Noch einmal erschüttert ein Donnerschlag die Luft, zuckt ein gewaltiger Blitz.

Richard, nass wie eine Wasserratte und erleichtert wie ein Gaul ohne Sattel, stellt fest: Gervinus ist verschwunden.

»Es ist, als wenn jemand einen Spuk verjagt hat! Dieser Bischof, vor dem wir uns alle so gefürchtet haben – er ist einfach weg. Aufgebrochen mit seinem ganzen Hofstaat und seinen arabischen Gäulen, zurück nach Halle, und Magdeburg schiebt er einfach beiseite, wie man ein Kartenspiel aus der Hand legt, das einen langweilt. Ich meine, wir können ja nur von Glück sagen«, bemerkt Richard. Er sitzt Bürgermeister Horn gegenüber und hat von seiner Mission berichtet. Außerdem lässt er sich den Würzwein schmecken, den der Magistrat der Stadt dem erfolgreich heimkehrenden Sohn spendiert hat.

Horn streicht sich den Schnurrbart. »Wenn Ihr wüsstet, Herr Stadtschreiber, was wir uns für Sorgen gemacht haben! Wir sahen uns schon geknebelt und geknechtet wie die Hallenser. Aber nun – gelobt sei Gott, dass sich der junge geistliche Herr jetzt erst einmal auf eine Auseinandersetzung mit der Kurie einrichten muss. Ein wundertätiges Marienbild gewaltsam entführen zu lassen, nur um seinen eigenen Stellenwert im klerikalen Gemenge zu verbessern – so etwas hat eben nur Effekt, wenn es nicht herauskommt. Ernst wird Schwierigkeiten in Rom bekommen, nehme ich an.«

»Ja«, sagt Richard. »Aber letztlich wird ihm außer einer milden Abmahnung nichts geschehen. Eine Krähe hackt der anderen kein Auge aus. Und er wird gewiss alles auf Gervinus schieben, den ungetreuen Diener, der all diese Verbrechen ohne sein Wissen vollführt hat. – Gibt es von dem eigentlich eine Spur?«

Horn schüttelt den Kopf. »In der Verwirrung dieser gewittrigen Stunde ist er irgendwie entkommen. Aber wie sagt doch das Sprichwort: ›Gottes Mühlen mahlen langsam, mahlen aber trefflich fein.‹ Gewiss wird ihn die gerechte Strafe ereilen. Wie geht es eigentlich Eurem Vater?«

»Ich hoffe, er hat das alles gut überstanden. Schlimmer als die Gefangenschaft selbst war ja die Ungewissheit und die Schande …«

»Bestellt ihm von einem ehrenfesten Rat der Stadt – seine Dignität als Schöffe ist unbeschadet. Wir wissen, dass eine üble Intrige hinter seiner Gefangenschaft steckte, und ehren und achten ihn nach wie vor.«

»Das zu hören wird ihn freuen«, sagt Richard und erhebt sich. Er lächelt. »Es ist ja nun schon so, dass die Alemanns den Karzer hierorts als Dauergäste beehren!«

Horn lächelt schief, und Richard ist klar: Trotz aller gegenteiligen Beteuerungen – semper aliquid haeret. Immer bleibt was haften. Die Würde der Alemanns hat ihren Fleck weg. Er verneigt sich vor dem Bürgermeister. »Gnädiger und gestrenger Herr – gebt mir Urlaub. Ich will mich um meine Familie kümmern.«

Horn winkt Gewähren.

MAGDEBURG, ALEMANNS HAUS

»Ein brauner Kerl ist hier gewesen und hat nach Euch verlangt!«, berichtet Elsabe, während sie Richard aus dem Stadtschreibertalar hilft. »Er hat gesagt, er sei Euer Freund.«

»Jussuf?« Richard dreht sich lebhaft zu der Magd um. »Wo ist er? Ich hoffe, du hast ihn bewirtet, wie es einem Gast zukommt?«

Elsabe schüttelt den Kopf. »Ging nicht. Der hat nur ausrichten lassen, dass er für die angebotene Gastfreundschaft dankt, aber seinen Gaul nicht im Stich lassen kann«, sagt die Alte und fügt grämlich hinzu: »Ihr hattet doch nicht ernsthaft vor, den Heidensohn bei uns im Haus einzuquartieren?«

»Und ob ich das vorhatte!«, entgegnet Richard schroff. Er geht an ihr vorbei, und Elsabe sieht ihm kopfschüttelnd nach. Was für fremdartige Bräuche die jungen Leute so ins Haus bringen! Ein Glück, dass der Heide gar nicht bleiben wollte. Trotzdem: Das Gästezimmer kann man ja instand setzen. Wer weiß, wen der junge Herr noch anschleppt und beherbergen will.

Vor der Tür des Schlafraums der Eltern hält Richard inne. Er hat schon die Hand erhoben und den Finger gekrümmt, um anzuklopfen, als seine Mutter herauskommt. Ihr blasses Gesicht strahlt vor Glück, als sie ihren Sohn sieht.

»Wie geht es dem Vater?«, fragt Richard besorgt. Gesine schließt leise die Tür zum ehelichen Schlafgemach hinter sich. Sie lächelt. »Er liegt in seinen Daunendecken und Leinenlaken, gewaschen und rasiert und in einem frischen Hemde, und schläft wie ein Kind«, sagt sie mit einem Seufzer der Erleichterung. »Die Tage im Kerker haben ihn zwar mitgenommen, aber zumindest hat man ihm nichts Qualvolles zugefügt, und mit Speis und Trank wurde er versorgt. Wie's scheint, hatte

Bischof Ernst kein sonderliches Interesse daran, ihm etwas anzutun und sich an seinem Leid zu weiden – er hatte anderes im Kopf.«

Richard setzt zu einer Antwort an, aber just in diesem Augenblick poltert Elsabe die Stiege herunter, als sei ihr der Teufel auf den Fersen. Ihre Augen sind schreckgeweitet. »Dort oben! Dort oben ist er!«, stammelt sie.

»Wer ist dort oben?«, fragt Richard mit gerunzelter Stirn.

Elsabe scheint ihn gar nicht zu hören, umklammert mit beiden Händen den Arm der Alemannin. »Wie er hereingekommen ist – das weiß der liebe Himmel! Es muss wohl in dem ganzen Trubel gewesen sein, als sie den Baas gebracht haben – die Haustür stand offen –, da muss er durchgeschlüpft sein. Gütiger Gott, dieser Schreck!«

»Wovon redest du denn bloß, Alte?«

»Er hockt in seinem Quartier, wo er als Gast war, als wenn er nie fort gewesen wäre, Frau! Ich hab gedacht, mich rührt der Schlag, als ich die Tür da aufsperre, um frische Wäsche aus der großen Truhe zu holen, und da sitzt er einfach bei einem Wein …«

Richard fasst die Magd an den Schultern und rüttelt sie. »Wer, in drei Teufels Namen, sitzt da?«

»In drei Teufels Namen – na, er doch! Gervinus!«

Gesine entfährt ein Aufschrei.

Richard schüttelt den Kopf. »Hat er den Verstand verloren? Er kann doch nicht denken, dass ihm das Haus Alemann Zuflucht gewährt!?«

»Das weiß ich nicht, Herr Stadtschreiber! Aber er sitzt da, so wahr ich lebe, und sagt zu mir so freundlich, wie er damals war, als er hier gewohnt hat: ›Nun, Elsabe, es wird ja Zeit, dass sich jemand um mich kümmert. Ich wünsche die Frau zu sprechen. Wenn sie denn so gut wäre, zu mir zu kommen.‹« Elsabe schluckt vor Aufregung, hustet, krümmt sich.

Richard greift nach seinem Dolch. »Ist er bewaffnet?«

»Er trinkt Wein, Herr!«

»Man kann gleichzeitig Wein trinken und bewaffnet sein, Frauenzimmer!« Richard sieht sich um, wendet sich zum Hof, wo Lukas Holz stapelt. »Lukas, schnell! Hol die Stadtwache. Der Kaufmann Gervinus hat sich bei uns eingeschlichen. Sie können ihn hier in Gewahrsam nehmen. Und lass alle Knechte des Hauses sich bewaffnen.«

Lukas ist schon auf den Beinen.

Gesine strafft sich, rückt ihr Schultertuch zurecht. »Komm, Richard.«

»Was hast du vor, Mutter?«

»Er will mich sprechen. Das soll er. Begleite mich, bitte.«

Richard blickt seine Mutter an, will etwas sagen. Aber dann sieht er die Entschlossenheit in ihren Augen. Er schlingt den Arm um sie, hält die Waffe vor sich, und so gehen Mutter und Sohn die Treppe hinauf, und Richard stößt die Tür mit dem Fuß auf.

»Ihr hättet auch klopfen können!«, sagt Philipp Gervinus. Seine Stimme klingt friedlich, ohne Aufregung. Er sitzt im Schatten, zurückgelehnt, hat die Beine übereinander geschlagen, und in der Hand hält er einen Zinnbecher. Auf dem Tisch steht eine bauchige Kanne, die er offenbar genauso wie diesen Becher mitgebracht hat, und ein schönes Glas, gefüllt mit dunklem Wein.

Gesine schmiegt sich fest an ihren Sohn – ihr ruhiger Mut scheint auf einmal vergangen, als sie dieses Mannes ansichtig wird, der da so gelassen, so wohl gestaltet und ansehnlich sitzt, als wäre er zu einer Plauderei gekommen.

»Halunke! Was erlaubt Ihr Euch, hier einzudringen?«

»Früher war ich gern gesehener Gast in diesem Haus. Da dachte ich, für ein letztes Stündlein könnte ich mich wohl selber einmal einladen«, erwidert der andere und nimmt einen Schluck aus seinem Becher. »Auf Euer Wohl, Frau Gesine!«

»Die Wachen sind schon unterwegs!« Richards Augen funkeln vor Zorn. Gervinus zuckt die Achseln. »Was wollt Ihr von meiner Mutter?«

»Einfach nur Lebewohl sagen«, entgegnet der Kaufmann. »Und mein Bedauern zum Ausdruck bringen, dass mein schöner Plan zunichte gemacht wurde.«

»Euer schöner Plan? Ihr meint die ausgeheckten Verbrechen?«

»Sowohl für Verbrechen als auch für große Taten braucht man Pläne, junger Herr Alemann. Und ich rühme mich, davon etwas zu verstehen. Wollt Ihr nicht Platz nehmen, teure Frau und Herr Stadtschreiber? Ich würde mich zum Schluss gern erklären.« Er lächelt.

»Ich denke, wir können's auch im Stehen anhören, wenn es denn sein muss«, erwidert Richard kalt. »Aber beeilt Euch, eh sie Euch wegholen. Sagt uns, was für eine Schandtat Ihr ausgeheckt hattet, und warum.«

»Über das Warum ahnt zumindest Eure Frau Mutter vielleicht etwas.« Er hebt den Becher gegen Gesine, prostet ihr zu. »Übrigens, es tut mir Leid, dass ich die schwarze Kathrine umbringen musste. Von Eurer Verwandtschaft wusste ich ja nichts. Aber was blieb mir übrig? Sie hätte alles verraten. Schließlich habe ich über sie den gedungenen Mörder an Land gezogen.«

»Was für ein Teil der Geschichte ist das jetzt?«, fragt Richard irritiert.

Gervinus zieht die Brauen hoch. »Eure Frau Mutter wird Euch berichten, denke ich. Aber lasst uns nicht bei solchen Einzelheiten bleiben. Hattet Ihr nicht selbst gesagt, die Zeit drängt? Ja, ich wollte etwas Großes.«

»Etwas Großes? Ihr seid nichts als ein gemeiner Schurke! Mein Gott, ich hatte Euch für einen ehrbaren Kaufherrn gehalten!«

»Wo ist der Unterschied zwischen dem Tun eines ehrbaren Kaufherrn und dem eines Schurken? Die Grenzen verschwimmen. Wie oft muss man, um seinen Gewinn zu machen, mit Härte gegen einen Rivalen vorgehen, wie oft muss man schnell und rasch zuschlagen, ehe einem der Nächste zuvorkommt, wie oft jemanden beiseite schaffen – ob man ihn nun ruiniert oder ihn in die seligen Urständ befördert –, irgendwann gilt das gleich. Ich habe lange Zeit mit Verstand und Mut und Glück meine Arbeit getan. Ich wusste, wo Barthel den Most holt, ich bin der Besten einer. Aber da gab es zwei Dinge, die ließen mich nicht los. Das eine liegt Jahre zurück und hat mich in der Seele gekränkt. Das zweite hängt mit diesem Hundesohn von Bischof zusammen – ich hoffe, wir werden uns in der Hölle begegnen.«

Er nimmt wieder einen Schluck aus seinem Becher. »Ihr wisst es ja wohl inzwischen, Gesine – das Erste hat mit Euch zu tun. Als Ihr damals in Halle mein Werben zurückwiest, als Ihr den anderen nahmt und mit ihm davonzogt nach Magdeburg und mich, den armen Schlucker, sitzen ließet, obwohl wir einander schon so gut wie versprochen waren ... Nein, unterbrecht mich nicht! – Wir waren verlobt – da ging in mir etwas entzwei. Unversöhnlichen Hass schwor ich meinem Rivalen und gelobte mir gleichzeitig, irgendwann, komme, was wolle, Rache zu nehmen und die Braut, *meine* Braut, zurückzuerobern. Da spielen die Jahre keine Rolle.

In Welschland sagen sie: Rache ist ein Gericht, das kalt genossen am besten schmeckt. Wie Recht sie doch haben! Ich vergrub meinen Groll und meine Kränkung tief in meinem Herzen. Machte dem Alemann allezeit ein freundliches Gesicht, trieb mit ihm Handel, kehrte bei ihm ein, und der Tor war einfältig genug, mich nicht nur für seinen Handelspartner, sondern gar für den besten Freund zu halten. Wie blind das menschliche Geschlecht doch ist! Auf Euer Wohl, geliebte Gesine!«

»Nennt mich nicht so!«, sagt die Alemannin, ihre Stimme klein vor Entsetzen, und schmiegt sich in die Arme ihres Sohns. »Von Anfang an habt Ihr ein übles Spiel getrieben mit uns!«

»Ein Spiel, ja, aber warum übel? Mag sein, dass es für Euren Klotz von Eheherrn eine Zeit lang nicht gar so rosig aussah – aber für Euch, Gesine, das müsst Ihr mir glauben, habe ich stets nur die besten Absichten gehabt!«

»Was für eine Ungeheuerlichkeit …«

»Lass ihn sprechen, Mutter!«, mahnt Richard leise und zieht Gesine fester an sich.

»Ja, lasst mich sprechen, so lange ich's noch kann.« Wieder nippt Gervinus am Becher. »Das dauerte nun so seine liebe Zeit. Und irgendwann war ich reich und mächtig. Alles lief gut – dann setzten sie diesen geisteskranken jungen Mann zu Halle als Erzbischof ein, und er begann uns alle mit der Knute zu regalieren. Halle musste die Hanse verlassen! Für einen Mann wie mich, der auf den Fernhandel und die Vorteile eines solchen Bündnisses angewiesen ist, kam das fast dem Ende gleich. Aber ich war geschickt und geschmeidig genug, um nicht wider den Stachel zu löcken und mich einzuschmeicheln. Bei den Mächtigen der Welt erreicht man nichts, wenn man ihnen nicht den Pantoffel küsst und zusieht, dass man ihren Launen dient. So wurde ich des verhassten, bösartigen Knaben Hoflieferant für edle Pferde aus dem Orient und sonst noch für dies und das, womit er sich schmücken und seinen krankhaften Geltungstrieb befriedigen konnte.«

»Wundertätige Bildnisse zum Beispiel!«, wirft Richard ein, und Gervinus streift ihn mit einem schrägen Blick voller Abneigung.

»Zum Beispiel. Nur dass dieses wundertätige Bildnis, das zu erlangen ich vor nichts zurückgeschreckt hatte, dort, wo es herkam, einen weitaus höheren Preis erzielte, als mein launischer Bischofsjunge mir anzubieten bereit war. Ernst zog nach Magdeburg. Und das war der Augenblick, wo ich es erkannte: endlich! Die Stunde war da. Alles hatte das Schicksal in meine Hand gegeben, alles fügte sich zusammen. Nun hatte ich drei Ziele, und alle konnte ich auf einen Streich verwirklichen. Ich konnte den Bischof umbringen lassen und damit sowohl meine Heimatstadt als auch Handel und Wandel von unerträglichem Zwang befreien und gleichzeitig mein kostbares wundertätiges Bild an den Meistbietenden verkaufen. Ich konnte den Mord an Ernst meinem alten Rivalen in die Schuhe schieben und ihn damit aus dem Weg räumen, und ich konnte schließlich Gesine gewinnen. Denn ich liebe sie noch immer.«

»Wie könnt Ihr es wagen ...«

»Mutter, so lass ihn doch sprechen!«

»Ja, Gesine. Was für ein Wesen Ihr doch seid! Welch ein sanfter Mut, welche Standhaftigkeit und Beharrlichkeit, welche Eingebung und welche Kraft des Verstandes, und das alles nur – verzeiht schon! – wegen des Schöffen Marcus Alemann!« Er spricht den Namen mit verzogenen Mundwinkeln aus, und das erste Mal flammt so etwas wie Hass über sein im Halbdunkel liegendes Gesicht. »Glaubt mir – Ihr hättet ihn vergessen. Hättet getrauert nach seinem Tode und wäret nach einem sittsamen Witwenjahr die meine geworden, in Halle, einer Stadt, die nach dem Tod des Bischofs wieder Mitglied der Hanse ...«

»Gervinus!« Jetzt mischt sich Richard ein, mit hoch erhobener Hand. »Gervinus! Kommt zu Euch! Was redet Ihr da? Der Bischof ist nicht tot! Der ganze Plan war schon da beim Teufel! Euer Anschlag ist missglückt!«

»Missglückt. Ja«, bestätigt der Kaufherr und nimmt wieder einen Schluck aus seinem Becher. »Mir wird kalt«, murmelt er. »Ich sollte mich beeilen.« Er streift Richard mit einem Blick. »Der Bischof lebt. Aber wenigstens Alemann wäre aus dem Weg gewesen. Hingerichtet als Attentäter und mit mir als Zeugen für das Komplott, das er geschmiedet hat.«

»Und Ihr?«, fragt Gesine tonlos. »Wie hättet Ihr weiterleben können mit diesem Verbrechen auf dem Gewissen? Und gar an meiner Seite, wie Ihr es plantet? Wie hättet Ihr mich denn anschauen wollen Tag für Tag, ohne an Eure Schandtat erinnert zu werden – vorausgesetzt, ich wäre wirklich die Eure geworden?«

»Man kann auch mit einem Stein im Schuh laufen«, sagt der Kaufherr und zieht seinen Mantel fester um die Schultern. »Verzeiht, ich bin ein wenig müde.« Er legt seine Beine auf einen Schemel neben dem Sitz, indem er sie mühsam mit der Hand anhebt, als seien sie mit Gewichten belastet, und lehnt mit einem tiefen Ausatmen den Kopf zurück. »Wollt Ihr auch von dem Wein? So nehmt Euch. Freilich, er ist ein wenig bitter.« Er lächelt. Die beiden Alemanns rühren sich nicht.

Richard fragt leise: »Was wäre mit dem Bild geschehen?«

»Das Bild?« Gervinus beginnt zu lachen. »Aber Bischof Ernst hatte doch nicht die geringste Ahnung, wie das eigentliche Bild aussieht! Und von Kunst versteht er so viel wie die Pferde, die die Gerste aus diesem Kasten gefressen haben. Ich hätte ihm diese lausige Kleckserei als das wundertätige Gemälde angedreht, und bevor ihm klar geworden wäre, dass dies Geschmier genauso wenig Wunder wirkt wie eine Kinderkritzelei auf einer Schiefertafel, wäre ich mit dem richtigen Bild schon über die Alpen gewesen. Und mit ein bisschen Glück hätten den Bischof seine neuen Pferde zu Tode getrampelt, und ich wäre dann zurückgekommen, mir meine Braut zu holen. Gesine!« Er nimmt noch einen tiefen Schluck aus dem Kelch.

»Ihr seid nicht mehr bei Verstand, Gervinus!«, sagt Richard leise.

»Alles war geplant, alles! Wer kann ahnen, dass der Dilettantismus des Pöbels so groß ist und Fortuna so blind! Ein Schütze, der nicht trifft, ein Steuermann, der beim Beseitigen des Schiffsführers Spuren hinterlässt, ein Kapitän, der Feuchtpocken hat, ein tumber Kerl von Knecht, der merkt, dass ich unter meinen Sachen Gewandung habe, die dem des Mannes gleicht, der doch gar nicht sein Herr ist – und schließlich ein Stadtschreiber, der eine Kiste in der Elbe versenkt! Nein, es lag nicht an mir!«

Ein Schauer läuft durch seinen Körper. Er klappert mit den Zähnen.

»Sagt, was Ihr von uns wollt – Euch bleibt nicht viel Zeit. Jeden Augenblick können die Häscher diese Treppe hinaufkommen.«

»Sie werden mich nicht antreffen«, erwidert Philipp Gervinus. Seine Sprache ist seltsam undeutlich inzwischen. »Was ich von Euch wollte – ach, eigentlich nichts. Den Mann sehen, der meine Pläne vereitelt hat. Und Abschied nehmen von der Frau, die Eure Mutter ist, Richard. Wollt Ihr, liebe Gesine, mir nicht Bescheid tun, um der Liebe und Barmherzigkeit Christi willen und wegen dessen, was einmal zwischen uns war?« Er weist mit träger Hand auf den Tisch, wo das Glas voll dunklen Weins steht.

Gesine löst sich langsam von ihrem Sohn. Ihre Augen schimmern feucht. »Ihr hattet zwar abscheuliche Absichten, aber Gott der Herr hat das Schlimmste vereitelt. Und das weltliche Gericht wird Euch der gerechten Strafe zuführen. So will ich Euch vergeben, Philipp. Zumindest dass Ihr mich so sehr geliebt habt, lässt auch auf die Gnade des Allmächtigen hoffen.« Sie streckt die Hand nach dem Glas aus, und Gervinus hebt mit verzerrtem Lächeln seinen Becher mit beiden Händen an die Lippen.

Mit einem Schritt ist Richard am Tisch, nimmt der erschrockenen Gesine den Kelch ab und riecht daran. Dann schleudert er ihn mit einem lauten Aufschrei in die Ecke. Das Glas zerbricht, die dunkle Flüssigkeit ergießt sich über den Estrich. Ein stechender Geruch verbreitet sich im Raum.

»Großer Gott, was ist das?«

»Schierling«, sagt Gervinus. Schaum tritt über seine Lippen, und sein Körper verbiegt sich im Krampf. »Schade – so muss ich doch allein gehen«, bringt er hervor und ringt nach Atem. »Gott, wie schön Ihr seid – um Euren Kopf ist ein goldener Schein …« Er sinkt röchelnd in sich zusammen.

Gesine schlägt die Hände vor die Augen. »Er stirbt, Richard!«

»Ich glaube, das ist das Beste, was er tun kann«, sagt der junge Alemann hart und schlingt den Arm schützend um seine Mutter. »Diese Bestie wollte dich schließlich auch noch vergiften, wollte dich mitnehmen in den Tod. Weine nicht, Mutter. Er ist deiner Tränen nicht wert.«

»Ich weine nicht um diesen da«, bringt sie unter Schluchzen hervor. »Ich weine um den, der er einmal war – vor vielen Jahren, als ich ihn abgewiesen habe.«

Auf der Stiege hören sie die Schritte der Stadtknechte.

MAGDEBURG, ALEMANNS GARTEN

Es herbstet, aber die Tage sind noch schön und das Grün noch unverblichen. Regina in dem kleinen Pavillon des Magdeburger Hausgärtleins, zwischen Gelbveigelein und Rosmarin, das Kind an der Brust, Haar unterm Schleier und in Blau und Rot gewandet, gleicht wahrhaftig einem Bild der Madonna – besser als eines der im Schlamm versunkenen Gemälde sie je hat abbilden können – aber da ging es ja auch ums Wunder und nicht um die Schönheit.

Richard sitzt ihr zu Füßen, den Kopf an ihre Schenkel gelehnt – der Busen ist ja leider besetzt – und genießt die Ruhe und den Frieden seiner Häuslichkeit.

Der kleine Oswald Marcus Alemann ist an Reginas wunderbarer weißer Brust eingeschlafen, ohne sie aus dem Mäulchen zu lassen, und die Milch rinnt ihm aus dem Mundwinkel. Richard verfolgt das Glück seines Sohns mit wehmütigem Blick und seufzt ...

»Sag einmal«, beginnt seine Ehefrau und streicht ihm mit dem Finger über Augenbrauen, Mund und Nase, »sag einmal, Herr Stadtschreiber – wann willst du eigentlich dein Amt wieder antreten? Noch immer genießt du den Urlaub, den der Magistrat dir gewährt hat!«

»Ach ja!«, erwidert Richard verträumt. »Irgendwann wird es schon werden. Aber im Moment ist man mit meiner Vertretung sehr zufrieden, und warum soll ich diesen ehrenwerten Mann aus einem Amt verjagen, das er ja vielleicht viel besser auszufüllen in der Lage ist als ...«

»Richard!« Reginas Stimme klingt mahnend. »Was soll das?!«

Ihr Gatte seufzt und hebt die Augen zu seiner Eheliebsten auf. »Das soll zweierlei. Erstens: Trotz aller schönen Rehabilitationes – die Alemanns haben im Augenblick in dieser Stadt den Ruf einer etwas skandalösen Familie. Alle naselang landet jemand von uns im Kerker, auch wenn sich irgendwann herausstellt, dass er unschuldig ist. Ich fürchte, erst unser Sohn wird in dieser Stadt wieder zu Ehren kommen.«

Regina lächelt. »Und?«

»Was und?«

»Du hast gesagt: zweierlei.« Die schöne Hamburgerin ist unerbittlich.

»Regina!« Sie sind Auge in Auge. »Ich habe einfach keine Lust.«

»Das dachte ich mir!«, erwidert sie trocken. »Bloß eines sollte dir klar sein: Wenn du verschwinden, mich und das Kind hier sitzen lassen und dich irgendwelchen zweifelhaften Abenteuern zuwenden willst, dann ...«

Lukas stapft in den Garten. »Botschaft für den jungen Herrn!«, sagt er in seiner lakonischen Art. »Kommt wohl von weit her.«

»Danke, Lukas!« Richard nimmt ein in Leinen eingeschlagenes Päckchen entgegen, erbricht das Siegel. – »Kaum zu glauben! Ein Brief aus Genua, von diesem Don Francesco, der sich so eifrig um das Heiligenbild bemüht hat!«

Regina legt das Kind vorsichtig auf die Kissen in den Korb neben sich und beugt sich mit ihrem Mann gemeinsam über das Papier. »Er schreibt ja auf Welsch!«, sagt sie unmutig.

Richard lacht. »Er spricht unsre Sprache ganz gut, aber im Schriftverkehr ist ihm wohl seine Muttersprache lieber. Ja, wenn es Latein wäre, dann könntest du freilich mitlesen ...«

»Übersetz schon!«, fordert Regina ungeduldig.

Richard liest, murmelt vor sich hin. »Kaum zu glauben!« Er beginnt zu lachen.

»Sag schon!«

»Also zuerst: Bischof Ernst ist vor die Kurie zitiert worden. Aber dann hat sich herausgestellt – alles war ein Irrtum, und der Hirte aus Halle konnte wieder seines Weges ziehen.«

»Wieso denn das?«

Richard gluckst. »Du wirst es nicht glauben: Das Madonnenbild ist wieder da, und sogar zum Fest von Mariä Himmelfahrt hat es erneut zu Lari wundersame Heilungen bewirkt.«

»Wie denn das? Hast du es nicht selbst in die Elbe gestoßen?«

»Das habe ich – so wahr wir beide hier sitzen!«

»Also was dann?«

Richard lässt den Brief sinken. »Wunder geschehen wohl eher im Geiste der Gläubigen – und was für ein Bild jetzt in Lari dafür verantwortlich ist, das müssen wir zum Glück nicht wissen. In Welschland gibt es wirklich gute und schnelle Maler.«

Richard und seine junge Frau sehen sich an und brechen in schallendes Gelächter aus. Klein Oswald regt sich, beginnt zu ningeln.

»Psst! Weck das Kind nicht auf!«

»Ein Wunder wäre es nicht!«

Noch mehr

Hanse, Händler, Halsabschneider …

Waldtraut Lewin,

Miriam Margraf

Weiberwirtschaft

Ein Hansekrimi

Taschenbuch 52810

205 Seiten

ISBN 3-434-52810-5

Magdeburg im Jahre 1482: Eine Hochzeit steht an, zwischen Richard Alemann, Sohn einer Magdeburger Patrizierfamilie, und Regina Jessen, Tochter eines Hamburger Kaufmanns. Die Verbindung soll die Liebe festigen, aber auch die gemeinsamen Handelsbeziehungen. Doch dann findet Richard die Leiche des ermordeten Kaiserlichen Rats Wulffenstein – ermordet. Ein blutverschmiertes Dokument steckt ihm im Rachen – mit dem Siegel des Kaisers, gerichtet an die Hansestadt Hamburg. Als man Richard als Mörder einsperrt, löst der alte Jessen die Verlobung und reist abrupt ab. Sein Weg führt ihn in die Börde, zu Adela Braunböck von Alvensleben, der Herrin des Korns.
Welche Verbindung besteht zwischen den beiden? Haben sie den Mord an Wulffenstein in Auftrag gegeben? Die Zeit drängt: Richard sitzt im Gefängnis und Regina ist die einzige, die an seine Unschuld glaubt ...

Die Hanse

Thomas Prinz

Der Unterhändler

der Hanse

Ein Hansekrimi

Taschenbuch 52815

189 Seiten

ISBN 3-434-52815-6

Lübeck / Stralsund 1370: Reinekin Kelmer, Lübecker Kaufmann und Schwiegersohn des Bürgermeisters, hat sich nach dem Tod seiner Frau von allen öffentlichen Ämtern zurückgezogen. Nach zehnjährigem Krieg beginnen in Stralsund die Friedensverhandlungen zwischen Dänemark und der Hanse. Kelmer soll als Unterhändler Lübecks die Verhandlungen führen, doch er lehnt ab. Selbst eine Serie von Anschlägen auf Ratssendboten aus Bremen, Danzig und Wismar, die ebenso wie Lübeck für einen schnellen Frieden mit Dänemark eintreten, kann ihn nicht umstimmen. Erst als der Lübecker Bürgermeister selbst Opfer eines Anschlags wird, entschließt sich Kelmer, die gefährliche Aufgabe zu übernehmen. Im Stralsund gilt es nicht nur einen gerechten Frieden mit dem dänischen Reichsdrosten Henning von Putbus auszuhandeln, sondern auch die Anschläge aufzuklären, denn der Mörder ist in der Stadt, und er tötet weiter ...

Die Hanse